T0243879

En tren con el asesino

Alexandra Benedict

En
tren
con el
asesino

Dieciocho pasajeros.
Siete paradas.
Un asesino.

Traducción de Gemma Deza

Duomo ediciones
Barcelona, 2023

Título original: *Murder on the Christmas Express*

© 2023, Alexandra Benedict
© 2023, de la traducción, Gemma Deza Guil
© 2023, de esta edición: Antonio Vallardi Editore S.u.r.l., Milán

Todos los derechos reservados

Primera edición: noviembre de 2023

Duomo ediciones es un sello de Antonio Vallardi Editore S.u.r.l.
Av. Riera de les Cassoles, 20. 3.º B. Barcelona, 08012 (España)
www.duomoediciones.com

Gruppo Editoriale Mauri Spagnol S.p.A.
www.maurispagnol.it

ISBN: 978-84-19521-83-5
Código IBIC: FA
DL: B 18.105-2023

Diseño de interiores:
Agustí Estruga

Composición:
Grafime S. L.
www.grafime.com

Impresión:
Grafica Veneta S.p.A. di Trebaseleghe (PD)
Impreso en Italia

Más rápido que las hadas, más rápido que las brujas,
puentes y casas, setos y zanjas,
cargando como tropas en una batalla
a través de los prados, los caballos y el ganado:
todas las vistas de la colina y la llanura.
Vuela tan grueso como la lluvia torrencial;
y nunca más, en un abrir y cerrar de ojos,
las estaciones pintadas pasan silbando.

ROBERT LOUIS STEVENSON,
extracto del poema «Desde un vagón de tren»

A Katherine Armstrong,
editora, amiga y maestra resolviendo enigmas

Anagramas

He diseminado a lo largo de todo el libro anagramas de mis relatos y poemas favoritos (¡y de una canción!). ¿Serás capaz de encontrarlos?

«Charon» – Louis MacNeice

«Desde un vagón de tren» – Robert Louis Stevenson

«Ghost Train» – George Szirtes

«The Marshalling Yard» – Helen Dunmore

Asesinato en el Orient Express – Agatha Christie

«Orient Express» – Grete Tartler

El señalero – Charles Dickens

El tren de Estambul – Graham Greene

«The Stopped Train» – Jean Sprackland

Extraños en un tren – Patricia Highsmith

Los trenes – Robert Aickman

Train Song – Tom Waits

Violet – S. J. I. Holliday

Al final del libro también encontrarás las preguntas del concurso que tiene lugar en el vagón Club del tren nocturno.

¿Sabrías decir el título de seis canciones de Kate Bush que aparecen en el texto de *En tren con el asesino* (no son anagramas, están ocultas a la vista y a veces ni siquiera eso...)?

Prólogo

24 DE DICIEMBRE

Meg no quería que la viera llorar, esta vez no. Salió a toda prisa del vagón Club, consciente de que las cámaras de los teléfonos móviles se volvían para enfocarla. Le escocían los ojos mientras corría a trompicones por el pasillo hasta su compartimento. El tren parecía susurrarle: «No te ama, no te ama, nunca te ha amado».

Mientras buscaba en sus bolsillos la llave electrónica, miró hacia atrás. Grant no la seguía. En parte, le habría gustado que lo hiciera. Le habría gustado tener una riña que destilara amor y que cuando se le pasara la borrachera y le suplicara que lo perdonara volviese la paz. Pero sabía qué podía ocurrir. No era la primera vez que casi sucedía algo así. Y no estaba dispuesta a morir aquella noche.

Una vez dentro de su habitación Doble Club, cerró la puerta con llave y se tumbó en posición fetal en la cama. Se abrazó a una almohada y empezó a balancearse. Tenía la sensación de que le había estallado el corazón, como el envoltorio de un polvorón, y que lo único que quedaba ahora era un papel arrugado.

Pensó en ir a ver a aquella mujer, Roz, la exdetective que se parecía a Kate Bush. Tal vez ella pudiera ayudarla.

Entonces le vibró el teléfono.

Y luego otra vez.

Miró la pantalla: la habían etiquetado en un vídeo y ya se acumulaban centenares de notificaciones. Tanto el tren como su corazón parecían desbocarse. Habían publicado el clip hacía solo un minuto. Alguien había filmado toda la discusión entre Grant y ella, desde las acusaciones susurradas hasta las negaciones a voz en grito, y luego la cámara había seguido a Meg por el vagón mientras corría.

Vio aparecer los comentarios en tiempo real. Como de costumbre, no pudo reprimirse y los leyó:

SymphonyInBlue2010: ¡En el Equipo Meg!

Meg4Eva: ♥♥ 😵

ThisWomansWork: Está bueno, que se aguante Megan. ¡Yo lo haría! 😌

Nene_Santurron_TEX: ¡DÉJALO, MEG! ¡Ven a sentarte en mi cara!

PosAnexionesInterestelares: No te fíes de él, sé lo que me digo.

TeleDeslumbrante: Meg es un caso perdido. Va drogada. Se le nota.

SegúnDanteVendedor: Fake news. Está todo pactado. Están interpretando, y el resto son actores de reparto.

Meg comprobó que #RiñaMegyGrant se había convertido en *trending topic* en Twitter.

Notó una erupción de rosácea en el rostro que hacía juego con su volcánica humillación. Sabía lo que diría Grant:

—Conviértelo en dinero.

Era como el enano saltarín de los hermanos Grimm, capaz de convertirlo todo en oro, sobre todo si la hacía sentir a ella como una muñeca rota. En veinticuatro horas Grant habría vendido la historia a la prensa rosa y aparecerían los dos en las portadas, aunque la sonrisa de Meg nada tendría que ver con el pesar de sus ojos.

Pero esta vez no iba a permitirlo. No después de lo que le había susurrado cuando estaba en aquella mesa. La gente se preguntaría por qué no había hablado antes, por qué no lo había dejado a tiempo. Esa gente tenía suerte, porque nadie la había maltratado. No podía entender que cuando el amor te mata de hambre, te conformas con unas migajas de pan rancio.

Poco importaba ya lo que dijera nadie. Estaba decidida a reivindicar su historia. A contar la verdad. Toda la verdad. Todo lo que había ocultado y guardado en vídeos durante tanto tiempo. Había llegado la hora de sacarlos a la luz, de liberarse. Y quizá sirviera de altavoz a muchas personas que no podían hablar. Empezaría creando su propio *hashtag*: #MegToo.

Meg sacó su espejito de bolsillo y se contempló. Vio su rostro reflejado en sus oscuras pupilas. Le recorrían las mejillas churretones de rímel, que trazaban surcos en la base de maquillaje. Sacó el último lote de muestras promocionales que le habían enviado para probar y se adecentó tapándose las manchas rojas más visibles y las manchas más evidentes. Si iba a llorar a moco tendido ante la cámara, por lo menos que saliera guapa.

Una vez con el anillo de luz encendido y el filtro aplicado, Meg escribió en su teléfono las marcas que parpadearían al inicio del vídeo en directo en Instagram. Tenía secretos que confesar y había llegado el momento de hacerlo. Un regalo de Navidad para sus seguidores y un trozo de carbón para Grant. Además, exponerse no dañaría su carrera profesional, porque el reloj nunca se detenía en TikTok y con aquello recuperaría parte de la atención que había perdido. Tenía que mantener la calma y sonar auténtica mientras promocionaba marcas comerciales. Mencionarlas haría que se dispararan las ventas y con ello afianzaría a sus patrocinadores dubitativos.

Respiró tan hondo como se lo permitieron los pulmones. Agarró una lata de refresco cuya promoción le salía a cuenta, se la llevó a sus inmaculados labios y luego pulsó el botón «En directo».

Bajó la lata y chasqueó los labios como si acabara de degustar algo delicioso.

—Hola a todos. Sé que os había dicho que volvería más tarde. Las cosas no han ido según lo planeado. Como probablemente ya hayáis visto, Grant y yo hemos discutido otra vez. En circunstancias normales, no permitiría que me vierais así. —Se señaló los ojos, manchados e hinchados. El aluvión de espectadores ya estaba convirtiendo su confesión en una avalancha. Era su momento—. Suelo arreglarme y continuar como si nada. Pero hoy no. Hoy voy a explicaros los secretos de mi relación con Grant.

Con aquello bastaba para engancharlos por el momento. Hora de hacer más publicidad. Siguió hablando acerca de resistir, como el maquillaje que llevaba, que, a pesar de las lágrimas, permanecía en su rostro. Y cuando pensó que podía estar perdiendo la atención del público, añadió:

—Ahora voy a explicároslo todo. Ya empecé a hacerlo, grabé en secreto pequeños fragmentos de vídeo, pero me da la sensación de que hoy es el momento indicado para contar la verdad. Detrás de las sesiones de maquillaje y las fotos, de los reportajes en el ¡Hola! y otros sitios, hay...

El tren dio una sacudida hacia un lado. Los frenos chirriaron. La puerta del cuarto de baño se abrió de par en par y golpeó la pared. El vagón se inclinó ligeramente y descarriló. Meg gateó hasta la esquina de la cama; no soltaba el teléfono.

—¿Qué está pasando? —preguntó, como si algún espectador pudiera saberlo para ayudarla.

El tren rechinó hasta detenerse.

La decoración que había diseñado Meg para el directo se balanceó y cayó sobre ella. Se desparramaron bolsos de grandes marcas por todo el compartimento. Su joyero se volcó sobre el lavamanos, junto con una paleta nueva de sombras de ojos, que diseminó pigmentos de colores coriáceos y ahumados por el suelo. El espejito de bolsillo resbaló de la cama y se resquebrajó al chocar con la pared.

Meg permaneció donde estaba, a la espera de que el mundo volviera a serenarse. Oyó gritos en el pasillo, procedentes de los compartimentos cercanos.

Y, a los pocos instantes, se vio inmersa en una quietud absoluta. Bajó la ventanilla y notó una ráfaga de aire en el rostro. Miró hacia las vías curvas, pero no atinó a ver qué había sucedido. Lo único que se vislumbraba era la densa cerrazón invernal. Se abrieron otras ventanillas.

—Vaya, me apuesto lo que sea a que no esperabais ver un accidente de tren en directo —dijo tras volverse de nuevo hacia la cámara del teléfono—. Confieso que yo tampoco, y eso que mi vida hace mucho tiempo que descarriló. Grant llegará pronto, así que tengo que contároslo rápido. Necesito hablar. —Respiró hondo y miró fijamente a la cámara, consciente de que tenía los ojos muy abiertos y las pupilas enormes—. Al principio era genial. Un romántico de manual. Mi psicóloga lo llamaba un «bombardeo de amor». Pero enseguida...

Meg se detuvo. La puerta se estaba abriendo. Apareció un pie por la ranura. El pie de Grant. Al principio sintió alivio.

—Grant, oh, es... —Entonces entró y cerró la puerta. Tenía aquella mirada en el rostro—. Por favor, no...

Pero a Meg se le atragantaron las palabras en la garganta. Grant alargó las manos hacia su cuello.

La chica retrocedió, buscó a tientas su teléfono y, sin querer, apagó la grabación. Lo dejó caer al suelo y Grant hizo añicos la pantalla con el pie. Meg se llevó las manos a la cara. No necesitaba ser adivina para saber que aquella sería la noche de su muerte.

Capítulo uno

Era la víspera de Nochebuena. No se movía ni un coche en Regent Street, el tráfico llevaba diez minutos completamente parado. En cambio, el taxímetro seguía sumando libras y minutos.

—¿A qué hora sale su tren? —le preguntó el taxista, que bajó la radio y miró hacia atrás.

—A las nueve y cuarto —respondió Roz, con los ojos clavados en el reloj.

Eran las nueve menos diez.

El taxista chasqueó la lengua.

—Con este atasco, imposible. Haría falta un milagro navideño para llegar a Euston a tiempo. Tendrá que coger el siguiente.

—Es el tren nocturno —aclaró Roz—. El último antes de Navidad. Tengo que llegar a Escocia. Mi hija se ha puesto de parto seis semanas antes de lo previsto.

Los ojos del taxista se posaron en la fotografía de dos niños pequeños que llevaba en el salpicadero. Una expresión de dolor le desdibujó el rostro. Roz sintió ganas de preguntarle por ellos, pero lo descartó. No era asunto suyo. Ya tenía sus propios problemas en la vida.

—Tomaré un desvío —anunció el taxista—. Pero el tráfico está imposible en todas partes. Ha habido un accidente en Cross Road. Y el efecto dominó se nota hasta Regent Street. ¿No hay más trenes que los nocturnos?

—No quedan plazas. —Roz sostenía en alto su teléfono—. Lo he comprobado.

Bajó la ventanilla con la esperanza de que el mundo exterior la distrajera de sus preocupaciones. El aire frío entró de golpe, como los primeros clientes que se apiñan a las puertas de los comercios el día que comienzan las rebajas. Los transeúntes caminaban a paso rápido con bolsas en las manos y envueltos en bufandas y gorros. La promesa de una nevada inminente teñía de lila el cielo vespertino de Londres. Le recordó al cabello de su hija Heather. Roz debería estar con ella en aquellos momentos, sosteniéndole la mano, llevándole tentempiés, llenando la bañera en la que daría a luz, haciendo lo que fuera preciso hacer. Debería haber previsto un parto prematuro; en realidad debería haber hecho muchas otras cosas. Al quedarse embarazada Heather, le había prometido que se prejubilaría de la Policía metropolitana y regresaría a Escocia antes del nacimiento. El plan era que Roz ayudara a apuntalar la casa para la tormenta de un nuevo bebé. Pero entonces Roz había preferido ponerle el broche a un último caso antes de retirarse y la mala suerte había querido que a Heather se le adelantara el parto. Y ahora no estaba presente para apoyar a su hija. Otra vez.

Comprobó su teléfono. No había mensajes de WhatsApp nuevos, ni de Heather ni de su prometida, Ellie. Y la aplicación del tren seguía indicando que partiría con puntualidad.

El taxista volvió a subir el volumen de la radio. Sonaba *December Will Be Magic Again*. La voz de Kate Bush se elevaba y caía tan frágil y contundente como la nieve. A Roz le encantaba aquella canción, pero hacía mucho tiempo que diciembre no era un mes mágico para ella.

Sobre su cabeza, los famosos ángeles de Regent Street desple-

gaban sus alas iluminadas. Le recordaron a Hannibal Lecter deso-
llando a un policía en *El silencio de los corderos* y luego colgándolo
en su jaula, convertido en un ángel despedazado. Probablemente
pensar en eso durante las Navidades no fuera lo más apropiado.
En ausencia de seres celestiales, tendría que llegar a la estación
por su propio pie.

—Me bajo aquí —dijo y agarró sus bártulos—. ¿Cuánto le
debo?

El taxista detuvo el taxímetro.

—Veinticuatro libras con sesenta peniques —respondió y se
encogió de hombros a modo de disculpa.

Roz acercó la tarjeta de crédito al datáfono, añadió una pro-
pina y rogó al dios de Mastercard que la aceptara. Al cabo de un
instante, que se le hizo una eternidad, salió el recibo.

—Gracias —gritó Roz mientras sacaba jadeando sus pertenencias del taxi.

—Espero que llegue a tiempo —le deseó el taxista, que volvió
a mirar la fotografía de sus hijos y se santiguó.

Capítulo dos

Con la mochila rebotándole en la espalda y la maleta de cabina a un lado como un paspartú rodante, Roz enfiló la calle en dirección a la parada de metro de Oxford Circus. Euston estaba a solo dos paradas en la línea Victoria y a un corto trayecto a pie desde la boca del metro. Aun así, iría justa de tiempo. Había decidido coger un taxi para no tener que arrastrar el equipaje por todo Londres y el metro y allí estaba, recorriendo Regent Street en hora punta. Era como un juego de ordenador, con la salvedad de que, en lugar de esquivar zombis, evitaba a los compradores. Un hombre avanzó hacia ella sosteniendo en la mano rollos de papel de regalo como un Jedi que blande espadas láser. Su maleta chirrió como si se hiciera eco de su ansiedad.

Comprobó la hora en el reloj mientras bajaba por la escalera mecánica de Oxford Circus. Faltaban diez minutos para que partiera el tren. Un músico ambulante cantaba *Driving Home for Christmas* y pensó en cuando contemplase el rostro de su nietecita recién nacida. Y en la cara que pondría Heather si perdía aquel tren.

Roz arrastró la maleta entre la muchedumbre del andén y entró en el metro. Se quedó de pie junto a las puertas y contuvo la respiración mientras se cerraban. El vagón olía a sudor, a café y a una mezcolanza de perfumes. La mujer a la que estaba aplastando la miró. Compartieron la típica mueca con la que los pasajeros del metro se disculpan mutuamente por no respetar el espacio vital del otro.

Roz tenía los brazos pegados a los lados y no podía consultar el reloj, pero notaba cómo se le escapaba el tiempo. Empezó a sentir claustrofobia. Respiró hondo e intentó ahuyentar un recuerdo. Demasiado tarde. El recuerdo se apoderó de ella, como si la violación estuviera ocurriendo en aquel momento, en lugar de hacía casi treinta años. Lo notó encima mientras le suplicaba que parara. Se acordó de cómo le olía el aliento a Marlboro cuando le escupió en la cara.

—¿Se encuentra bien? —le preguntó la mujer que viajaba a su lado.

Tenía la vista puesta en la palanca de emergencia. Si tiraba de ella, Roz no llegaría al tren de ninguna manera.

—Estoy bien —respondió e intentó disimular su pánico.

Debería haber salido con más antelación. Si todo hubiera ido según lo previsto, habría estado en la estación una hora antes de que partiera el tren. Debería haber previsto que podía haber un accidente o algo que le impidiera llegar hasta su hija. Predecir se le daba bien.

«Por favor, que se retrase —rezó a quién sabe qué—. Que se retrase. Que haya nieve en las vías, una hoja en una ventanilla, lo que sea». Su lado más oscuro incluso pensó en que hubiese un pasajero en las vías. Pero eso no lo deseaba.

Cuando el metro se detuvo en Euston, Roz salió al andén y avanzó esquivando a los viajeros que volvían a sus hogares después del trabajo y de hacer compras. Por las escaleras mecánicas tardaría demasiado, así que agarró con fuerza la maleta, para desgracia de los músculos de su brazo, y subió las escaleras resollando. Al entrar en Euston, comprobó el reloj en el panel.

Las 21:18 horas.

Su corazón era un ascensor a punto de desplomarse, pero mantuvo la calma. Todavía no estaba todo perdido. Escudriñó el panel de información mientras contenía el aliento.

21:15 FORT WILLIAM. RETRASADO.

Sintió una oleada de alivio. Echó un vistazo a su alrededor. Un árbol navideño se elevaba hacia el techo. En el centro del vestíbulo, un coro cantaba alegres villancicos. Colas de personas aferradas a cajas de chocolatinas y libros de tapa blanda se extendían más allá de las puertas de los comercios. Un hombre con una diadema de cuernos de reno se contoneaba porque arrastraba maletas llenas a reventar. Todas las emociones de la Navidad estaban allí presentes. Había personas que se reunían con sus seres queridos tras apearse del tren y una mujer solitaria que, con la capucha de la parka roja puesta, intentaba contener los sollozos.

Roz tuvo ganas de acercarse a ella, de ofrecerle un abrazo, un pañuelo y un trocito de la tableta escocesa al *whisky,* un dulce parecido a un caramelo, pero más seco y delicioso, que ella misma había preparado aquella mañana. Luego recordó las gélidas palabras de Heather:

—¿No crees que ya es hora de que empieces a pensar en tu familia, en lugar de en todos los demás, mamá?

Apartó la vista de la mujer que lloraba y se dirigió hacia el mostrador de información. Tenía que averiguar a qué hora salía el tren nocturno. Lo último que quería era sentarse a esperar, quedarse dormida y que se le escapara.

A la cabeza de la cola había un anciano que temblaba. El ramo de rosas y eucalipto que llevaba en la mano se agitaba con él.

—¿No se supone que tienen que poner autocares si se cancela un tren?

La mujer que había tras el mostrador no debía de tener más de treinta años, pero ya tenía arrugas en el rostro, como si cada queja de cada viajero le hubiera dejado una impronta.

—Si se habilita un transporte alternativo, caballero, se anunciará en el panel.

—¿Y qué se supone que debo hacer yo? —preguntó el anciano—. Tengo que llegar a Manchester. Mi familia me espera.

—Lo lamento muchísimo, caballero —se disculpó la mujer—. La nieve está provocando problemas de seguridad en las vías.

—Pero otros trenes sí que circulan.

—Hay que contemplar diversos factores: algunas líneas presentan más problemas por la antigüedad de las vías, el número de trenes que circulan, la climatología en determinados lugares...

—Pero es Navidad —replicó el hombre con una vocecilla aguda.

Roz lo imaginó entonces como a un niño que acaba de descubrir que la vida no es justa.

Las vías ferroviarias que recorrían la frente de la mujer se duplicaron cuando frunció el ceño.

—Ojalá pudiera ayudarle —le dijo; Roz la creía—. Tendrá que dirigirse a nuestras oficinas centrales. Son ellos quienes se encargan de gestionar el tráfico en circunstancias como esta.

El hombre asintió despacio y se alejó de allí como si le hubieran caído varios años encima.

Roz esperaba que su nieta tardara mucho tiempo en descubrir las injusticias del mundo. Comprobó su teléfono móvil. Tenía un nuevo wasap de Heather:

Todavía en la fase inicial del parto. Ya me he zampado todos los panqueques que ha preparado Ellie. Está haciendo más mientras aumentan las contracciones. Ojalá pudiera comerme un trozo de tu tableta. ¿Estás ya de camino?

Roz sopesó qué responder. ¿Debía decirle que llevaba la tableta en el bolso para dársela en cuanto llegara? ¿O quizá que recordaba esas fases iniciales durante su parto y lo asustada que estaba? ¿Lo sola que se había sentido? ¿Debía explicarle cuánto se había esforzado por ahuyentar aquellos recuerdos y cuánto le dolía el corazón por su hija entonces y ahora? ¿O tal vez tenía que pedirle perdón y pronunciar las palabras que había guardado en un cofre bajo llave? ¿Cuál era el mejor emoticono para eso?

Pensó que no era el momento oportuno y que WhatsApp no era el lugar adecuado. Se limitó a teclear:

El tren va con retraso. Sigo en Euston. ¡Cómete todos los panqueques que quieras! Enseguida llego. Te quiero.

Roz debería haberle enviado una tableta a Heather hacía semanas. No sabía por qué no lo había hecho. En el trabajo, había tenido la cabeza bien despierta para anticipar los acontecimientos. Era capaz de conectar los vagones de lo que parecía un tren de eventos incomprensibles y dispersos. ¿Y en su propia vida? Ni hablar. Ni siquiera podía excusarse alegando que las tabletas tenían que estar recién hechas. Sus tabletas se conservaban bien hasta un par de meses. En una ocasión, había pretendido mantener intacta una un poco más para comprobar si podían durar un año, pero en quince días se la había comido a mordisquitos y no había dejado ni rastro.

—Perdone, señora. —La mujer que había tras el mostrador, Natalia, según la etiqueta torcida con el nombre que llevaba, se dirigió a Roz—. ¿Puedo ayudarla en algo?

—¿Tienen más información sobre el tren nocturno con destino a Fort William? —preguntó—. Dice que está «retrasado», pero no la hora prevista de partida.

La palabra «prevista» le recordó a Heather y su parto prematuro. Y también su propio parto. Pero volvió a ahuyentar los recuerdos. No podía pensar en eso, al menos no en aquel momento.

Natalia tecleó algo en el ordenador. Una mirada de alivio le suavizó la expresión.

—Está usted de suerte. Es el único tramo del nocturno que funciona. Normalmente, el tren se divide en Edimburgo para ir a distintas partes de las Highlands, pero hoy el resto de las rutas se consideran demasiado peligrosas.

—¡Qué afortunada!

—Parece que llegará aproximadamente en una hora. —Las arrugas de preocupación regresaron—. No tendrá usted que apearse en una de las paradas intermedias, ¿verdad? A causa de los retrasos, el tren se saltará algunas estaciones.

—Voy hasta Fort William.

—Pues tiene suerte —respondió Natalia—, llegará a casa para pasar la Navidad.

Tenía una sonrisa contagiosa que hizo que a Roz también se le iluminara el rostro.

Natalia sonrió de oreja a oreja, pero el gesto se desvaneció al mirar detrás de Roz y ver el ceño fruncido del siguiente cliente. Roz volvió a darle las gracias y se marchó, con la esperanza de que las fiestas de la chica mejoraran a partir de aquel momento.

Al atravesar el vestíbulo, se cruzó con un idiota borracho que llevaba puesto un sombrero flácido de Papá Noel. El tipo silbó con admiración a una joven vestida de elfa. La muchacha se puso como la grana y dejó caer los hombros.

Roz conocía a los tipos de aquella calaña, como tantas otras mujeres. Y entendía esa sensación de ser ninguneada. La había experimentado muchas veces e incluso había pasado por cosas peores. Se había alistado en la Policía para evitar que otras mujeres tuvieran que pasar por ello. Pero su último caso había demostrado que había fracasado.

Observó a aquel tipo con su mejor mirada de inspectora.

—Piérdase, abuela —la increpó él con cara de pocos amigos.

—Mira, jovencito, en efecto, estoy a punto de convertirme en abuela y me siento muy orgullosa de ello. Pero ¿qué diría la tuya si te viera ahora? —Se puso blanco como el papel y clavó la vista en el suelo desgastado—. Me lo imaginaba.

Entonces el joven hizo una última mueca de fastidio y se largó de allí arrastrando los pies. La elfa se volvió hacia Roz y la fulminó con la mirada.

—Sé cuidar de mí misma yo solita —espetó y se marchó envuelta en el tintineo de las campanillas de su gorro y sus zapatillas.

Precisamente por eso Roz necesitaba irse de la Policía metropolitana y de aquella ciudad, que se había convertido en un circo. Para dejar que los monos cuidaran de sí mismos.

Capítulo tres

El capuchino estaba enfriándose en la mano del asesino, que temblaba. Sabía que con aquello no sería suficiente, que tenía que recobrar la compostura. El asesinato tenía que producirse. No había que dejar vivir a la víctima.

Observó a los viajeros que atravesaban el vestíbulo a buen paso, con ganas de llegar a casa. Muchos parecían preocupados por los retrasos y las cancelaciones, o quizá por las tensas Navidades en familia que los esperaban al llegar a su destino. El asesino deseó que esas fueran sus únicas cavilaciones.

Intentó calmarse repasando el plan. Había viajado en el tren nocturno con destino a Fort William en tres ocasiones recientemente y se conocía tan bien los vagones, el terreno y las paradas como las arrugas prematuras de su rostro. El asesino no había dejado nunca nada al azar en su vida, al menos no desde que había conocido a la víctima, pero había demasiadas variables que controlar. Demasiados viajeros en el tren. Aun así, era la vía más fácil para acercarse a ella. A veces estaría a solas, sería vulnerable. Y estaría atrapada en aquel tren durante toda la noche con el asesino.

No obstante, saberlo no lo tranquilizaba. Era la primera vez que mataba algo que no fuera el enjambre de moscas de la fruta que acosaba su plátano el verano anterior. Ahora tenía la sensación de tener moscas en el estómago. ¿Sentirían lo mismo todos los asesinos? ¿Y si se acobardaba? ¿Y si en el momento no era capaz de decidirse a cometer el asesinato?

Ahuyentó aquel pensamiento. Lo único que necesitaba era, precisamente, decisión. Y era una persona decidida. Al menos, una persona decidida a defender una causa. Aunque no se hubiera animado a comprometerse con nadie desde que... Bueno, precisamente ese era el motivo por el que estaba allí.

Al llegar a la estación y ver que el tren salía con retraso, había estado a punto de dar media vuelta y regresar a casa. Había imaginado aquellas Navidades sin matar a nadie; la única muerte estaría en su plato. Pero entonces había visto a la víctima. Estaba comprobando los *me gustas* en sus redes sociales y se miraba en los escaparates. Había visto la sonrisa en su rostro y el asesino sabía que era tan falsa como su bronceado y las pestañas postizas que se le caían en la almohada. Al asesino no le quedaba más remedio que matarla.

Caminó hasta una tienda para comprar unos tentempiés. En los viajes largos en tren valía la pena ir preparado por si no servían comida. En una ocasión, el asesino había tenido que subsistir con una mandarina y un pequeño bote de patatas Pringles desde Londres hasta Edimburgo. Pero aquel día se compró un sándwich de queso y pepinillos, unos frutos secos y su chocolatina preferida, una Twirl. Aquel día no estaba para preocuparse por las calorías. Prácticamente era Navidad y, además, tenía un crimen que cometer. También adquirió un libro en WHSmith y después se encaminó a la sala de espera de primera clase. Entraría y sonreiría.

Una pareja joven pasó por su lado; balanceaban los brazos porque llevaban las manos enlazadas. Reían y hablaban de la fiesta a la que se dirigían. Para ellos, las Navidades probablemente estuvieran llenas de luz, amor y besos con sabor a canela. El futuro asesino estaba seguro de que aquella pareja, como la ley, la Policía, los jueces y los jurados, las series televisivas y los tabloides, opinaba que no estaba bien matar en Navidad. Pero eso era porque ellos no conocían los secretos de la víctima. Todavía no. Cuando lo hicieran, le ovacionarían y le desearían una feliz Navidad.

Capítulo cuatro

La sala de espera de primera clase era más amplia de lo que Roz pensaba, pero estaba llena. Detectó una butaca vacía al fondo y se dirigió hacia allí sorteando mesas y sillas de formas extravagantes. Oyó muchas voces escocesas y sintió una nostalgia que hacía años que no experimentaba. Se había acostumbrado a vivir en Londres, donde el acento del este se había vuelto tan ubicuo como el humo de los porros. En cambio, en aquella sala, los acentos con distintas inflexiones escocesas la hicieron sentirse en casa.

Al llegar a la butaca, dejó su equipaje en el suelo y revisó la sala. Había duchas y vestidores, mesas con bolsas de patatas fritas, galletas, fruta y pastas de cortesía y máquinas expendedoras de té y café de calidad. «De manera que así es como viaja la otra mitad», pensó. Le encantaba ir en tren, pero nunca cogía billetes en primera clase. En la comisaría todo el mundo sabía que quería viajar en un tren nocturno y le habían pagado el trayecto como regalo de despedida. Un elemento de la lista de cosas pendientes tachado y bien tachado.

Tras servirse un café y coger una magdalena, se acomodó, asegurándose de tener la vista despejada para estar atenta a una de las pantallas que anunciaban las salidas. Sacó el teléfono: su hija había visto el mensaje, pero no había contestado. Se preguntó si Heather estaría teniendo otra contracción. Ellie estaría allí, masajeándole las lumbares y apretándole la mano hasta que le crujieran los huesos. Roz también debería estar con ella.

Sacó el cubo de Rubik de bloques de espejo que llevaba en el bolso para distraerse. Cerró los ojos y se limitó a sostenerlo en las manos. Era un rompecabezas tridimensional hecho de piezas de distinto tamaño, todas ellas recubiertas con vinilo reflectante. En la década de 1980 había ganado en dos ocasiones el Campeonato Juvenil de Cubo de Rubik de Inverness y nunca había perdido el impulso de ponerlo todo en su sitio. Al empezar a girar las piezas, tanto las voces externas como su vocecilla interna se acallaron. El único ruido que oía era el leve clic de los fragmentos al moverse y encajar en su sitio. Pensó en cómo cada elemento reflectante se relacionaba con el conjunto. Lo percibía como algo liso y sereno, semejante a un espejo; tenía la mente en blanco, despreocupada.

—¿Es que no puedes dejarlo ni un momento, Meg?

Una voz perforó la concentración de Roz. El hombre estaba sentado a unas cuantas butacas de distancia y hablaba con una joven guapísima y glamurosa que se estaba aplicando un pintalabios de color vino a juego con su pintaúñas. Debía de rondar los veinticinco y tenía las clavículas, las muñecas y los pómulos afilados de alguien que vigila lo que come. El perfil de su rostro sugería sombras más profundas.

El hombre era el típico guapo por el que Roz no sentía ningún interés. Cuerpo de gimnasio, de huesos largos y con una piel bronceada lisa como el paté. Los ojos de Roz resbalaron sobre él como si estuviera engrasado. La pareja estaba rodeada de bolsas de marcas de moda.

—Se supone que nos vamos los dos juntos de vacaciones, no con todo el mundo —dijo él.

Sus piernas, enfundadas en unos pantalones tan ajustados que parecían salchichas, querían batir el récord mundial de despatarre masculino.

—No levantes la voz, por favor —le susurró Meg, que echó

un vistazo a su alrededor para comprobar que nadie los estaba mirando.

Roz agachó la cabeza hacia su bolso y sacó un pequeño envoltorio de celofán con un trocito de su tableta casera. Lo desenvolvió despacio para simular que estaba ocupada. La gente no suele pensar que la estás escuchando si no la miras directamente. Y hacía mucho tiempo que Roz había perfeccionado el arte de observar y poner el oído sin que se notara. Se había formado para detectar nimiedades antes de que se dieran cuenta siquiera de su presencia. Y a medida que se hacía mayor parecía pasar cada vez más desapercibida. La edad la estaba borrando del mapa.

Otra muchacha, de veintipocos años, pensó Roz, aunque muchas jóvenes parecían mayores de lo que eran, y su hermano adolescente ni siquiera se esforzaban en disimular su interés por Meg. Estaban sentados en la mesa que había junto a la máquina del café y no le quitaban ojo, boquiabiertos.

Meg se quedó paralizada al verlos, luego les sonrió y los saludó. La muchacha se llevó las manos al pecho y asintió con la cabeza lentamente, como si la hubiera bendecido con su atención. A continuación, Meg se aplicó corrector en las oscuras ojeras que tenía bajo los ojos y se puso unas gafas de sol enormes. Sostuvo el teléfono en un extremo de un palo selfi con un micrófono acoplado. El aparato estaba rodeado por un aro de luz.

Volvió a sonreír, esta vez a la cámara, y pareció que su presencia se amplificaba.

—Hola a todos —dijo—. Me temo que debo informaros de que... el tren sale con retraso, así que tendréis que esperar a nuestro viaje nocturno un poco más. Pero no os vayáis, poneos un pijama cómodo y preparad vuestros tentempiés y bebida favoritos, que pasaremos la Nochebuena juntos en un instante.

Pronunció aquellas últimas palabras como si cantara, alzando la voz, al tiempo que hacía el símbolo de la paz a un lado de su cara.

La joven que había junto a la máquina de café cantó con ella.

También sostenía en alto un teléfono, con el que probablemente estuviera grabando toda la escena.

Roz se echó el trozo de tableta a la boca y se apresuró a buscar en Google: «Meg, en un instante». Mascó el dulce crujiente y, mientras el azúcar especiado se le disolvía en la lengua, leyó la primera página de resultados. La mayoría eran fotogramas de cuando Meg Forth se impuso en un concurso televisivo de canto, rodeada de purpurina, que le caía como nieve, pero también había vídeos en YouTube y TikTok. Al parecer, había ganado el concurso con una canción titulada *En un instante*, una balada pop acerca del amor y la juventud que Roz recordaba haber oído en la radio. La canción se había mantenido en el número uno durante semanas y luego la chica había publicado un disco, que se había alzado brevemente a los primeros puestos de las listas antes de desaparecer.

Meg había resurgido un año después como *influencer* de belleza y viajes, además de como personaje habitual en las barras laterales de los tabloides: «Meg Forth hace alarde de sus curvas y de su nuevo novio, la estrella de la televisión Grant McVey». Grant, según pudo comprobar Roz con su rápida búsqueda en Google, había ganado el programa *Mejor novio de Gran Bretaña*, un *reality* televisivo efímero en el que él y otros nueve hombres competían por engatusar a una mujer llamada Freya. Grant le había robado el corazón al público, que le había dado la victoria con su voto, y luego había procedido a destrozárselo a Freya. Desde entonces había participado en varios programas de telerrealidad y en uno de ellos había conocido a Meg. Habían roto en varias ocasiones, según los titulares a causa de las borracheras nocturnas de Grant y su talante mujeriego. En las portadas de las revistas, el chico siempre miraba a Meg con adoración. Pero allí, en aquel vestíbulo de primera clase de Euston, le lanzó una mirada asesina mientras tamborileaba con los dedos en la mesa.

—Te lo prometo, no diré nada más hasta que estemos en camino —prometió ella, que alargó la mano y le agarró la rodilla.

Meg hablaba en voz baja, con tono apaciguador, el mismo que

utilizaba Roz para intentar tranquilizar a las personas cuando sabía que iban a alterarse.

—Estas vacaciones son nuestras, tuyas y mías, de nadie más. Solo necesito hablar con mis seguidores de vez en cuando para hacer publicidad de los patrocinadores. Pero mi prioridad absoluta eres tú.

Se inclinó hacia él y le susurró al oído algo que Roz no alcanzó a escuchar. Él asintió despacio, pero apretó la mandíbula, enfadado. Del bolsillo interior de la chaqueta se sacó un enorme vapeador marrón con forma de cigarrillo y un botellín de líquido para vapear. Lo rellenó con cuidado y luego inhaló lentamente. El vapeador silbó y crujió como un estertor de la muerte. Grant echó una vaharada de vapor a la cara de la chica.

Meg soltó una risita, pero giró la cabeza. La expresión de su rostro reflejaba miedo. Abrió el bolso de mano, sacó un par de tijeras afiladas con los dedales alados y un folio. Empezó a recortar y a inclinar las hojas con cuidado. Hizo una cadena de monigotes de papel como las que solía hacer Heather. Mientras iba girando la hoja, Roz divisó una roncha en el interior de la parte superior de su brazo. Era el tipo de moratón que Roz había visto en muchos casos de violencia doméstica.

Pero no quería sacar conclusiones precipitadas. Y, además, no era asunto suyo. Roz se recostó en la butaca e intentó apagar la curiosidad que había estado a punto de costarle la vida varias veces en sus veinticinco años de carrera policial. El café estaba bueno, aunque se le había enfriado demasiado. Y la magdalena tenía una de esas gruesas coberturas sólidas con motitas de chocolate y se desprendía como un techo de paja. Pensó que aquel bollo podía engordar sus michelines. Pero no entendía por qué el término «michelín» se usaba de manera despectiva. Lo mismo le pasaba con «barriga cervecera». Para ella eran positivos: significaban que comías bien y salías a divertirte. Y ambas cosas eran sinónimo de haber vivido.

—Me juego lo que sea a que no me ganáis.

—¿Cuánto te apuestas?

Unas voces estentóreas captaron su atención. Cuatro muchachos, estudiantes universitarios, a juzgar por sus bufandas a rayas, estaban sentados alrededor de una mesa con cartas en las manos. Roz no pudo ver a qué jugaban.

—Les he comprado esto a los vecinos de mis padres —dijo una joven y sacó de la mochila una lata cilíndrica con una botella de *whisky* escocés de la marca Talisker y la balanceó ante el rostro de otra muchacha como si estuviera haciendo un truco de magia—. Si ganas, es tuyo. Así podrías regalarle a tu tía algo más que esa taza que le has pintado —añadió con una sonrisita.

La chica, que estaba sentada a su lado, agachó la cabeza. Tenía el cabello teñido de los colores del arcoíris y recogido en dos trenzas que le caían como vías de tren sobre los hombros. Parecía mayor que los demás y, al mismo tiempo, también más joven.

—Déjala en paz, Beck —la reprendió el chaval que se sentaba enfrente de ella.

Bajo sus mangas azul oscuro se apreciaba un tatuaje con forma de hiedra.

—¿Por qué no te callas, Blake? —preguntó Beck y puso los ojos en blanco.

—Pero ¿qué te pasa? —inquirió la persona andrógina vestida de gótica que había junto a Blake—. ¿Tanto te cuesta ser amable?

Su aspecto, junto con su cabello negro azulado, la hizo pensar en cuervos y la retrotrajo a sus años adolescentes de raya negra en los ojos y ropa con encajes fúnebres. Le encantaba aquella estética y, de hecho, ahora que se había jubilado podía recuperarla.

—Sam, Sam, como la mayoría de las cosas en la vida, no lo entiendes. La estoy ayudando. ¿A que sí, Ayana? —le preguntó Beck a la otra chica, que hizo un leve asentimiento con la cabeza—. ¿Cómo si no va a entrar en el equipo? Además, de todos nosotros, ella es la que tiene más motivos para ganar el dinero del premio.

—Yo también lo necesito —alegó Sam—. Si ganáramos, podría hacer un máster.

—Por supuesto, pero piensa en la pobre Ayana. No creo que sus padres, siendo tenderos, puedan pagar una cena en un restaurante italiano, por no mencionar las tasas de un máster. Y tampoco va a conseguir financiación o que un viejo rico le pague los estudios.

Ayana bajó la cabeza.

«Deben de estar intentando entrar en algún concurso de talentos, tipo *La calle de los empollones*», pensó Roz. Era un *reality* adictivo, una mezcla entre concurso universitario de preguntas, *Love Island* y *Gran Hermano*. Equipos de distintas universidades convivían en un plató decorado como una residencia de estudiantes, conversaban sobre todo tipo de temas y flirteaban entre sí antes de competir al final de la semana. Al público le encantaba ver a aquellos cerebritos socializar, enamorarse y, lo mejor de todo, discutir. La prensa rosa los había descrito como «empollones en una jaula». El número de equipos se iba reduciendo y los ganadores recibían becas para grados de investigación. Costaba entrar en el programa, los alumnos competían por las últimas plazas. A Roz no le parecía el mejor modo de pasar la Navidad, pero pensó que sobre gustos no hay nada escrito.

—Creo que eres la persona más detestable que he conocido en mi vida —dijo Sam, mirando fascinado a Beck.

—Pues entonces suerte que soy lista. Al menos eso te brinda la oportunidad de aprovechar mi inteligencia.

—¡Guau! —fue todo lo que respondió Sam.

—Es lo que hay —continuó Beck—. Eso significa que vosotros tres pelearéis por las dos vacantes que quedan en mi equipo. Debería haber dejado que os las apañarais solos en lugar de acceder a hacer este estúpido viaje con vosotros. Pero, ya que estamos, será mejor que nos pongamos a practicar. Subo la apuesta con una caja de chocolatinas y el collar que le voy a regalar a mi madre.

Ayana pestañeó varias veces, respiró hondo y preguntó:

—¿Y si pierdo?

—Si te soy sincera, no creo que tengas nada que me interese. Pero podrías darme tu bolso de mano.

Ayana se acercó el bolso al cuerpo. Era rojo, de piel. Con el uso, el cuero se había agrietado y desgastado en algunos puntos. Se enroscó las tiras descoloridas a la muñeca.

—Era de mi madre —dijo.

Beck parpadeó y ladeó la cabeza.

—Pero crees que ganarás, ¿no? Así que qué más da eso. ¿O acaso piensas que en realidad no deberías formar parte del equipo? Quizá bastaría con que te nominaras como sustituta y así acabaríamos de una vez por todas con este tinglado.

—Puedo hacerlo —respondió Ayana a un volumen tan imperceptible que Roz apenas la oyó.

Se preguntó de qué juego de naipes se trataría. No sería el Uno, eso desde luego.

—No puedo mirar —soltó Sam, que se puso en pie y se dirigió al lavabo con el abatimiento de un sauce llorón; era elegante como una amapola, pero versión gótica.

Beck barajó las cartas, levantó la primera, frunció el ceño y luego le dio la vuelta a la siguiente. A Roz no le gustó su sonrisita.

—Ayana Okoro —pronunció Beck con la voz grave y jactanciosa de una presentadora de concursos televisivos de los años ochenta—. Debes decir nombres de capitales que empiecen con cada una de las letras del alfabeto.

Un concurso. A Roz le encantaban los concursos de preguntas. Había formado parte del equipo del *pub* de la comisaría durante años y se había forjado la fama de ser la mejor y la más competitiva... hasta que la tercera ginebra de la noche surtía efecto. Entonces, comenzaba a balbucear y todo empezaba a importarle un bledo. Almacenaba datos e imágenes de la misma manera que acumulaba los artículos de aseo de cortesía que dejaban en las habitaciones de los hoteles.

—Pregúntale otra cosa —le pidió el chico de los tatuajes con voz apremiante.

—Cierra el pico, Blake —le espetó Beck—. Tienes sesenta segundos, Ayana. El tiempo empieza a contar... —sacó un pequeño reloj de arena de su bolso y lo puso bocabajo— ¡ahora!

—Ankara —dijo Ayana, que cerró los ojos para concentrarse—, Berlín, Caracas, Damasco, Edimburgo...

Mientras las ciudades brotaban de los labios de la chica a gran velocidad, un bebé vestido con un pelele de reno apareció gateando en dirección a Roz. Sus pequeñas astas se tambalearon mientras se ponía en pie. Se agarró a la pata de la mesa de la policía para ayudarse.

—Hola —lo saludó.

El bebé sonrió, dejando a la vista dos dientecitos, y se soltó de la mesa. Roz alargó el brazo y agarró al pequeño antes de que se cayera. El peso del crío le arropó el corazón.

—Gracias —musitó un hombre de unos treinta años que se había acercado a ella corriendo. Cogió al niño en brazos—. Le presento a Buddy. Ha aprendido a gatear con turbo.

—Hola, Buddy —lo saludó Roz.

El niño volvió a sonreír mientras el padre se lo colocaba en el pañuelo portabebés que llevaba en el pecho.

—¿Qué edad tiene? —quiso saber Roz.

—Siete meses —hablaba en voz baja, pese a que el niño estaba bien despierto—. Tenemos que apañárnoslas de algún modo para llegar a las Highlands sin que este trasto, Robert, nuestro otro hijo pequeño, un estudiante y una adolescente se metan en líos.

Señaló hacia las mesas donde estaban sentados sus hijos mayores. El chaval llevaba una camiseta de Metallica, bendito fuera, y la chica un vestido a rayas. Seguía mirando pasmada a Meg. Detrás de ellos, una mujer algo mayor forcejaba con Robert, que se resistía a que le pusiera el jersey.

—Parecen cautivados por esos famosos.

El padre volvió la vista rápidamente hacia Meg y se quedó paralizado. La miró de arriba abajo, pero no con la misma adoración que sus hijos, sino con algo parecido al miedo.

—Ya sabe usted cómo son los críos.

—¿También viajan ustedes en el tren nocturno?

El hombre apartó la mirada de Meg y dibujó una leve sonrisa.

—Sí, hasta Fort William, aunque hace ya un tiempo que para nosotros la noche y el día no tienen demasiadas diferencias.

Las oscuras ojeras en su rostro revelaban que hacía mucho tiempo que no dormía a pierna suelta.

—Bueno, encantado, soy Phil y aquella es mi esposa, Sally.

—¡Phil! —lo llamó Sally—. Necesito ayuda.

Su voz transmitía hostilidad, o quizá solo fuera un agotamiento extremo.

Phil se disculpó con una sonrisa y se apresuró a ir donde su otro hijo pequeño estaba lanzando sobrecitos de azúcar al suelo.

—Ulán Bator —pronunció Ayana—, Vaduz, Windhoek...

Se detuvo. Movía los labios intentando recordar alguna capital que comenzara con equis. Roz empezó a buscar una y justo entonces cayó en la cuenta de que eso era precisamente lo que había preocupado a Blake. No había ninguna.

Sam regresó y permaneció de pie, como si planeara entre las mesas.

—El tiempo se acaba —anunció Beck, de nuevo con aquella sonrisa petulante.

Roz pensó en diversas maneras de borrársela.

Y, entonces, reflexionando sobre la respuesta, las piezas encajaron.

—Ya ha acabado... —dijo Roz.

Beck se volvió para mirarla, con la cara desencajada y una mueca de contrariedad incomparable.

—¿Cómo dice?

Roz sonrió.

—Te referías al alfabeto del gaélico, ¿no es cierto? Que no tiene ni X ni Y ni Z.

Cinco años de lecciones de gaélico impartidas por su tía y su fascinación por los idiomas le habían servido para mucho más que para leer las señales de tráfico e impresionar a sus citas. Aunque, por lo general, con ello impresionaba más a las mujeres que a los hombres.

—¡Y eso significa que ha acabado a tiempo! —exclamó Sam y dio una palmada.

Blake sonrió y también Ayana.

—Gracias —le dijo.

—Eso es trampa —replicó Beck.

—En cambio, ¿te parece justo haberte referido al alfabeto gaélico y no haberlo aclarado? Sabías que supondríamos que te referías al alfabeto inglés moderno.

Blake cruzó los brazos.

—Pues no haber supuesto nada, porque Ayana no tendrá ese tipo de ayuda en la televisión. Se supone que debemos concursar...

—¿Y a ti quién te ha dicho que no lo sabía? —repuso Blake—. Dale lo que ha ganado.

Una tormenta de emociones veló el semblante de Beck. Irguió la barbilla al entregarle a Ayana el *whisky* y la caja de chocolatinas caras. Iba a abrir la maleta, con la intención de sacar el collar, cuando Ayana le dijo:

—No me des el collar. Regálaselo a tu madre.

Se le quebró la voz y Roz supo lo que callaba. Sabía que la chica no podía regalarle nada a su madre, de la misma manera que Roz no podía regalárselo a la suya.

—¡Caramba, qué generosa...! —exclamó Beck con la vista clavada en Roz.

La policía le sostuvo la mirada hasta obligarla a bajar los ojos y luego se levantó y se fue en busca de otro café.

Al acercarse a la mesa de la comida y las bebidas, tras sortear el laberinto de maletas, vio a la mujer que lloraba en el vestíbulo. Era más joven que ella, por lo menos diez años. Estaba guardando en su mochila las galletas, las patatas fritas y las frutas de cortesía como si no hubiera un mañana. Tenía los dedos delgados y le temblaban. Cuando notó que Roz la estaba mirando, se sobresaltó. Un Papá Noel culpable con una parka roja. No le devolvió a Roz la sonrisa de complicidad.

—No se preocupe —dijo ella al tiempo que cogía varios paquetitos de galletas de mantequilla y se los guardaba en el bolsillo—. No está haciendo nada malo. Lo sabría porque soy... —Se detuvo y se corrigió—: Era policía.

Las cejas de la mujer indicaron sorpresa, aunque Roz no pudo decir si por la legalidad de sus actos o por haber pertenecido al cuerpo policial. Entonces sonrió levemente y se dirigió a servirse una taza de té.

La puerta más cercana de la sala de espera de primera clase se abrió. Un hombre de unos sesenta años con el cabello grisáceo como la nieve en la ciudad ayudó a una mujer muy anciana a entrar despacito. La viejecita parecía tan frágil como las guirnaldas de papel.

—Nuestros billetes no nos permiten acceder a esta sala —le dijo el hombre a la azafata que había tras el mostrador y que se encargaba de controlar quién entraba—, pero nuestro tren sale con retraso y mi madre necesita estar en un sitio cómodo y caliente.

—Ya te he dicho que no quiero molestar, Tony —lo reprendió la anciana, que hablaba con voz fuerte y grave—. Solo es una hora...

—Mamá, tienes dolor.

Tony puso cara de angustia al ver a su madre sufrir.

—Nunca permitas que nadie se dé cuenta de que estás mal, Tony —respondió la señora.

Roz se preguntó qué habría vivido aquella mujer para decir aquello. La experiencia le decía que mostrar las propias vulnerabilidades solo llevaba a los demás a aprovecharse de ellas.

—Me temo que no podemos hacer excepciones —se disculpó la azafata mientras jugueteaba con sus dedos, visiblemente incómoda.

Tony juntó las manos en gesto de súplica.

—Pensaba que siendo Navidad... —dejó la frase suspendida en el aire, con la esperanza de que se lo concediera.

—No podemos.

Tony se dio media vuelta para marcharse y Roz vio que llevaba una mochila-transportín a la espalda. A través de la malla, un enorme gato atigrado la miró y parpadeó.

Roz se dirigió al mostrador.

—Yo estoy dispuesta a cederle mi sitio a...

Calló para que la anciana dijera su nombre.

—Mary. Y, antes de que diga nada más, no quiero una habitación para pasar la noche, solo un sitio acogedor y caliente para poder sentarme un rato. Pero el Señor Mostacho —dijo señalando al gato— sí está acostumbrado a un mejor trato.

La azafata miró a Roz, a Mary y al Señor Mostacho. Roz vio que se compadecía. Y, por su ronroneo, el animal también debió de percibirlo. Con la visión periférica, vio que Grant escuchaba la conversación junto a la mesa del bufé. Quizá no fuera tan malo, quizá él también le cediera su sitio a Tony para que pudiera quedarse con su madre.

Grant se acercó.

—Si quieren entrar aquí, deberían haber comprado el billete correspondiente —afirmó—. Su madre no puede estar tan mal si no le ha comprado un billete de primera clase. O quizá es que no la quiere lo suficiente. Una de las dos cosas.

—No es así como funciona —intervino Roz, notando un enfado creciente—. No todo el mundo puede pagarlo.

—Pues entonces no pueden estar aquí. —Puso los brazos en jarras. Se le marcaba la musculatura a través de la camiseta de diseño—. A nosotros estos billetes nos han costado sudor y esfuerzo. Que ellos lo consigan gratis sería como reírse de nosotros. Como robar.

—Nadie está robando nada —le espetó Mary, con los ojos afilados como hojas de acebo—. Esta joven me ha ofrecido amablemente su asiento. Y, tú, jovencito, deberías aprender modales.

Grant pareció hacerse más alto. Sus hombros se movieron bajo la camiseta. Sacó su vapeador y le dio una calada.

—Está prohibido vapear aquí —le dijo la azafata, nerviosa.

Grant exhaló un vapor que olía a especias navideñas dulces.

—Fallo mío —respondió con una sonrisa que la gente a veces describía como pícara pero que en realidad pretendía ser encantadora. Para Roz, Grant tenía poco de encantador...—. No volverá a pasar.

Meg se acercó deprisa y apoyó la mano sobre el abultado bíceps de Grant.

—Ayúdame a servirme algo del bufé, cariño. Con estas uñas no puedo hacer casi nada...

Agitó sus delgados dedos con extensiones color granate. Roz, que la había visto manejando la cámara del teléfono y recortando guirnaldas de papel sin ningún problema, entendió que era una estrategia de distracción que tenía bien ensayada.

El chico puso los ojos en blanco y siguió a Meg hasta la mesa. Ella empezó a coger paquetes al azar y a colocarlos en las manos de Grant, que los miró y, con un tono de voz lo bastante alto como para que todo el mundo lo oyera, le preguntó:

—¿Es que pretendes matarme?

Meg alzó los ojos, desconcertada. Él dejó caer varias bolsas de patatas fritas y cogió un paquetito de cacahuetes.

—Sabes perfectamente que no puedo comer esto. Y, si son para ti, necesitaremos alojarnos en habitaciones separadas. No, ¡en trenes separados!

—¿Os importa bajar la voz? —preguntó Beck desde el otro lado de la sala—. Aquí estamos intentando hacer algo importante.

Grant, sin girarse siquiera para mirarla, le soltó:

—Métete en tus asuntos, zorra.

Y se quedó mirando fijamente a Meg.

—No me he dado cuenta —dijo la chica—. Ni siquiera he visto que los cogía. Yo nunca...

Grant le lanzó la bolsa de cacahuetes a la cara con fuerza. Ella retrocedió y se llevó la mano a la sien. El chico se le acercó.

Roz se dirigió hacia allí y se interpuso entre ambos.

—Te sugiero que te detengas ahora mismo si no quieres que te denuncie por agresión o violencia de género.

Grant soltó una risotada de desprecio.

—Venga ya, si no he hecho nada. Además, ¿a usted qué le importa? ¿Y por qué están fastidiándome todas las mujeres de esta sala?

—Soy policía retirada —le aclaró Roz—. Conozco bien la ley.

También sabía que la ley y las personas que velaban por su cumplimiento no eran correctas. Por eso, en parte, había tenido que dimitir. Demasiadas víctimas que no recibían justicia.

Se acercó otro pasajero.

—¿Por qué no te vuelves a sentar en tu butaca, tío, y dejas de lanzarle cosas a la gente?

Era un hombre con aspecto de Fido Dido, de cincuenta y pocos años, más alto que Grant y guapo, con aspecto desastrado. Allí de pie junto a Grant y Meg parecía una casa vieja y destartalada en medio de edificios nuevos. A Roz le resultó extrañamente familiar y se sintió atraída por él.

Grant clavó la vista en el hombre en silencio y luego se alejó, sacudiendo la cabeza de lado a lado.

Mira por dónde, cuando era otro hombre quien le plantaba cara, sí que escuchaba. Así era como funcionaban ese tipo de personajes.

Tony señaló el tablón de anuncios que había sobre el mostrador de recepción.

—Nuestro tren ya ha llegado.

Roz lo comprobó: el tren nocturno ya estaba allí. En la sala, la gente empezó a ponerse en pie y recoger su equipaje. Parecía que muchos de ellos se dirigían a las Highlands escocesas aquella noche. Incluido aquel apuesto individuo de aspecto desaliñado.

Capítulo cinco

Meg observó a Grant levantar la maleta y cargársela a la espalda. Llevaba dentro toda la ropa, las pelucas y los cosméticos que sus patrocinadores le habían dado para que los promocionara durante las Navidades, pero el chico se la echó al hombro como si fuera una chaqueta. Cogió también su propio equipaje y empezó a andar. En una ocasión, Meg le había preguntado, riendo, por qué llevaba una maleta a prueba de balas y, en cambio, no usaba chaleco antibalas. Y la reacción de Grant hizo que se le pasaran las ganas de volvérselo a preguntar o de mofarse de él.

—Espérame, cariño —le dijo.

Meg intentó abrirse camino entre la muchedumbre, pero no paraba de tropezar con la gente. Normalmente tenía poca conciencia espacial, pero cargada de bolsas de la compra no tenía ninguna.

Grant se detuvo y se volvió para mirarla. Su expresión no revelaba ni un ápice de cariño.

—Será mejor que te adecentes esa cara. Podría haber prensa cuando nos acerquemos al andén.

Lo cual significaba que con toda seguridad allí habría fotógrafos, porque él mismo se había encargado de llamarlos. La relación de Meg y Grant con la prensa era circular: fotografías de ambos con pinta de ser felices, fotografías de ambos en plena crisis, fotografías de Meg con aspecto triste y unos kilos de más y fotografías de Meg feliz y de nuevo delgada, con su «nuevo cuerpo».

—Creo que ya llevo bastante maquillaje.

—Yo me pondría un poco más. —Le dio un beso en la cara, le levantó la barbilla y, mirándola fijamente a los ojos, le susurró—: Sé muy bien que no te gusta parecer mayor.

Meg se sintió como una lata de Coca-Cola aplastada bajo su pie. Observó a Phil con su bonita familia. Notó una punzada de nostalgia. Grant nunca la había tratado así.

—¿A qué esperas? —le preguntó Grant—. Te espero fuera.

Meg abrió la puerta del aseo. Grant ya proyectaba la vista por encima de ella, hacia la multitud que se alejaba. Sus ojos se posaron en una de las estudiantes. La repasó de arriba abajo.

Dentro del lavabo, Meg sacó el último lote de muestras de su bolso. Siempre le enviaban productos gratis con la esperanza de que los mencionara en Instagram o TikTok. Y lo hacía siempre que podía. Le gustaba ayudar a las empresas pequeñas, sobre todo las que trabajaban con productos naturales. Cuanto más artesanales y caseros, mejor.

Pero era poco probable que consiguieran hacer retroceder el reloj hasta antes de que se preocupara por las arrugas. Ni siquiera se acordaba de aquella época. Tenía veinticuatro años, llevaba ya varios años aplicándose pulsos magnéticos para combatir las arrugas de la frente y seguía temiendo que aparecieran. En uno de los primeros recuerdos que tenía de niña estaba sentada en el suelo observando a su madre, que se estiraba la piel de la cara hacia atrás con las manos, mientras decía:

—Antes era muy guapa. Muy joven. No crezcas nunca, cariño.

Con su espejito de bolsillo en equilibrio sobre el regazo, Meg probó rápidamente los nuevos cosméticos de ojos, un colirio y un rímel con alto contenido en péptidos de una empresa que trabajaba con productos silvestres. También se puso un poquito de sombra blanca en la comisura de los ojos. Así se la vería más despierta y con los ojos más grandes.

Grant aporreó la puerta del aseo.

—Date prisa. Están embarcando.

Meg se echó un último vistazo en el espejo. No podía hacer nada más.

Capítulo seis

El ambiente entre la marabunta que esperaba llegar al andén era tan festivo como erizado. A escasa distancia, un músico ambulante tocaba *I Wish It Could Be Christmas Every Day* con un arpa eléctrica mientras la gente se movía con empellones a espaldas de Roz, impaciente por dejar de ser paciente.

Cuando por fin se encontraba cerca de la cabecera de la cola, sacó su teléfono para comprobar si había recibido algún mensaje nuevo de Heather. Nada. Justo delante de ella, un vigilante con aire de estar estresado hacía señas a Sally y a su familia para que avanzaran hacia el andén. Un hombre se movió rápidamente tras ellos, con la cabeza gacha.

—¿Me permite ver su billete, caballero? —le gritó el revisor al tiempo que un guardia de seguridad le daba alcance.

Se llevaron de allí al hombre, que pasó junto a Roz cuando estaba enseñando su billete. Los ojos del hombre se movían nerviosos de un lado para otro, como si estuviera desesperado por encontrar una manera de colarse. Todo el mundo quería volver a casa por Navidad.

El coche cama de Roz estaba más o menos en la mitad del tren; su recuento de pasos aquel día iba a ser importante. La mochila se le hacía cada vez más pesada y la maleta había añadido un lamento lastimero a su calvario.

Al acercarse al vagón, oyó a los concursantes de la sala de espera en el coche cama contiguo al suyo. Estaban los cuatro a las puertas de dos compartimentos interconectados.

—Me pido la litera de arriba —dijo Beck.

—Pero... —repuso Ayana.

—¿Qué?

—Nada.

Beck miró a su alrededor y vio a Roz de pie tras ellos. Tenía en las manos el bolso rojo de Ayana y lo levantó para mostrárselo. La policía dudaba que estuviera cargando con él como un gesto de cortesía... Beck habría retado de nuevo a Ayana y esta vez había ganado.

—Ay, perdone, ¿le estamos cortando el paso? —preguntó Beck con tono sarcástico mientras daba zancadas exageradas hacia su compartimento.

Roz no tenía intención de entrar en el tren por allí, pero decidió hacerlo solo por fastidiar a la joven.

—Perdone —se disculpó Blake.

Sam y él retrocedieron para quitarse de en medio. Roz les sonrió y fulminó con la mirada a Beck.

—Gracias —le susurró Ayana tras pegarse a la pared para dejarle paso—. Por lo de antes.

Roz se alegró.

—No hay de qué.

Una vez que entró en su pequeño compartimento, dejó la maleta y el abrigo sobre la cama y miró a su alrededor. Una cama doble, decorada con tela escocesa de tonalidades azules y naranjas, ocupaba prácticamente toda la habitación. El regalo de bienvenida, que le esperaba sobre el edredón blanco, contenía un kit de accesorios para dormir, un antifaz y tapones para los oídos. Bajo la ventanilla había un lavamanos y un pequeño aseo que hacía las veces de ducha. Perfecto.

—Tenías que equivocarte de vagón... —Oyó decir a Sally en el pasillo de fuera cuando pasaba con su familia por delante de la puerta de Roz.

—Solo me he equivocado por uno... —respondió Phil, con el hartazgo de alguien que parece no atinar nunca.

Avanzaron todos fatigosamente hacia el final del vagón y luego hasta el coche cama de los estudiantes.

La primera reacción de Roz fue alegrarse de que no estuvieran en el suyo por si el bebé no la dejaba dormir, pero luego sintió una oleada de remordimiento, que le subió como la marea. Tendría que acostumbrarse otra vez a los sonidos de los bebés.

Tumbada en la cama, telefoneó a Heather. Necesitaba saber qué estaba pasando. Tras cinco tonos, contestaron.

—¿Todo bien, Roz? ¿Ya estás en el tren?

Era Ellie, la prometida de Heather.

—Estoy en mi diminuto compartimento, sí —respondió—. Partiremos en breve. ¿Cómo va todo?

—Contracciones cada diez minutos todavía. Llevamos así unas cuantas horas. La comadrona viene para acá.

Roz oyó a Heather de fondo, que debía de caminar de un lado para otro al tiempo que maldecía.

—¿Y cómo lo lleva Heather?

Ellie rio en voz baja.

—Está aburrida de esperar. Dice que ya que la pequeñaja se ha adelantado, lo mínimo que podría hacer es salir rápido. Dice que es como un invitado que llega antes de la hora de cenar pero no trae vino ni cotilleos.

—Eso es lo que pasa con los bebés. Que no traen bebida.

Saltó una alarma.

—Los panqueques están listos. Te dejo.

—Dile a Heather que la quiero —le pidió Roz, aunque lo sentía absolutamente insuficiente.

—Lo haré.

Antes de que Ellie colgara, Roz escuchó *Wish You Were Here* sonando de fondo. Otra canción de la banda sonora que Heather había preparado para su parto. Lo único que ella había escuchado mientras daba a luz eran sus propios bramidos. Heather había compartido con ella la lista de reproducción a través de Spotify hacía unas semanas. Contenía temas de Brian Eno, Pink Floyd, Atomic Rooster, Yes, Deep Purple y Goblin, entre otros. A Roz la idea de parir mientras sonaba *Suspiria* o *Profondo Rosso* le parecía una insensatez, pero el gusto musical de Heather distaba mucho de su pasión por Kate Bush y Fleetwood Mac. Se parecía más al de la madre de Roz, Liz, que básicamente había sido quien había criado a Heather. Pero eso ahora era lo de menos. Era Heather quien estaba dando a luz. Roz le había enviado un mensaje en el que decía: «Me encanta tu lista de *preñarrock*», pero a Heather no le había hecho gracia el juego de palabras. En lo de la falta de sentido del humor debía de haber salido a su padre..., fuera quien fuera.

Los recuerdos de su propio embarazo habían aumentado cuando Heather le dijo que estaba encinta, y también los del parto. Dicen que el dolor se olvida, que las hormonas devoran el horror y solo queda un amor absorbente y sobrecogedor impregnado de oxitocina. Es la manera que tiene la naturaleza de asegurarse de que haya nuevos embarazos.

Pero ella seguía recordándolo. Incluso ahora, pese a saber que estaba en un tren, aquellos episodios la presionaban. Había logrado enterrarlos durante mucho tiempo, pero, desde que Heather se había quedado embarazada, los *flashbacks* se habían vuelto mucho peores. Cada día le venía a la mente un nuevo detalle del nacimiento de su hija. La sala de partos de colores menta y crema donde se pasó horas dilatando antes de que le hicieran una cesárea de urgencia. La mancha en la baldosa del techo que había sobre su cabeza y que parecía una cicatriz. El latido en el monitor que conectaron a su barriga y que había desencadenado todas las alarmas. La ternura en los ojos de la comadrona, que había cuajado en miedo. Y el olor a sangre y lejía.

Y luego estaban los otros recuerdos. Los que llevaba unidos como un cordón umbilical. Y aquellos fogonazos de pasado eran mucho peores. Louis, una asesora de víctimas de violación con quien Roz había contactado con frecuencia para ayudar a supervivientes, solía decir que «el trauma se adhiere al trauma». Y sí, el verse tumbada, incapaz de moverse debido a una droga paralizante mientras un desconocido la agredía y se introducía en su cuerpo... hacía que el trauma del nacimiento se adhiriese a la violación.

Roz notó que se le tensaba el pecho al hundirse en el recuerdo de aquella oscura habitación. Sacó su cubo de Rubik y lo hizo girar para ahuyentar las imágenes. Estaba allí, en aquel momento, y era una mujer de cuarenta y nueve años en un coche cama, no una joven embarazada a quien habían violado una noche estando de fiesta. Tampoco era aquella misma joven durante el parto.

Se concentró en la fotografía de Fort William que había en la pared, sobre la cama; las montañas siempre la llamaban, por lejos que estuvieran. Se dirigía al norte, por fin iba hacia ellas. Se acercaba a su hija y a la hija de su hija. Si estaba en sus manos, intentaría devolverle la magia a diciembre. Como pudiera.

Roz soltó el cubo en su bolso, cogió la tarjeta de acceso y abrió la puerta. Era hora de cenar, aunque fuera tarde. Mientras sonaba el silbato y el tren echaba a andar, el hombre que había intentado subir a bordo sin billete pasó corriendo a su lado. Era imposible que hubiera comprado uno, porque no quedaban, así que seguramente viajaría de polizón. Pero aquello no era el tren de un circo y ese hombre no era ningún mono. Roz continuó hasta el vagón Club.

Capítulo siete

Meg estaba sentada con las piernas cruzadas en la cama y observaba el compartimento. Para subirse el ánimo, le había dado, literalmente, un poco de luz. Había colocado unas lucecillas de colores sobre el lavabo y las cortinas, y había colgado algunos adornos que ella misma había hecho. Había acabado la tira de mujeres de papel, con sus faldas, sus botones y sus estampados navideños dibujados. Y, además, había montado guirnaldas de papel. Aún sentía la boca reseca de lamer los bordes engomados, pero había merecido la pena. El compartimento doble ahora tenía un resplandor naranja, como si estuviera sentada en su propia carroza de calabaza. Y qué mejor manera para viajar a Escocia, donde contraería matrimonio. Aunque Grant todavía no lo supiera. Se lo dejaría caer más tarde. Quizá eso hiciera que la quisiera más.

—¿Te gusta? —le preguntó a Grant e hizo un gesto amplio con el brazo para señalar la habitación.

—Me encanta —contestó él sin mirar. Estaba en la puerta del compartimento rellenando su vapeador; se guardó recambios de líquido en el bolsillo de la chaqueta—. Necesito un trago.

—Espera —dijo Meg y rebuscó en su bolso—, para el toque final.

Sacó una bolsa de papel arrugada y la balanceó adelante y atrás, sonriendo.

—¿Qué hay ahí dentro?

—Es el motivo por el que he ido a Colombia Road esta mañana temprano.

Sacó el manojo de muérdago de la bolsa, lo sostuvo por encima de su cabeza y dio unas palmaditas en la cama con la otra mano. No pensaba moverse hasta que Grant se le acercara y le diera un beso. Era la tradición.

Grant suspiró, pero sonrió, si bien con cierta condescendencia, como si Meg fuera una niña a quien tuviera que apaciguar. Atravesó el diminuto espacio, se inclinó sobre ella y la besó, sin sacar las manos de los bolsillos.

Meg rebotó en la cama, con las piernas aún cruzadas, como si estuviera levitando, algo que había probado en *El áshram de los famosos*. Le gustaban tanto las Navidades... Era la época del año en que, cuando era niña, podía fingir que todo iba bien. Todo quedaba sepultado por aquella magia que hacía que las hostilidades se detuvieran brevemente: se encendían velas, había juegos de mesa, juguetes para distraerse y comida suficiente para sofocar las discusiones. Había un alto el fuego de veinticuatro horas entre su madre y su padre, como en la primera guerra mundial, cuando ambos bandos jugaron al fútbol el día de Navidad y luego continuaron matándose en San Esteban.

Se puso de pie en la cama, con cuidado de no golpearse con el techo, y colocó en equilibrio el muérdago sobre la fotografía de una montaña. Parecía acebo de bayas blancas sobre un pudin navideño y colgaba como una bendición sobre la cama.

—Buenas noches y bienvenidos al tren nocturno de las nueve y cuarto, que sale con retraso hacia Fort William —dijo una voz grave a través de la megafonía del pasillo—. Tiene parada en Crewe, Preston, Glasgow, Dunbarton, Rannoch y Fort William. Debido al retraso, a la nevada incesante y a la previsión de tormenta, no pararemos en las estaciones habituales. Les rogamos que comprueben con los revisores cómo tomar trenes de enlace hasta sus destinos. —El hombre respiró hondo antes de continuar—: Si tienen billetes hasta Watford Junction o a nuestras otras rutas en las Highlands, Inverness y Aberdeen, me temo que deberán apearse del tren y buscar un transporte alternativo. Sentimos mucho el retraso y esperamos compensarlo durante el trayecto, pero, como he dicho, las condiciones climáticas pueden complicarlo. Los pasajeros que viajan en compartimento pueden solicitar servicio de habitaciones y acceder por orden de llegada a nuestro vagón Club, donde se servirá una cena ligera y habrá bebida. Quienes viajan sentados también pueden hacer pedidos a los camareros. Por favor, acomódense en sus compartimentos o butacas, familiarícense con las instalaciones y disfruten de este bello viaje.

Entonces, el tren arrancó con una leve sacudida. Mientras Meg aplaudía emocionada, el muérdago se cayó desde la cima de la montaña.

Capítulo ocho

El vagón Club era un hervidero cuando Roz entró. Hacía demasiado calor y olía a café, a *whisky* y a una mezcla agradable de puré de patatas, patatas de bolsa y queso. A un lado había cuatro reservados con mesa y bancos corridos en tonos naranjas y azules, mientras que en el otro había alineadas siete mesitas triangulares dispuestas como una tableta invertida de Toblerone.

En los reservados cabían cuatro comensales, seis si se apretaban, y el paño de tela de cuadros beis que cubría el reposacabezas del banco le recordó a Roz, por si lo había olvidado, que iba de regreso a casa. Tres de aquellos reservados estaban ocupados: uno lo habían invadido los estudiantes que se dirigían al concurso (Roz decidió bautizarlos como los «cerebritos»; tenían apuntes y tarjetas de revisión sobre la mesa); el otro lo había tomado la familia que había conocido primero en la sala de espera; y en el reservado contiguo una pareja compartía un pudin escocés de frutos secos que se iban dando el uno al otro a cucharadas. ¡Qué bonito era estar enamorado!

Roz sintió una punzada de envidia y miró a su alrededor, como quien no quiere la cosa, en busca del hombre apuesto y desaliñado, pero no estaba allí. Le sorprendió la magnitud de su decepción. Ayana alzó los ojos al ver pasar a Roz. Le sonrió y luego comprobó si Beck estaba mirando.

Roz se dirigió hasta la barra que había al final del vagón y le pidió algo de comer y un *whisky* escocés a un camarero llamado Oli, un joven con una gran sonrisa torcida. Llevó la bebida a una de las pocas mesas triangulares libres y se sentó en una silla giratoria móvil. Desde allí, contempló por la ventanilla el Londres grisáceo y ensombrecido al tiempo que veía un reflejo de todo el vagón. Le dio un trago al *whisky*. Sabía a chocolate, a turba y a tofe de las Highlands. Una nota ahumada se le quedó en el velo del paladar como el fantasma de un tren de vapor.

Suspiró con fuerza. «Todo saldrá bien», se dijo. Llegaría allí y empezaría a compensar a Heather por todo lo que había pasado, tardara lo que tardase. Junto a la mesa se había sentado un caballero con un traje de tela escocesa verde claro y leía un libro de poesía navideña. Mantenía sus largas y delgadas piernas cruzadas como un grillo. Tenía el aspecto de alguien que recitaba a Dickens y que sabía divertirse. Por el momento reinaba la calma. Como cubitos de hielo en un *whisky* de segunda, las cenas recién servidas y la emoción infantil de viajar en un tren nocturno bajaban la temperatura de la estancia y potenciaban esa sensación. Pero los cubitos de hielo desaparecerían y la bebida, incluso aguada, tendría el mismo efecto en el torrente sanguíneo. Roz concedió noventa minutos antes de que llegara la Nochebuena a aquel vagón. Y no estaba segura de cómo reaccionarían los pasajeros.

En otro tiempo, habría agradecido un ambiente festivo. Se habría sumado a la fiesta con un abandono que habría desesperado a su madre. Sus últimos años de adolescencia y los primeros de universidad fueron un batiburrillo de discotecas y bares, una nube difusa de camas llenas de chicos o chicas o chicas y chicos. No recordaba sus nombres ni sus caras, se habían desvanecido en espacios de su memoria cerrados a cal y canto; en cambio, aún veía con toda claridad la electricidad en las calles una noche cualquiera de fiesta, antes de que la agresión hiciera que no volviera a poner los pies en una discoteca.

Décadas de trabajar como policía le habían demostrado que las noches así acababan en sangre. De una u otra manera. Lo presentía ya en el tren, como si los problemas los aguardaran al final de un largo túnel. El vagón Club sería una especie de limbo, una tierra de nadie donde todo pasaba, igual que en una despedida de soltero o de soltera, o en un viaje a otra ciudad. Siempre se acababa vomitando sobre la acera y aparcando los principios morales en casa. Roz había trabajado demasiados lunes festivos y viernes de puente como para poder relajarse cuando percibía esa sensación en el ambiente.

Pero, por el momento, estaba disfrutando de la tranquilidad. Y de buenos quesos. Oli había dejado el surtido delante de ella. Los trozos de chédar claro de las islas Orcadas y de Arran se sostenían como menhires sobre la pizarra. El *brie* de las Hébridas tenía un apetitoso aspecto blanducho y el queso azul procedente del Mull of Kintyre presentaba un entramado de vetas azules parecido a las varices de los muslos de Roz. El queso era esencial para la vida, no solo para la Navidad. Un surtido de quesos siempre tenía cierto halo de celebración. Tal vez fuera por las especias de la salsa agridulce que servían como acompañamiento o por la manera primigenia que la gente tenía de atacarlo con el cuchillo, como una suerte de ritual sagrado y comunitario que tenía el fin de honrarlo. Pero aquel surtido era solo para ella. Mientras cortaba un trozo de chédar, lo ponía sobre una tortita de avena y lo coronaba con una cucharadita de mermelada de manzana, el estómago le rugía, expectante.

—¿Le importa que me siente aquí?

La mujer de la parka roja estaba de pie junto a Roz y señalaba el asiento vacío que había a su lado.

—Por supuesto que no —respondió ella—. Adelante.

La mujer dejó la bebida en la mesa y se sentó, aún con el abrigo puesto.

—Lamento lo ocurrido antes —se disculpó. Debía de rondar los treinta años y llevaba mechas de los colores de la sal y del caramelo—. Estaba abochornada.

—Debería verme a mí en los bufés libres a la hora del desayuno. Acaparo mazorcas como si no fuera a comer en días.

—Me llamo Ember.

Le tendió la mano y Roz hizo lo propio. El apretón fue más bien blando.

—Yo soy Roz. Y puedes tutearme.

Volvió a rugirle la barriga.

—De acuerdo. Por favor, come —dijo Ember—. No te molestaré.

Roz dio un mordisquito. El queso tenía el punto de picante exacto y la tortita le hizo acordarse de la que hacía su madre. Es posible que la receta estuviera en aquellos momentos en su compartimento. La madre de Roz, Liz, había fallecido en septiembre y le había dejado muchos remordimientos, una casa en Fort William y un libro de recetas escrito a mano.

Aquellos apuntes viajaban en una de las maletas de Roz. Eran recetas que Liz había inventado y recortes de revistas en los que había anotado sus comentarios sobre gastronomía, la vida y el amor. Parecía su diario, su biografía, un Libro de las Sombras para sibaritas. Liz lo había guardado siempre como un tesoro y solo había compartido una o dos fotocopias de recetas con Roz en ocasiones especiales. Las recetas de la tableta escocesa y de las galletas de mantequilla eran dos de las pocas que le había dado a su hija. Roz siempre había atesorado aquellas páginas tan raras y sus sabios consejos sobre los ingredientes («*Utiliza siempre nuez moscada recién rallada, nunca de bote, y asegúrate de que sea fresca. Si tiene aspecto de testículo, deséchala de inmediato*»). Había algún consejo esporádico sobre los utensilios («*Conviene tener siempre una espátula a mano: no solo es esencial para cocinar, sino también para espantar las moscas y a los hombres cansinos*») y sobre jardinería («*He descubierto que cultivar albahaca entre tomateras mantiene a raya a los bichos*»), si bien sus notas principalmente contenían recomendaciones para la vida en general («*Aprende a pedir perdón sin paliativos, pero solo si has hecho algo mal y si lo sientes de verdad. Y ya que estamos en* ello, debes saber, Rosalind, que lamento si alguna vez te he descuidado o no he sido lo bastante cariñosa contigo. Siento los problemas que pueda darte cuando sea mayor y enferme»).

Roz sabía que el libro, que le habían enviado a su dirección de Londres después de la lectura del testamento, contenía los pensamientos de su madre hasta el momento de su muerte. Y por eso precisamente no lo había leído todavía.

Pero tenía que hacerlo. Y pronto. Seguro que guardaba alguna receta que Roz pudiera preparar para Navidad. Cuando no sabía cómo expresar amor, cocinaba. Y cuando no sabía qué sentir, comía.

Ember sacó un libro delgado de su bolso de mano, *Asesinato en el Orient Express*. Hacía muchos años que Roz lo había leído. De adolescente le encantaba Agatha Christie, pero al hacerse policía pensó que ya tenía cubierto su cupo de asesinatos. Ember vio que miraba el ejemplar.

—Sueño con ir en un tren nocturno desde la primera vez que lo leí.

Roz rio.

—Eso es como ver *Amenaza en la sombra* y reservar una *suite* junto a un lago en Venecia para pasar la luna de miel.

—¿Por qué crees que llevo este abrigo si no? —preguntó Ember con una sonrisa que, no obstante, tenía un halo de tristeza.

Roz se acordó de ella en la estación.

—¿Estás bien? —le preguntó, sin poder contenerse—. Antes te he visto llorar. En el vestíbulo de la estación.

—Me preocupaba que cancelaran el tren y no llegara a casa.

—¿Era eso entonces?

Ember tropezó con el reflejo de la mirada de Roz en la ventanilla y apartó los ojos.

—También he tenido mala suerte en el terreno romántico. Pero no es nada.

—¿Te refieres a que sí que es algo pero prefieres no hablar de ello?

Ember se rio.

—Sí.

—De acuerdo. Intento recordarme que no debo meter las narices en los asuntos de los demás. Es la fuerza de la costumbre, son muchos años en el cuerpo. ¿De qué hablábamos antes de que lo haya hecho otra vez? ¡Ah, sí! ¡Del tren! Hace años que sueño con regresar a casa en un tren nocturno. Mañana por la mañana nos despertaremos con el sol invernal sobre los lagos.

Ember alzó su bebida.

—Por dormir en un coche cama.

Brindaron.

A través del reflejo de la ventanilla, Roz vio cómo Meg y Grant entraban en el vagón Club. Ella corrió al reservado que quedaba libre y él se dirigió a la barra mientras sacaba un fajo de billetes de su cartera.

—Mi novia tiene hambre. ¿Tienes algo sin pan, patatas o tomates? Es muy «quisquillosa» con la comida. —Hizo el gesto de entrecomillar la palabra con los dedos—. Ah, y ponme champán —añadió en un tono innecesariamente alto.

Oli señaló tres marcas distintas y Grant miró a Meg antes de elegir la más cara.

Roz puso los ojos en blanco. Ember soltó una carcajada demasiado sonora, a juzgar por cómo la miró Grant. Reaccionó clavando la mirada en el suelo.

—No le hagas caso —dijo Roz, también con voz lo bastante estentórea como para que la oyera—. Es un capullo irrelevante.

Grant abrió la boca y luego la cerró. La fulminó con la mirada al regresar a su mesa, con la botella en una mano y dos flautas de champán en la otra, sostenidas como puños de acero resplandecientes.

Ember miró a Roz.

—¿Cómo lo haces?

—¿El qué?

—Hablar sin tapujos. Defender a las personas.

—Intento no hacerlo para no meterme en líos.

—Pero eso no te frena...

—Ojalá lo hiciera. Me salen las palabras por la boca antes de que me dé tiempo a cerrar el pico. Por eso nunca ascendí de inspectora.

—Así que decir lo que se piensa tampoco funciona... —comentó Ember, asintiendo despacio.

—Al menos tienes la sensación de hacer algo.

—Yo nunca he hecho lo suficiente.

—Pues pruébalo alguna vez. Pero recuerda que puedes meterte en problemas.

Ember asintió y dejaron de hablar del tema.

Roz se quedó mirando por la ventanilla. El movimiento del tren hacía que las luces de todos los edificios se conectasen, como si Londres estuviera entrelazado por guirnaldas luminosas.

Roz volvió a mirar el reflejo de Grant y Meg en la ventanilla. Grant no le quitaba ojo, con el labio superior curvado. Meg le acarició el brazo, señaló la botella y se llevó la mano al pecho para darle las gracias.

Phil intentaba salir del banco corrido con cuidado; sostenía en brazos a sus hijos dormidos. Llevaba al bebé atado y a Robert enroscado a un brazo como un abrigo rellenito.

—No tengas prisa —le dijo a Sally.

Ella sostuvo en alto su bebida. La lámpara de mesa que había tras ella confería un resplandor ámbar a la copa.

—No tengo ninguna intención de hacerlo.

—Aidan, Liv, no os vayáis a dormir muy tarde —les pidió Phil a sus dos hijos mayores.

Liv cruzó los brazos.

—Papá, voy a cumplir veintiún años dentro de tres días.

—Pero necesitarás haber dormido para tratar con la abuela.

—¿Qué se supone que significa eso? —preguntó Sally con voz afilada.

—Nada —respondió Phil y levantó el brazo libre en señal de rendición.

—Lo que papá quiere decir es que la abuela es una pesadilla —respondió Liv cruzando los brazos—. No quiere que la hagamos enfadar. Qué alegría que eso no se herede, ¿eh, mamá?

Su sarcasmo era grueso como un ventisquero.

—Bueno —intervino Phil—, ya es hora de que este par se vaya a la cama y de que yo duerma también un poco. Al menos faltan dos horas hasta el próximo biberón del pequeñajo.

Empezó a retroceder como un cangrejo hacia la puerta y se alejó de los reservados, como si quisiera evitar a alguien.

—¿Señor Bridges? —lo llamó Meg al pasar junto a su mesa. Su voz transmitía una emoción evidente—. ¿Phil?

Phil se quedó paralizado. Abrió la boca, pero no dijo nada. El bebé movió la cabeza sobre el pecho del hombre, como si hubiera notado que a su padre se le aceleraba el corazón. La conversación en el vagón bajó de volumen. Todo el mundo prestaba atención a la escena.

Meg salió de su banco corrido. Tras ella, Grant cruzó los brazos. La mandíbula se le movía de lado a lado.

Phil se dio media vuelta, de manera que quedó de espaldas a Roz. Tenía los hombros tensos, quería desaparecer de allí.

—Pero ¿cuánto tiempo ha pasado? —preguntó Meg.

Estaba de pie delante de él. Roz veía su rostro élfico desde donde estaba sentada. Meg alzó los ojos hacia Phil con una intensidad que no aparecía en las fotografías de la prensa rosa.

—Siete años, diría —respondió—. Es el tiempo que llevamos en Londres.

—¿Sigue enseñando?

Phil dudó un momento y luego negó con la cabeza.

—He dado clases en la universidad hasta hace poco, pero me he cogido una excedencia hasta que estos dos estén en la escuela y en la guardería. Ahora ellos me mantienen ocupado.

—Me lo imagino —afirmó Meg—. ¡Son monísimos!

—Se parecen a su madre —indicó Phil y señaló con la cabeza a Sally—. Te acuerdas de Sally, ¿verdad?

Roz notó un levísimo hálito de advertencia en su tono.

—Por supuesto —dijo Meg con una sonrisa, pero sin girarse hacia el reservado para saludar a la mujer.

Sally no sonreía. Tenía la vista clavada en el rostro de su marido.

—Ya me he enterado de lo bien que te va —dijo Phil—. Cuesta leer un diario o conectarse a internet sin que aparezca tu cara.

Su risa se prolongó más de lo debido.

—¿Y qué? ¿Con ganas de regresar a Fort William para pasar las Navidades? —le preguntó Meg.

—Sí, claro. Está precioso en esta época del año.

Se soltaban las trivialidades aburridas que se dice la gente en sociedad para salir del paso. Pero se les veía apurados.

Se miraban a los ojos. Un sensación de tirantez invadió el vagón mientras los presentes intentaban determinar qué sucedía. Roz quería cortar la tensión con el cuchillo del queso.

Robert se removió en el brazo de su padre y se le cayó al suelo su muy querida jirafa de juguete.

—Será mejor que me vaya antes de que uno de estos se despierte —concluyó Phil.

Meg se agachó, recogió la jirafa y la metió entre Phil y Robert. Grant salió del reservado, se colocó de pie detrás de Meg y le puso las manos en los hombros. Sus largos dedos estaban doblados por los nudillos, posados como arañas en sus clavículas.

—¿Es el profesor del que me hablaste? —preguntó.

Phil volvió a quedarse helado.

—No me lo imaginaba así.

—Déjalo, Grant —le pidió Meg.

Pero Grant no estaba dispuesto a parar. Los hombres como él no sabían dejar las cosas en paz.

—Me contaste que tenía la piel horrible, que parecía braille. Peludo y verrugoso, como braille.

Grant hablaba en tono de mofa.

—Yo nunca he dicho eso, te lo prometo. —Meg miraba a Phil

parpadeando y le suplicaba con los ojos—. Solo mencioné que tu piel era un poco...

No acabó la frase. Phil se llevó la mano que tenía vacía a la cara. Grant apoyó la barbilla sobre la cabeza de Meg y la envolvió con sus brazos, sin dejar de mirar a Phil.

Roz notó que el aire de la estancia se impregnaba de una tensión testosterónica. Había tenido que vérselas con muchos Grant a lo largo de la vida. Cualquier cosa podía hacer que se derramaran como una jarra de cerveza sobre cualquier inocente que pasara por allí. Y sabía que Grant no acabaría en el hospital.

El chico apartó a Meg a un lado, con gesto de machito, y se colocó a pocos pasos de Phil.

Roz sintió la mirada de Ember clavada en ella; seguramente se preguntaba si pensaba intervenir. Pero Roz permaneció sentada. Si se entrometía, era probable que la situación solo se caldease más. Tenía que confiar en su instinto. Dejarse llevar por la sensación en la barriga. Su tripa siempre le había funcionado bien, tanto literal como metafóricamente. De adolescente la odiaba. Intentaba agarrarse la poca grasa que reflejaba el espejo para demostrar lo asquerosa que era. Pero, con el tiempo, había cogido cariño a la nueva flacidez de su carne menopáusica y a las estrías que descendían desde su ombligo hasta la cicatriz de la cesárea. Había dado vida a un ser humano ahí dentro. Y le habían extirpado el apéndice. Había digerido kebabs y traumas a altas horas de la madrugada.

No obstante, en ocasiones, si guardaba silencio, daba a los matones carta blanca para salirse con la suya.

—Es un poco raro salir con un profesor viejo, ¿no? —comentó Grant—. Es asqueroso.

—No soy tan viejo —replicó Phil—. Ni siquiera he cumplido los cuarenta.

Pero no sonaba convencido. Roz sabía lo que significaba sentirse viejo antes de tiempo.

—¿Y qué edad tenías tú cuando era tu profesor, churri?

«Churri» era un término afectivo. Era un apelativo cariñoso para designar a la persona que amas, un apelativo que Roz no había podido decirle a nadie desde hacía mucho tiempo. Pero Grant lo había pronunciado en un tono de advertencia.

—¿Phil, te vas ya o no? —preguntó Sally con una voz afilada que perforó la parálisis del hombre.

—Sí, claro —respondió y se dirigió hacia la puerta arrastrando los pies.

Meg lo observó marcharse. En sus grandes pupilas se reflejaban las bombillas de las lámparas. La expresión de su semblante era un tanto inescrutable. Si no se encontraran en un tren, estaría a medio camino entre el miedo y el arrepentimiento.

Cuando las puertas se cerraron, Meg y Grant volvieron a tomar asiento en su mesa. Meg tenía la cabeza gacha en ademán de súplica. De alguna manera, la situación acabaría volviéndosele en contra y pagaría por ello, ya fuera con silencio o de un modo peor.

Sally dio una palmada con las manos en la mesa.

—Venga, que empiece la fiesta. Tengo ganas de emborracharme.

Liv se tapó la cara con las manos.

—¡Mamá!

Roz sonrió. Heather no tardaría demasiado tiempo en saber lo que era que tus hijos sintieran vergüenza de ti. No había manera de evitarlo. Y pasaba mucho antes del cliché de la vergüenza ajena en la adolescencia. Heather tenía cinco años cuando le dijo a Roz, que entonces tenía veintiséis:

—Para, mamá, que haces que me ponga roja.

Soltó aquello al verla hacer payasadas durante el día de los deportes de la escuela.

Sally sostuvo en alto una copa vacía.

—¡Calla ya, Liv! Ya eres lo bastante mayor para ver a tus padres como seres humanos.

—Ya voy yo —se ofreció Aidan, que agarró la copa de vino de su madre y salió del reservado. Parecía feliz de tener una excusa para largarse de allí—. Y no, no voy a beber, no te preocupes.

A Roz le vibró el teléfono: era Heather quien llamaba. El ruido en el vagón se amortiguó, como si hubieran levantado un biombo. Nada de aquello importaba en comparación con lo que estaba sucediendo al otro lado de la línea.

Roz se puso en pie, aceptó la llamada y se apresuró hacia la puerta.

—¿Va todo bien, cielo?

—Vuelvo a ser yo —respondió Ellie—. Y no, no va todo bien.

Capítulo nueve

R oz estaba de pie, sola, en la bamboleante zona entre vagones. Su corazón también se tambaleaba.

—¿Ha pasado algo?

—Jean, la comadrona, no está contenta con la evolución.

La voz de Ellie, por lo común firme, sonaba trémula. De fondo escuchó la angustia en la voz de Heather mientras hablaba con la comadrona, cuyo tono grave y tranquilizador fluía como el agua cálida que llenaba una piscina para parir.

—¿Qué pasa?

Roz notó que su propia voz le temblaba en la garganta.

—El latido del corazón de la niña es demasiado lento.

Se le aceleró el corazón como si pudiera compensar el de su nieta.

—¿Y Heather cómo está?

—Pues no muy bien. Dice que solo está cansada.

Pero aquellas palabras ocultaban algo. Transmitían la presión que Ellie estaba soportando.

—Pero tú crees que no es solo eso, ¿verdad?

Roz escuchó una puerta abrirse y cerrarse. Ellie debió de ir al pasillo para hablar sin que Heather la oyera.

—A Jean le preocupa Heather, no le gustan los temblores que tiene. Y tiene la tensión demasiado alta. Además, dice que la bebé está sufriendo. —Ellie tomó aire de manera audible y luego tragó saliva—. Podría deberse a que la placenta se ha desprendido o a algún problema con el líquido amniótico o el cordón umbilical, pero, básicamente, la niña podría no estar recibiendo suficiente oxígeno.

—¿Y ahora qué? Os vais para el hospital, ¿no?

—Sí, vamos a ir a la Maternidad de Inverness en mi coche.

—¿Y Heather no está disgustada por eso?

Su hija estaba decidida a parir en casa. Había redactado su plan de parto, desde los aceites esenciales que iba a utilizar (lavanda, salvia, azahar, mandarina y hierbabuena) hasta la temperatura del agua y los puntos de reflexología que Ellie tenía que presionar en determinados momentos. Heather había asistido a clases de hipnosis para el parto y había practicado técnicas de respiración y visualización antes de acostarse cada noche. Siempre había sido muy previsora. Pero un parto no podía contenerse en una hoja de cálculo.

—Al principio se ha negado, pero Jean y yo la hemos acabado convenciendo. Estará en el mejor sitio si le pasa algo a...

Ellie no concluyó la frase.

Nadie quería pronunciar aquellas palabras y ser gafe. Temían que soltar aire a través de los labios para formarlas pudiera hacerlas realidad.

—Todo saldrá bien, Ellie —dijo Roz, también para convencerse de sus propias palabras.

Las lágrimas ahogaron la voz de la chica.

—Voy a preparar la bolsa. Te paso con Heather.

Roz esperó, respirando con dificultad, mientras oía que la puerta se abría de nuevo. Contempló la oscuridad a través de la ventanilla. Las casas pasaban entre sombras. Solo por la noche los suburbios parecían tan siniestros como eran en realidad.

—¿Roz?

Heather rara vez la llamaba «mamá» desde que había aprendido que su nombre era Roz a los cuatro años.

A veces, cuando Heather estaba muy enfadada con ella, decía «Rosalind». Y a Roz le dolía.

—Estoy aquí, cariño.

—Ojalá estuvieras aquí de verdad.

A Heather le costaba respirar; las palabras le salían a ráfagas. Le mandó una solicitud de videollamada y Roz la aceptó. Heather apareció en pantalla. Tenía la cara roja e inflamada, estaba casi irreconocible. Tenía los ojos vidriosos y temblaba tanto que la cámara se agitaba. Roz solo quería abrazarla. A espaldas de su hija, el salón estaba iluminado con velas.

—Quieren llevarme al hospital, Roz.

Heather resopló y se sorbió la nariz, como hacía siempre que se esforzaba por contener las lágrimas.

—Es lo mejor, cielo. Por si acaso...

Roz esperaba transmitir calma al hablar.

—Yo quería tenerla aquí.

—Ya lo sé. Pero tu hija necesita que te asegures de que estará bien.

Roz se estremeció al decirlo, consciente de que su propia hija también la necesitaba y ella no estaba allí para ayudarla.

—Ya le he fallado —dijo Heather tan bajo que Roz apenas la oyó.

—No —respondió ella en un tono desafiante—. Tú no has fallado en nada.

—En las clases de preparación al parto dijeron que la bebé se estresaría en el hospital. No es un buen comienzo para su corazón.

—Eso son pamplinas —replicó Roz sin poder contenerse—. Chorradas y nada más que chorradas. Su corazón no está precisamente bien en este momento. —Heather rompió a llorar. Y Heather muy pocas veces lloraba—. Lo siento, cielo. No pretendía...

—Te dejo —zanjó Heather y cortó la llamada.

Roz se quedó mirando el teléfono. Volvió a llamar, pero no respondió. Grabó un mensaje de voz y se lo envió:

—Lo siento mucho, cielo. Lo último que pretendía era ponerte triste. Quiero que sepas que no dejo de pensar en ti y que llegaré en

ALEXANDRA BENEDICT

cuanto este estúpido tren me lleve contigo. Perdóname, de verdad. No me hagas caso. —No detuvo la grabación y, sin saber qué más añadir, dijo—: Te quiero.

Roz tuvo la sensación de que la había fastidiado. Otra vez. ¿Por qué no era capaz de estar calladita?

Al otro lado de la ventanilla, pasaban verjas, jardines y rectángulos de luz como relámpagos. Roz sabía que, en teoría, era ella quien se movía, pero no daba esa sensación. Esa era la magia de los trenes. El mundo parecía pasar mientras una estaba quieta y, sin embargo, llegaba a su destino. Ojalá la vida fuera así.

Mirar por la ventanilla la ayudó. Si bien lo más importante en el mundo para Roz seguía siendo lo que estaba ocurriendo en un bajo en Fort William, cobró conciencia de miles de vidas paralelas. Todas aquellas personas estaban en casas que apenas podía ver, en sus sofás, en el baño o en la cama, viendo la tele o pornografía, felices o tristes, algunas llorando, otras moribundas. Cada vida era integral, esencial, como cada pequeña pieza del tren. En la Policía metropolitana, cuando Roz había querido poner en perspectiva alguno de los múltiples aspectos calamitosos de su vida, había consultado el expediente de crímenes sin resolver. Allí podía comprobar que, al menos, compartía problemas con otras personas. Y a menudo también encontraba algún caso en el que indagar, cualquier cosa con tal de dejar de pensar en el hombre que la violó. Si no podía averiguar quién había sido, al menos sí podía poner entre rejas a otros como él. Pero el porcentaje de condenas estaba empeorando y algunos de los agresores eran policías.

Probablemente, mientras ella pasaba por allí, se estuviera cometiendo algún delito, o varios. Cada ventana, con sus persianas o cortinas, cada una de aquellas cajas de luz, podía albergar una atrocidad. La ventana batiente de Schrödinger.

Aun así, centrarse en otras personas la había convertido en una madre horrible. Quien dijera que podía conciliarse bien una

72

profesión vocacional con la maternidad nunca había intentado hacerlo. Conciliar era muy difícil, como hacer malabarismos. En una ocasión, Roz había intentado aprender a hacer malabares con un tutorial de YouTube. Y había acabado con las bolas esparcidas por todas partes y con el reloj de mesa que le habían regalado por su decimosegundo aniversario en el cuerpo de Policía hecho añicos en el suelo.

Roz necesitaba caminar para desembarazarse un poco de sus preocupaciones reprimidas. Atravesó la puerta automática que conducía al coche cama y avanzó por el pasillo hasta el siguiente, y luego hasta el de más allá. Las voces flotantes quedaban suspendidas en el aire a medida que iba pasando frente a los compartimentos: Phil cantaba *Noche de paz* a sus hijos, un hombre hablaba por teléfono...

Más allá de los coches cama estaban los vagones con butacas y para el equipaje. Apenas viajaban pasajeros en ellos, unos veinte en total. Seguro que se debía a que el tren normalmente llevaba a todo el mundo a Edimburgo antes de dividirse en cuatro.

Más adelante vio a Tony y a su madre, Mary, sentados frente a frente en una mesa, con los asientos ligeramente reclinados. El transportín con el gato estaba en el asiento contiguo al de Mary. Habían abierto la cremallera de la malla superior, pero el Señor Mostacho parecía feliz de estar donde estaba e ir recibiendo los pedacitos de jamón dulce que Mary le daba de vez en cuando. Ronroneaba sin parar, como si su soniquete impulsara el tren.

Sobre la mesa había una lata abierta de bombones de chocolate. Los envoltorios resplandecían como joyas.

—¡Pero si es nuestra salvadora! —exclamó Tony—. ¿De visita a la plebe?

—No. Necesitaba caminar —respondió Roz.

—¿Le apetece un bombón? —le preguntó el hombre y agitó la lata, en cuyo interior bailaron los chocolates.

—No coja los de avellana —le indicó Mary—. Son mis favoritos.

Roz agradeció la sinceridad. También eran sus preferidos. Y quizá Mary lo hubiera intuido. Mary tenía algo de ardilla, con aquellos ojos oscuros y brillantes que apenas parpadeaban. Y con su forma rápida de volver la cabeza. Roz no podía comprobarlo desde donde estaba, pero no le sorprendería que tuviera una cola peluda.

—De los demás puede comer los que quiera —continuó la mujer—. Sobre todo de los de fruta o café, son abominaciones para el paladar.

—¡Pues a mí me gustan, mamá!

Mary se encogió de hombros y sonrió.

El Señor Mostacho bostezó, apoyó sus inmensas patas sobre la parte superior de la mochila y asomó la cabeza. Se quedó mirando fijamente a Roz y luego maulló. Roz nunca se había sentido tan juzgada.

—¿Qué raza de gato es? —preguntó.

—Una mezcla de *Maine Coon* con siberiano, aunque se cree un perro pastor —respondió Mary.

Acarició la cabeza del Señor Mostacho y el gato cerró los ojos de puro placer. Roz se preguntó qué se sentiría. Hacía mucho que nadie la acariciaba.

Mary intentó estirar las piernas e hizo un gesto de dolor.

—Aún quedan algunos asientos en el vagón Club —informó Roz—. Allí tendrán algo más de espacio.

—¿Se nos permite entrar? —preguntó Tony.

—Por supuesto —aseguró Mary—. Si hay sitio, incluso los ciudadanos de segunda clase pueden sentarse con la élite.

—Ya no lo llaman «segunda clase», mamá.

—¿Qué más da cómo lo llamen? —repuso Mary—. Sigue siendo estratificación por clases. Nosotros somos el manto del tren, los que asimilamos el traqueteo por la irregularidad del terreno, mientras que la meseta que hay sobre nosotros es llana.

—Mamá era profesora de geología —explicó Tony.

—Sigo siéndolo cuando me dan una ginebra y una oportunidad —afirmó la mujer.

Le brillaban los ojos.

Tony alargó la mano para agarrar la de su madre. La mirada que intercambiaron estaba hecha de décadas de sedimento y amor.

El corazón de Roz no era capaz de asimilar aquello esa noche.

—Los dejo —dijo—. Pero vayan al vagón Club si les apetece. Antes de que haya follón. Aunque ya ha habido algún conflicto, así que no puedo prometerles que no presenciarán ningún drama.

—Pues más razón para ir —sentenció Mary y miró al Señor Mostacho, que tenía la lengua fuera.

Roz no pudo determinar si era un gesto de acuerdo o de refutación.

Desanduvo los pasillos del tren, sujetándose a las paredes para paliar las sacudidas y el traqueteo. Cuando estuvo a las puertas del vagón Club, volvió a mirar el teléfono. No había mensajes, ni escritos ni de voz. Nada.

Justo cuando estaba planteándose volver a llamar, la puerta automática del coche cama se abrió. El hombre que viajaba de polizón se plantó delante de Roz. El cabello rubio oscuro, quizá sucio, le caía enmarañado sobre los hombros. A juzgar por su aspecto, había dormido con su harapiento abrigo marrón varias noches, si es que había dormido. Llevaba en la mano una bolsa de plástico con todas sus preciadas pertenencias dentro. No podía tener más de cuarenta años, pero sus ojos rebosaban tristeza y tenía unas profundas ojeras.

—Perdone —se disculpó y agachó la cabeza—. Busco el lavabo.

Su voz transmitía una urgencia que su cuerpo ocultaba.

En el vagón siguiente, Roz vio a un revisor acercándose hacia ellos. Era evidente que el hombre intentaba huir de él. Roz tenía dos opciones.

Retrocedió y le señaló el lavabo. Al fin y al cabo, quizá tenía que ir a casa por Navidad y era la única manera de que lo hiciera.

—Es aquí —le dijo mientras pulsaba el botón que abría lentamente las puertas.

El hombre la miró agradecido, se coló dentro y volvió a pulsarlo varias veces para encerrarse, como si eso fuera a acelerar el proceso. Si Roz fuera un lavabo, y se había sentido así en ocasiones, todas esas veces que se le habían meado encima, cerraría la puerta muy despacio solo para fastidiar a la gente que hacía aquello. Pero en aquel caso, al ver que el revisor estaba al otro lado de la puerta automática, quizá la cerraría a toda prisa.

El revisor llegó al vestíbulo y clavó la vista en la puerta, que se cerraba. Era un hombre corpulento de unos sesenta años, con el cabello del color y el espesor de las gachas. En su placa con el nombre se leía «Beefy»,* lo que solo conducía a formularse más preguntas.

—Perdone, estaba buscándolo para ver si sabía —empezó a decir Roz, preguntándose qué se le ocurriría a su cerebro— si la llegada a Fort William mañana por la mañana será con retraso o si ganaremos tiempo durante el trayecto.

—Pues es difícil decirlo —respondió el hombre con un marcado acento de la zona del Támesis—. No podemos ir a máxima velocidad porque hay hielo en las vías. Y la previsión ha cambiado: parece que va a nevar con más intensidad de lo que estaba previsto. Probablemente tendrían que haber cancelado el viaje, como los demás. Pero la maquinista dijo que había encontrado bien el trayecto de bajada y... —Suspiró de un modo que indicaba que su opinión rara vez se tenía en consideración—. Mientras llegue a Londres mañana, no me importa.

Volvió a mirar hacia el lavabo.

—Supongo que querrá ver mi billete —dijo Roz—. Está en el vagón Club, en mi bolso. Acompáñeme, se lo mostraré.

Roz hizo un gesto para señalar la puerta y, con aspecto desconcertado, pero haciendo lo que le decían, Beefy la cruzó. Mien-

---

* *Beefy*: «Fornido, robusto». *(N. de la T.)*.

tras lo seguía, Roz vio con la visión periférica que la puerta del lavabo se abría lentamente. Una vez en su asiento, miró hacia atrás y cazó al polizón recorriendo deprisa el pasillo en sentido opuesto.

Capítulo diez

Meg alargó la mano por encima de la mesa para coger la de Grant. Con delicadeza, sin apenas rozarlo, recorrió las líneas de su palma. Estaban bien grabadas en su piel, la línea del corazón y la de la cabeza recorrían su mano de lado a lado sin tocarse en ningún momento. Meg deseó acordarse de qué indicaba aquello y qué podía significar para su relación, pero no lo consiguió. Había fallecido antes de transmitirle los conocimientos sobre quiromancia y otros tipos de adivinación, aunque no creía que se necesitara material específico; bastaba con unas nociones básicas.

—Se puede adivinar el pasado, el presente y el futuro con cualquier cosa. Lo único que se requiere es tener el don para hacerlo, Megan —le había dicho—. Y tú lo tienes. Solo debes recordar cómo conectar con él.

Intentó buscar su don para leer el futuro escrito en las manos de Grant, pero era como uno de esos túneles de tren falsos pintados en los dibujos animados. Se estrelló contra una pared de ladrillo y no pudo ver más allá. Sacaría las cartas del tarot más tarde, que con suerte le resultarían más instructivas. Tenía que saber qué le deparaba al final de aquellas vías.

El revisor se detuvo junto a su mesa. Era un hombre fornido, con el cabello blanco y grueso. Olía a tostada.

—Perdone que la moleste, señorita Meg —se disculpó e inclinó levemente la cabeza a modo de reverencia. El tono de su semblante pasó del blanco al rosado—. Me preguntaba si podría firmarme un autógrafo. Es para mi hija. Charlie.

—Meg ya no firma autógrafos —espetó Grant y soltó una risa estentórea.

Meg sonrió y lo ignoró.

—Por supuesto, Beefy —respondió al revisor tras comprobar su nombre en la placa identificativa (una famosa con la que había coincidido en un concurso le había aconsejado que averiguara siempre los nombres de las personas que podrían cuidarla)—. ¡Qué nombre tan genial!

Beefy sonrió de oreja a oreja. A su dentadura no le habrían ido mal unos arreglos, pero había algo entrañable en el modo en que sus dientes no acababan de encajar. El hombre le alargó entonces un trozo de papel que llevaba oculto en la espalda como si fuera un ramo de flores.

—Tenga.

Y también le facilitó un bolígrafo.

—Tengo mi propia pluma para esto —respondió ella mientras sacaba una pluma fucsia grabada de su bolso de Anya Hindmarch—. ¿Qué edad tiene Charlie?

—La semana que viene cumple once años. Es hija única y es maravillosa.

Le centellearon los ojos al decirlo y Meg sintió una punzada de celos. Era evidente que Beefy adoraba a su hija. Se preguntó qué sentiría Charlie.

Escribió:

¡Feliz cumpleaños con una semana de antelación, Charlie!
¡No dejes de seguirme! ¡Te quiero!

Luego garabateó su firma en el dorso del papel. Acabó haciendo un montón de cruces a modo de besos y añadió una más de lo habitual porque Beefy había sido muy dulce.

El hombre cogió el papel como si fuera la cosa más preciada después de su hija. Lo agarró por los bordes con sus manazas, que parecían jamones de Parma.

—Perfecto. Muchísimas gracias. —A continuación, se volvió hacia Grant y su sonrisa se esfumó. Con una mirada de acero, le dijo—: Los billetes, por favor, caballero.

—¿Así que no quiere mi autógrafo? —le preguntó Grant con una de las carcajadas con las que disimulaba su inseguridad.

A Meg no le gustaba nada oír aquella risa.

—Lo siento, amigo —dijo Beefy con un encogimiento de hombros—. No queda espacio en el papel.

Grant agarró la hoja y le dio media vuelta. Luego cogió la pluma de Meg y estampó su firma. Meg se estremeció al escuchar la pluma rascar el papel, segura de que había echado a perder la punta. Entregó el papel a Beefy y soltó:

—Ahora sí que tiene valor de verdad.

Beefy miró la cara que contenía la firma de Meg, pero la de Grant se transparentaba. Tenía el rostro como la grana.

—¿Me enseña sus billetes, caballero?

Cuando Beefy se fue, Meg miró por la ventanilla. Tuvo la sensación de estar en una bola de nieve invertida: era ella quien estaba atrapada tras el cristal y miraba cómo la nieve caía sobre todo salvo sobre ella misma. Ver el amor que Beefy le profesaba a su hija la hizo pensar en quedarse embarazada. Todavía no, pero tampoco quería esperar demasiado, claro. Algún día, pronto. Quizá ser padre ayudase a Grant a sentar la cabeza. Tal vez así lo retendría a su lado.

—Estás muy guapa cuando te pones pensativa —le dijo Grant, con la mirada tierna y llena de amor. Todo lo demás se derritió—. Me gusta cuando somos solo nosotros dos. No quiero compartirte con el resto del mundo.

—A mí también me gusta.

Y la mayoría de las veces así era. Pero hablar con su público la hacía conectar con una parte de ella más anhelante. Quizá por eso él flirteaba y la engañaba con otras mujeres, para sentir una conexión que ella no era capaz de darle. Aun así, en aquel instante eran uno. Cuando volvió a posar los ojos en él, Grant estaba mirando por la ventanilla, como si también intentara tener una visión en la nieve.

—Ven aquí —le dijo y alargó un brazo.

La miraba con cariño y ternura.

Meg se deslizó por el banco corrido hasta el otro lado para acercarse a Grant. Apoyó la cabeza en su hombro. En aquellos momentos era cuando pensaba que quizá, solo quizá, todo iría bien.

Y entonces vio qué estaba observando él. No era a ella ni la nieve, sino el reflejo de la estudiante que le había gritado desde la otra punta en la sala de espera, la que le había mandado callar. Y la mirada en sus ojos ya no era de amor.

Capítulo once

A Roz se le puso la cara como la grana cuando vio entrar al apuesto hombre desaliñado en el vagón Club. Desde su sitio junto a la ventanilla tuvo ocasión de observar con detenimiento su reflejo. Tenía el bronceado y las patas de gallo de un tono más pálido que alguien que trabaja al aire libre. Le resultaba vagamente familiar, pero había conocido a tanta gente a lo largo de su carrera que le costaba determinar si se trataba de un delincuente, un civil o un poli. Investigó si llevaba anillo de casado y luego se preguntó qué diantres le pasaba. No solía comportarse así.

El hombre se sentó en una de las mesitas, a dos de distancia de Roz. Giró la cabeza hacia la ventanilla y se tropezó con su mirada. Le sonrió. Roz no pudo evitar devolverle la sonrisa. Ember contemplaba el intercambio con la misma mueca en el rostro, aunque la suya era más contenida y triste.

—¿Qué tal está ese surtido de quesos? —le preguntó a Roz y señaló la pizarra casi vacía.

Tenía acento de Paisley, lo que le hizo un treinta y tres por ciento más atractivo aún.

—Impecable —respondió Roz—. Pero vigila con las aceitunas encurtidas. Al principio solo es un cosquilleo, pero luego pican de verdad.

—Todavía no he encontrado una cebolla que se me haya resistido. —Hizo una pausa y añadió—: Soy Craig, por cierto.

—Roz.

—¿Puedo invitarte a otro de esos, Roz?

Señaló con la cabeza hacia el vaso de *whisky* vacío mientras se dirigía a la barra.

Roz levantó el vaso en señal de asentimiento y notó que se le levantaba también el ánimo. ¿Quién sabe? Quizá encontrara un modo de olvidar los recuerdos y concentrarse en el presente.

—Parece de los buenos —opinó Ember.

—Quizá —contestó ella.

Pero sabía que nunca podía ponerse la mano en el fuego.

En la mesa de los cerebritos, a su espalda, Blake agitaba en el aire su teléfono móvil.

—He hecho una ronda de preguntas navideñas. Y le he puesto música.

Tocó la pantalla y empezó a sonar *Stay Another Day* de East 17 por el altavoz. La gente se volvió para mirarlo y, con aire culpable, bajó el volumen.

—Dejemos algo claro —afirmó Beck; Roz se convenció de que estaba predestinada a una vida como política del Partido Conservador—. Eso no es un villancico.

—Por favor, no empieces con eso —replicó Blake—. Ahora dirás que *Jungla de cristal* tampoco es una película navideña.

—Es que no lo es —dijo Beck, que cruzó los brazos.

—Pero *Stay Another Day* es muy navideña —la contradijo Ayana, en una voz tan baja que a Roz le costó oírla—. En el vídeo salen campanas y abrigos peluditos con capucha. Y va sobre la muerte. Yo creo que todo eso resume muy bien la Navidad.

—La muerte no resume la Navidad —repuso Beck con una carcajada burlona tan estridente como imperceptible había sido la voz de Ayana.

—En el caso de los pavos, sí —respondió Sam y agarró a Blake de la mano.

Blake asintió.

—Bien visto, Sam. Las fiestas de invierno siempre giran en

torno a la muerte. Van sobre aferrarse a la luz en los momentos más oscuros, son un destello de esperanza. Las largas noches acabarán acortándose y, aunque ahora nos cueste imaginarlo, volverá a amanecer y también volverá el verano.

—Odio el verano —dijo Sam.

Ember, que tenía la oreja puesta, hizo un leve gesto afirmativo con la cabeza. Roz imaginó que Ember llevaba el abrigo todo el año.

—No te gusta nada —le soltó Beck a Sam.

—Eso no es ni justo ni cierto —respondió Blake—. A Sam le gusta la lluvia. Y le gustan los trenes. Y ama los hechos y los datos.

Sam rio.

—Casi tanto como te amo a ti —le dijo a Blake.

—No es necesario que alardees de tus preferencias —señaló Beck, reculando.

—¿Tienes algún problema con que tus amigos sean homosexuales? —preguntó Sally.

—Para empezar, son mis colegas, no mis amigos —replicó Beck—. Si pudiera elegir, no estaría aquí. Y, para continuar, Sam no es gay, es bi. Además...

—¿Y entonces por qué haces este viaje? —la interrumpió Roz—. Si no son tus amigos...

—La universidad nos concedió una beca para que estudiáramos juntos y nos preparáramos para un concurso de televisión. Tres de nosotros participarán seguro y el otro será el sustituto, por si acaso —explicó Ayana.

—Es como un campamento de entrenamiento de natación antes de elegir a la selección británica para las Olimpiadas —añadió Beck—. Vamos a una especie de alquiler de vacaciones. Y, como decía, me da igual que la gente sea homosexual. Lo que digo es que el hecho de que Sam sea sapiosexual, como integrante del equipo, me desconcierta. No quiero contestar a alguna pregunta y tenerme que preocupar de si se excita.

—Te prometo que eso no va a pasar —dijo Sam, que sintió

un ligero escalofrío solo de pensar en sentir atracción por el cerebro de Beck—. Y, además, no te corresponde a ti decidir si me quedo fuera.

—Pero eres tú quien nos lo está restregando por la cara.

—¿Qué nos está restregando exactamente? —preguntó Roz—. Yo no tengo nada en la mía, por desgracia. Voy a corregirlo con un poco más de queso.

Agarró un gran trozo de chédar y lo masticó lentamente.

—Para mí no es cuestión de cuerpos o de identidad de género, sino de cerebro. Concretamente, siento atracción por personas inteligentes, listas o con conocimientos, y siento preferencia por los seres humanos decentes —apostilló Sam—. Y Blake es uno de ellos.

Blake sonrió de oreja a oreja.

—Creo que a mis seguidores les fascinaría oíros —dijo Meg—. ¿Podría entrevistaros?

Sam se rio tímidamente.

—Por supuesto.

Grant soltó una risotada estridente envuelta en crueldad.

—Como si tus seguidores fueran inteligentes, listos o tuvieran conocimientos...

—Tenéis que admitirlo: no es agradable formar equipo con alguien a quien le ponen los datos —afirmó Beck.

—Me atraen personas concretas, no datos abstractos —replicó Sam con cuidado—. Aunque los datos me parecen fantásticos. Por ejemplo, para retomar el tema que nos ocupa, una encuesta realizada por YouGov en 2017 reveló que solo el veinticuatro por ciento de las personas creían que *Stay Another Day* era un villancico.

Beck pareció confusa ante el hecho de que Sam le diera la razón, pero su lenta sonrisa también demostró que se lo estaba tomando como una victoria.

La puerta corredera se abrió y Mary y Tony entraron por ella; el Señor Mostacho se estiró en la mochila abierta y apoyó las patas sobre la cabeza de Tony, como si estuviera comprobando dónde podían sentarse. Y hacía bien. No había sitio para ponerse juntos. Todas las butacas individuales salvo una y todos los reservados estaban ocupados. En realidad los reservados no estaban llenos, en algunos solo había dos personas sentadas.

Mary parecía muy frágil y se agarraba a Tony. Era como un adorno de cristal que llevaba en la familia toda la vida y cada año podía ser el año en que acabara roto.

—Me temo que no hay sitio —dijo Beefy tras echar un vistazo a su alrededor.

Roz sintió una punzada de culpabilidad. Había alentado a Mary y a Tony a ir hasta allí, pero le había alegrado tanto ver a Craig que se había olvidado por completo de ellos. Las personas de los reservados evitaban mirar a Mary. Al menos, la mayoría, porque Grant la miraba fijamente con desagrado. Los estudiantes agacharon la cabeza y Blake susurró las preguntas tan bajo que Roz ni siquiera las oyó.

Y entonces tuvo una idea. Enseguida revisó el vagón e hizo recuento de los pasajeros y de los asientos disponibles. Reorganizó mentalmente a todo el mundo. Hizo permutaciones como en un cubo de Rubik hasta que todos tuvieron asiento. Cuando acabó, se dio cuenta de que Ember la observaba.

—Vas a hacer algo —aventuró la mujer.

—Me gusta ser justa —respondió Roz.

Ember sonrió.

—A mí también.

Roz se puso en pie.

—Disculpadme todos.

Algunas personas miraron hacia ella, pero ahí quedó la cosa. Tal vez necesitase pronunciar un discurso cordial, incluso divertido, con el que presentarse.

—¡Es Navidad! —gritó con un torrente de voz—. Y tenemos aquí a dos personas a quienes les iría muy bien beber algo y sentarse en un lugar agradable. Una de ellas se llama Mary.

—Os sorprenderá saber que, aunque me pusieran el nombre de la Virgen, de virgen no tengo nada —bromeó Mary.

—¡Mamá! —la reprendió Tony.

Mary sonrió y dijo:

—Aunque eso ya no importa. Ya no tengo pretendientes que me ofrezcan sexo ni consuelo.

A Roz le cayó aún mejor. Tony sacudió la cabeza con cariño. Ember rio y luego se tapó la boca con la mano, como si su palma pudiera reabsorber el regocijo.

—¿De verdad vamos a darles la espalda? —preguntó Roz.

—No se da usted por vencida, ¿eh? —le espetó Grant con tono amenazante.

—No hay sitio —dijo Beefy, echando de nuevo un vistazo a su alrededor—. Los pasajeros que viajan en clase Club tienen prioridad y nadie puede viajar de pie por motivos de salud y seguridad.

—Hay espacio suficiente para todo el mundo —refutó Roz—. Simplemente tenemos que reubicarnos.

Un murmullo de desacuerdo rugió como un tren en el vagón Club.

—No pretendemos echar a nadie —dijo Tony.

—Yo sí —replicó Mary.

—Tiene razón, Mary —continuó Roz—. Mi sugerencia es que hagamos un concurso navideño en el vagón. Es evidente que ya tenemos un equipo formado que se está preparando para algo extraordinario y necesita nuestra ayuda. Los reservados son grandes y hay sillas de sobra. Mi propuesta es que nos dividamos en cuatro equipos de cuatro o cinco personas y nos estrujemos un poco. —Señaló hacia la mesa de los estudiantes que se estaban preparando para el concurso—. Uno de vosotros podría liderar cada equipo, dado que sois los expertos.

Asintió con la cabeza mientras mantenía contacto visual con Beck, con la esperanza de que esta interpretara que le estaba otorgando el papel de líder.

Beck, quizá de manera inconsciente, le devolvió el gesto.

—Puede estar bien —opinó y escaneó la sala en busca de las personas que formarían su equipo.

—Yo he venido de viaje romántico con mi media naranja, no para hacer amigos ni para responder preguntas tontas —dijo Grant.

A Roz le pareció percibir un destello de temor en su rostro y, por un momento, se ablandó con él. Se lo imaginó de niño, todo encogido para que no le preguntaran en clase.

—A mí me parece una idea excelente —comentó Craig—. Así todo el mundo puede sentarse y, además, nos reiremos un rato.

—Yo opino lo mismo —convino Meg.

Lo dijo mirando su teléfono y Roz se preguntó si sería para esquivar la mirada contrariada de Grant o si se estaba planteando el potencial de retransmitir en directo un concurso.

Roz sabía bien cuál era su propia motivación, además de hacerle hueco a Mary. Al menos, el concurso la distraería de pensar en Heather y su bebé, o en Ellie conduciendo a través de una borrasca de nieve. Y también le concedería tiempo para conocer a Craig.

Beck dio una palmada.

—Está bien —zanjó, asumiendo el mando—. Podemos hacer cuatro rondas, cada una liderada por uno de nosotros cuatro. Por supuesto, no podremos responder a nuestras propias preguntas, de manera que los compañeros de equipo no contarán con nuestra ayuda.

Puso cara de conmiseración, como si prescindir de su ayuda fuera lo peor que le podía pasar a cualquiera de los allí presentes.

—Supongo que nosotros no podemos participar —le dijo Oli a Beefy.

A juzgar por su cara, a Beefy le habría encantado. Pero negó con la cabeza.

—¿Te imaginas qué diría Bella si nos pillara?

Oli suspiró.

—Sí, ya lo sé.

—¿Quién es Bella? —preguntó Roz.

—La maquinista —respondió Oli—. Es una fiera.

—Entonces, ¿quién va en cada equipo? —preguntó Sam mirando a Roz.

Roz había visto ojos menos implorantes en un centro de rescate de galgos.

—Yo voy con vosotros. —Se volvió hacia Ember y le preguntó—: ¿Quieres unirte a mí?

Ember bajó la mirada al suelo.

—La verdad es que no es lo mío.

Toqueteaba los botones alargados de su abrigo con el rostro especialmente pálido.

—¿Por qué no lo pruebas? Siempre puedes abandonar si quieres —le susurró Roz.

Ember asintió con la cabeza.

—Y yo seré el cuarto —dijo Craig, que se desplazó hasta detrás de Roz.

Ella notó que volvía a sonrojarse. Quizá fuera la menopausia y no un patético enamoramiento de un desconocido, pero, por una vez, no se lo pareció. Inclinó la cabeza, agarró su silla y la colocó en el extremo de la mesa de Sam.

—De acuerdo. Entonces supongo que yo me quedo a Tony, Mary y... ¿Cómo se llama? —preguntó Beck señalando al hombre con el libro y el traje de cuadros verde.

—Nick —respondió él.

Roz intentó ubicarlo por el acento, pero no consiguió determinar si era griego o nórdico.

Beck hizo un gesto de regio sobreseimiento.

—Los demás podéis distribuiros como queráis.

Roz se acomodó en la silla para tener una buena perspectiva del resto de los reservados. Se preguntaba cuánto tiempo tendría que pasar después de retirarse para dejar de sentir la necesidad de comprobar todas las entradas y estar atenta a todo el mundo. Ember se sentó a su lado y Craig también. Notaba su proximidad, el pequeño espacio que los separaba parecía palpitar. Craig le entregó su vaso y, cuando notó el roce de sus dedos, Roz se reprendió por comportarse como una niñata adolescente.

Mientras el resto formaba los equipos e intercambiaba asientos y Ayana distribuía papel y lápiz entre los participantes, Phil volvió a entrar, con el bebé todavía colgado del cuello. Echó un vistazo al vagón, confundido por tanto movimiento, y luego divisó a Sally, que se había trasladado al primer reservado y estaba sentada frente a Meg y al lado de Aidan. Roz se preguntó quién de ellas había decidido sentarse con la otra, sobre todo porque Grant estaba en la mesa de Liv y Blake. Tuvo la sensación de que Phil debía de estar preguntándose lo mismo. Se quedó petrificado en su sitio, mirando fijamente a Meg y a Sally mientras asían los bolígrafos que les había proporcionado Ayana. Tragó saliva dos veces antes de hablar.

—Sally, cariño, ¿tienes mis gafas y la leche de sobra en el bolso? Se me ha caído una lentilla en el compartimento y no la encuentro.

—¿Has dejado a Robert solo? —preguntó Sally con los ojos como platos.

—Está encerrado con llave en el compartimento, dormido como un tronco, y no es que vaya a tardar —respondió Phil con una voz que denotaba un ligero enojo comprensible.

Sostuvo en alto el monitor infantil, con la imagen a color del niño durmiendo en la pantalla. A través del altavoz se oía la respiración profunda del crío y la cadencia de una nana que sonaba en la habitación.

Sally rebuscó en su gran bolso de mano, del cual sacó pañales, toallitas, migas de pan, libros infantiles, dos tampones, varios tintes en botellas marrones y un pintalabios sin capuchón antes de encontrar una funda de gafas llena de pegatinas de Peppa Pig. A continuación descubrió un pequeño cartón de leche infantil y le entregó ambas cosas a Phil sin mediar palabra.

—Venga, buenas noches —dijo Phil.

Esperó la respuesta de su mujer, pero no la hubo. Mientras se escabullía de la sala, volvió la vista hacia Meg y una extraña expresión le cruzó el rostro. Ya no parecía tan benévolo.

Capítulo doce

El asesino miró a Meg. Todo parecía fácil en ella. Flirteaba. Reía. Hablaba.

Pero él sabía lo que había detrás de aquello. Claro que lo sabía. Reconocía lo que le pasaba de verdad. Sabía que se esforzaba en simular que estaba a gusto. Nadie más se hacía una idea de cuánto le costaba dibujar esa sonrisa. En muchos aspectos, el asesino admiraba la capacidad de interpretación de Meg. La admiraba tanto como la detestaba. Aquella no era la Meg de verdad. La Meg de verdad estaba debajo de las extensiones, los sérums, las sombras de ojos y las uñas semipermanentes. El asesino quería eliminar el filtro, arrancarle las pestañas de visón, dejar que su frente se arrugara y que le salieran patas de gallo.

Meg pensaba que sus seguidores la querían, pero en realidad querían a su avatar, la vulnerabilidad llena de filtros. Pensaban que era como ellos, pero acentuada. Por eso nunca se daban por satisfechos y por eso ella se entregaría y se grabaría en directo hasta que no quedara nada más que el lecho de un río seco. Meg necesitaba que la dejaran en paz. Que la trataran como se merecía.

El asesino quería librar a Meg de todo aquello. Y lo haría.

Capítulo trece

Eran las once pasadas, pero no lo parecía. En el exterior, las luces de las casas empezaban a apagarse, una a una, pero dentro del tren seguían resplandeciendo. Roz había perdido la pista de en qué punto del país estaban. Tenía la sensación de haberse desanclado de todo tiempo y lugar, y de hallarse sola en aquel espacio.

La gente estaba ya acomodada en sus asientos, con su equipo. Beck se puso en pie, se aclaró la garganta y se apoyó las manos en las caderas, como una joven heroína de cómic.

—Tenemos que poner nombres a los equipos. He decidido que el nuestro se llamará «Comité de Arcángeles». —Esperó con una sonrisita en la cara y, al ver que nadie respondía, aclaró—: Es como «comité de expertos», pero en clave navideña.

Aguardó un poco más, pero siguió sin haber respuesta.

—Creo que todo el mundo lo ha entendido, Beck —le dijo Blake.

—Pues ahora os toca a vosotros. Os doy dos minutos para elegir nombre.

Miró su reloj. Roz le dio un trago largo al *whisky* mientras las sugerencias de nombres para los equipos flotaban sobre su reservado.

—¡Las Reinas Magas!

—¡Feliz Crucinoel!

—¡Enigmazapán!

—¡Agatha Christangram!

Roz comprobó el teléfono. Le gustaban muchísimo los juegos de palabras, pero tenía el pensamiento ocupado en otra cosa. Le había enviado un mensaje a Ellie pidiéndole que la avisara cuando llegaran al hospital y aún no le había dicho nada.

—Y ahora que todo el mundo apague y guarde los teléfonos —anunció Beck, aludiendo a Roz—. Nada de trampas bajo mi supervisión.

Roz volvió la cabeza para mirarla. Notó que sus ojos despedían llamas.

—Necesito tener el teléfono encendido. No voy a hacer trampas.

—¿Y si hay alguna urgencia? —la respaldó Craig.

Beck pestañeó y asintió.

—Haremos excepciones con las urgencias, por supuesto. —La delegada que había en ella cedió terreno un instante, pero luego volvió a asumir las riendas—. Empezaremos por la ronda de Navidad. —Volvía a hablar con voz estridente, capitaneando el vagón Club—. Aprovecharemos que Blake se ha tomado ya la molestia...

—De haberlo sabido, habría escrito otras preguntas —comentó Blake desde el reservado contiguo—. Estas están pensadas para nosotros.

—¿Qué quieres decir con eso? ¿Que somos tontos? —preguntó Grant, que estaba sentado entre Blake y Liv, con la barbilla levantada.

Craig alzó la mirada hacia el cielo.

Blake puso los ojos como platos y se apartó de Grant.

—No, para nada. Solo que tal vez no sea tan divertido. Podría pensar en otras más fáciles.

—Veo que no se está entendiendo la situación. —La voz de Beck sonó más borde de lo habitual—. Quien entre a formar parte del equipo, irá a televisión. Lo sabéis, ¿no? Y, si ganamos, iremos a otros programas. Podríamos tener la vida resuelta. Pero, si no entrenamos como es debido, ¿qué sentido tiene?

—¿Por qué no lee Blake sus preguntas y prepara unas cuantas más para nosotros, los concursantes de a pie? —preguntó Roz.

Beck arqueó las cejas, pero asintió con la cabeza.

—De acuerdo.

Blake se levantó y enderezó los hombros. Se ajustó una pajarita inexistente y dijo:

—Pregunta número uno. —Sam se inclinó hacia delante, con la punta de la nariz a solo quince centímetros de la mesa y el bolígrafo apoyado sobre una hoja de papel—. ¿Quién escribió la melodía del villancico *The Twelve Days of Christmas* en 1909? —preguntó Blake.

Beck suspiró de manera exagerada para dejar claro lo fácil que era la respuesta y estaba a punto de hablar cuando Mary contestó con voz estentórea:

—Frederic Austin.

Sus erres sonaban con fuerza, envolventes como el hojaldre de una empanada.

—¡Mamá! —la regañó Tony—. Se supone que no debes decírselo a todo el vagón.

—La próxima vez guarde silencio —le susurró Beck—. O anote la respuesta.

—Lo lamento —se disculpó Mary, si bien el destello en sus ojos dejaba claro que no lo sentía en absoluto—. Pensaba que no importaba. Estoy tan acostumbrada a que la gente no me escuche...

Mary había hecho de la pasividad agresiva una forma de arte.

—A partir de ahora, agradeceríamos que se susurraran las respuestas unos a otros —pidió Blake—. Así será justo para todos los equipos.

—¿Cómo lo sabía? —le preguntó Ember a Mary, maravillada.

—Porque tengo ochenta y nueve años. He visto muchas cosas. He leído novelas de suspense con tramas aburridas en comparación con mi vida.

Roz y Ember estallaron en carcajadas. Tony se tapó los ojos con un bochorno fingido, pero sonrió. Incluso a Beck se le elevaron las comisuras de los labios.

—Segunda pregunta —continuó Blake—. ¿Qué canción navideña reprodujeron dos astronautas en una retransmisión desde el espacio en 1965? Para obtener un punto extra, decid los nombres de los astronautas. Si queréis un segundo punto extra, nombrad los instrumentos. Y para conseguir otro más, indicad qué instrumento tocaba cada uno de ellos.

Liv estaba sentada con los brazos cruzados en el borde de su asiento, con la mirada perdida en la barra. Probablemente no se había imaginado pasar así la Nochebuena. Y Roz no la culpaba por ello.

Sam se puso de pie para observar por encima del reservado a Blake.

—Magníficas preguntas.

Intercambiaron una mirada que podría haber alumbrado un árbol de Navidad.

—¿Cómo se supone que vamos a saber eso? —preguntó Sally desde el reservado que quedaba más cerca de la puerta.

Ayana le dio un codazo y le susurró algo al oído, probablemente las respuestas.

—No he dicho nada —añadió Sally y luego se bebió media copa de vino de un solo trago.

Beck anotó las respuestas en la hoja de papel con una petulancia visible a través incluso del maquillaje.

—Tercera pregunta —anunció Blake en voz alta—. ¿Qué ingrediente básico de las cenas navideñas se conoce también por el nombre menos común de *Brassica oleracea*, variedad *gemmifera*?

—Demasiado fácil.

Beck volvió a anotar la respuesta en el papel. Roz miró lo que Sam había escrito en su hoja y le susurró:

—Va con mayúsculas. —Sam la miró con aire confundido—. Has escrito «coles de bruselas» y es «coles de Bruselas», —Roz hablaba en voz muy baja, tanto que Craig tuvo que inclinar la cabeza y acercarse a ella para escucharla—. Se llaman así porque se creía que se cultivaban en Bruselas. En Bélgica se las llama *spruitjes* o *choux de Bruxelles*, en función de dónde estés y de quién sirva la mesa.

—Gracias —musitó Sam, que puso meticulosamente la mayúscula.

—Sabes mucho sobre coles —comentó Craig en voz baja. Tenía los ojos del color de un *whisky* con *ginger ale*—. Y también tienes un conocimiento impresionante de cómo funciona Bélgica.

—Se me da bien memorizar datos. Las caras no tanto, pero los datos se me quedan. Será porque las caras cambian. Y no hay nada mejor que una escapada de un día a Brujas.

—En Bélgica hacen las mejores patatas fritas, la mejor mayonesa y el mejor chocolate —dijo él y algo en el tono la llevó a pensar que le estaba dejando caer una invitación.

Roz se imaginó en el Eurostar con él de viaje, probando los mejores *moules-frites* y colocándose trufas el uno al otro en los labios. Dios, tenía que poner los pies en la tierra.

—Y los mejores detectives —replicó Roz—. En Bélgica hay unos detectives fantásticos.

—Bueno, yo también conozco unos cuantos detectives buenos en el Reino Unido —respondió Craig con una sonrisa, como si aludiera a ella—. Tus padres deben de estar orgullosos de ti.

—Pues no demasiado, la verdad. Mi padre falleció antes de que yo cumpliera diez años y mi madre siempre quiso que trabajara para mí misma, como hacía ella. Decía que lo mejor era no confiar en nadie más. Pero a mí no se me ocurría qué hacer.

Su madre era florista y suministraba flores a los hoteles de las Highlands. Estaba tan acostumbrada a esquivar los pinchos de las rosas como Roz a eludir sus indirectas. Cultivaba hierbas aromáticas en el jardín para añadírselas a los ramos y siempre incluía brezo en los arreglos. Ese era el motivo por el qúe Roz le había puesto «Heather»* a su hija.

—Cuando trabajas para ti, puedes acostarte con tu jefe impunemente —le había dicho Liz, hablando de más, como de costumbre—. Y no tienes que preocuparte de que ser objeto de un despido improcedente ni de que te acosen sexualmente. Además, no habrá nadie que se coma tus galletas.

—Quizá podrías ser tu propia jefa ahora que te has retirado —sugirió Craig y sacó a Roz de su pasado—. Te quedan muchos años de vida por delante.

—Quizá. Pero sigo sin tener ni idea de qué haría.

—Entiendo a qué te refieres. Yo me planteo jubilarme y empezar de cero. Pero saber por dónde comenzar es la parte más dura.

—¿A qué te dedicas ahora? No perteneces al cuerpo, ¿verdad?

—¿Por qué lo preguntas?

—Porque me resultas muy familiar. He pensado que tal vez te he conocido en la Policía metropolitana, en algún caso o algo así.

—Es posible. Trabajo en la Fiscalía General.

A Roz se le encogió el corazón como si hubiera caído en la nieve fría. Ya sabía que era demasiado bueno para ser verdad. Debió de notársele la decepción en la cara, porque Craig levantó las manos en el aire.

—Sí, ya lo sé. La Fiscalía y la Policía metropolitana son enemigos acérrimos.

—Cierto. Y debe de ser por eso por lo que me suenas. Debo de haberte visto alguna vez en los tribunales.

—Quizá, aunque...

—Perdónenme —les dijo Sam, con expresión mortificada por interrumpirlos—, pero ¿les importaría guardar silencio durante las preguntas?

—Disculpa —contestaron Craig y Roz al unísono.

Blake continuó formulando preguntas a los equipos, desde

* *Heather*: «Brezo». *(N. de la T.)*.

la cuarta («¿Cómo llaman en Japón a Papá Noel?») hasta la décima («¿Cuál es el tercer grupo alimentario de los elfos de la película *Elf*?»).

—Vamos a hacer una pausa —anunció entonces Beck—. Luego pasaremos a mi ronda de preguntas.

—Hablando de rondas... —les dijo Roz a Craig, Ember y Sam mientras se ponía en pie y se desperezaba. Su espalda emitió un agradable crujido—. ¿Os apetece beber algo?

Craig estaba a punto de responder cuando se llevó la mano al bolsillo de la camisa. Su móvil se había iluminado y vibraba.

—Perdonad, tengo que contestar.

Se deslizó alrededor de la mesa y se dirigió a la puerta. Antes de marcharse, se volvió para mirar a Roz con evidente expresión de culpa en el rostro. Allí lo tenía. No solo trabajaba para la Fiscalía, que se llevaba con la Policía como los perros y los gatos, sino que claramente tenía a alguien a quien debía poner al día sobre los acontecimientos. Roz suspiró. Qué mala pata sentirse atraída por un hombre que no estaba disponible.

En el reservado de Blake, Grant ocupaba la mayor parte del espacio, pues había extendido los brazos sobre el respaldo del banco. Inhaló profundamente de su vapeador y echó el humo al aire.

—¿Podrías dejar de hacer eso? —le espetó Beck, que se puso en pie para mirarlo por encima del tabique del reservado.

Grant volvió a inhalar y a soplar aros de vapor en su dirección, como si le enviara besos por el aire.

—¡Camarero! Dígale que no puede vapear en el tren —gritó Beck.

Oli, el camarero, chasqueó la lengua sonoramente. Intentaba servir a la fila que se había formado en la barra mientras conversaba con Meg.

—Me temo que está prohibido, caballero. Va en contra de la normativa.

Grant soltó una carcajada.

—Parece que la señorita Sabelotodo se va a salir con la suya por el momento. Pero no será para siempre. —Junto a él, Liv soltó una risita y él rio aún más fuerte—. Voy a ir un momento a mi habitación.

Meneó su cigarrillo electrónico mientras salía del reservado, con la intención evidente de vapear cuando estuviera a solas. Al llegar a la puerta, se despidió con la mano de los presentes. Solo Aidan, Liv y Meg le devolvieron el saludo.

—Necesito un poco de aire fresco —dijo Ember cuando Grant se fue.

—Te acompaño —se ofreció Roz.

Dejaron a Sam revisando las respuestas por tercera vez y salieron al espacio entre los vagones. La ventanilla estaba medio abierta y respiraron el aire mentolado.

—No entiendo cómo Meg puede soportar tenerlo cerca —soltó Ember.

—Es un seductor desalmado, de eso no hay duda. Un día Meg entenderá que se merece algo mejor. Y él se dará cuenta de que no es tan musculoso, inteligente ni atractivo como cree.

—¿De verdad lo piensas?

—No. Pero espero que así sea.

El teléfono vibró, era un nuevo mensaje de Ellie:

Ya estamos en el hospital. Llámame, por favor. No sé qué hacer.

—¡Joder! —exclamó Roz—. Lo siento, tengo que irme.

Se dirigió por el pasillo hacia su compartimento. Necesitaba estar a solas.

Capítulo catorce

Meg se apoyó en la barra, miró el teléfono y sonrió. El número de seguidores que se habían conectado a su retransmisión en directo aumentaba tanto como la cantidad de alcohol en su sangre. Cada nuevo espectador lo sentía igual que una burbuja de champán borboteando en su interior. Sabía que Grant se acercaba y que no parecía contento, pero no le apetecía pensar en eso.

—Me lo estoy pasando de fábula en el tren nocturno a las Highlands. Estamos en pleno concurso de preguntas, como los de antes, y durante la pausa Oli, nuestro barman experto, nos va a enseñar cómo preparar unos cuantos cócteles navideños.

—Yo solo soy camarero —puntualizó Oli.

No sabía mirar a la cámara y su timidez resultaba atractiva.

—No te infravalores —replicó Meg—. Eres el rey del vagón Club y yo soy la reina. ¡Estos son nuestros dominios!

Meg notó la mano de Grant sobre ella, que le apretaba el brazo como una garra de acero. Más tarde pagaría por haberle dicho a Oli que era el rey.

—Vaya, gracias —contestó el chico con una sonrisa tímida pero encantadora.

Tenía un diente torcido y a Meg le gustaba tanto que casi deseó no haberse arreglado la dentadura. Pero, de no haberlo hecho, sería en lo que se fijaría todo el mundo. En sus dientes desalineados, el bulto en la nariz o el pequeño michelín que no conseguía quitarse de encima comiera lo que comiera... Una vez que cambiara todo eso, la gente vería a la verdadera Meg.

—Veamos, ¿por dónde empezamos? —le preguntó a Oli, alentándolo a seguir.

Durante una retransmisión en directo tenían que pasar cosas continuamente. No se podía dejar a la gente esperando. Y debía acabar con aquello rápido para apaciguar a Grant.

—Vamos a preparar una creación propia —anunció Oli.

Miró a la cámara y luego apartó la vista. No sabía que lo que le gustaba a la gente era la sensación de estar conectada, la sensación de que, solo por un momento, te conocía mejor que nadie. Veían el blanco de los ojos y se enamoraban.

Pero Oli fue ganando seguridad a medida que avanzaba el directo. Hacia el final ya no quedaba ni rastro de su timidez, agitaba la coctelera en el aire a lo Tom Cruise en *Cocktail* y solo se le cayó alguna que otra vez.

—El truco es no usar nunca una marca barata creyendo que no se va a notar porque se diluye en la mezcla. Utilizad siempre el mejor alcohol que os podáis permitir.

Al acabar su perorata, Oli depositó ante Meg el cóctel que había inventado y que había bautizado con el nombre de «Bella Durmiente». Para sorpresa de Meg, estaba delicioso; era una bebida a base de *whisky*, crema de cacao, sirope de lavanda y nata coronada con clara de huevo a punto de nieve y con un poco de nuez moscada rallada por encima. La hizo sentir un poco somnolienta.

—Me tomaré otro de estos antes de que Grant y yo nos vayamos a la cama —dijo Meg a la cámara con un guiño. Quizá eso lo tranquilizara—. Di adiós, Oli.

Meg giró la cámara para aparecer junto a él en el encuadre.

—¡Adiós, Oli! —dijo el camarero.

Tenía un talento innato.

—¡Estad atentos a la ronda del concurso que mantiene en vilo a este vagón Club! —continuó Meg.

Se despidió con la mano y observó las reacciones con símbolos de corazón que flotaban por la pantalla como burbujas en una copa.

—Ha salido genial —le aseguró a Oli cuando cortó la retransmisión—. Deberías tener tu propio programa.

A Oli se le pusieron las mejillas y el cuello del color de las guindas al marrasquino.

Grant se llevó a Meg aparte.

—¿Estás segura de que quieres hacer otro directo? —le preguntó, mirándola muy preocupado, alternando el foco de un ojo de Meg al otro—. Quizá te convendría dejarlo por esta noche. Pareces muy cansada, cariño.

Meg apartó la mirada.

—Me arreglaré el maquillaje. Me han enviado un nuevo corrector que tengo que probar de todas maneras.

—Lo digo por ti —añadió él y la sujetó por los hombros—. Sé que te gusta estar impecable en cámara.

Ella asintió con la cabeza, pero parecía demasiado abochornada para mirarle a los ojos. Era lógico que Grant se fijara en otras mujeres.

—¡Ya son las doce! —gritó Sally desde el reservado del fondo.

Grant atrajo a Meg hacia sí para darle un beso.

—Feliz Nochebuena —le dijo Grant en voz alta—. Espera a después... —susurró con un tono que tenía más de amenaza que de promesa.

Capítulo quince

Roz caminaba de un lado para otro en el diminuto espacio entre su cama y el cuarto de baño. Marcaba los números una y otra vez.

Finalmente, Ellie descolgó.

—Heather tiene preeclampsia. —La conmoción hacía que su voz sonara monótona—. La están preparando para hacerle una cesárea de urgencia. Tiene el quirófano programado para las tres de la madrugada.

Roz intentó no pensar en el bisturí abriendo a su hija, pero la imagen le vino al pensamiento de todos modos.

—¿Y por qué no la intervienen ya? ¿No es mejor actuar cuanto antes?

La voz de Ellie se tensó un poco más.

—La cirujana está atrapada en la nieve y todas las demás personas cualificadas para operar ya están interviniendo en algún quirófano.

Roz notó un arrebato de ira. Todo era tan injusto...

—¿Cómo está Heather?

—Está contando chistes, está intentando quitarle hierro al asunto.

—Por supuesto. Es como Frankie Boyle* con melenita.

—Me pregunto de quién le viene.

A Ellie también se le daba bien la ironía.

—¿Puedo hablar con ella?

—Ahora mismo está ocupada. —Ellie no pudo reprimir un sollozo—. Está firmando los formularios.

Roz conocía perfectamente aquellos documentos, los documentos en los que tienes que afirmar que eres consciente de los riesgos de la cirugía y de la posibilidad de que algo salga mal.

—Ay, Ellie.

—Tampoco ayuda que los médicos y las comadronas no dejen de aparecer fingiendo en vano que no están preocupados por ella.

Roz había estado en situaciones de emergencia y había visto a enfermeras adoptar una actitud alegre, poner voz de que no pasaba nada, mostrarse encantadoras, como si la cosa fuera como la seda, y luego desmoronarse cuando entraban en la sala del personal. Ella misma había lidiado con accidentes de tráfico al principio de su carrera y había sujetado manos y había cantado nanas a personas que agonizaban, o les había explicado el último cuento antes de dormir. Una tarde de octubre, cuando faltaba poco para Halloween, Roz había sido la primera en llegar a la escena de un atropello con fuga en el centro urbano. La víctima era una cría llamada Tara. Yacía en la acera, se aferraba a la vida y a su conejito de peluche, pero cada vez estaba más débil. El único cuento que Roz se sabía de memoria era *Buenas noches, Luna* y, cuando acabó de recitarlo en voz alta, los ojos de la niña de diez años estaban fijos y las pupilas dilatadas. Roz lloraba sobre el asfalto.

—Tengo que dejarte —se despidió Ellie—. Te aviso cuando entremos.

Respiró hondo y Roz la visualizó cogiendo fuerzas, consciente de que ella tenía que ser la fuerte.

* Francis Boyle es un cómico y escritor escocés. Es conocido por su sentido del humor cínico, surrealista, gráfico y oscuro. *(N. de la T.)*.

Roz se sentó en la cama y clavó la vista en la fotografía de Fort William. Deseó que Heather tuviera la robustez de las montañas y la tenacidad de la planta que le daba nombre. Roz le había dicho con frecuencia a su hija:

—Puedes crecer incluso en suelo inhóspito, por encima y alrededor de cualquier cosa, incluso siendo yo tu madre.

Y Heather se reía, pero no lo desmentía. Necesitaba ser tan resistente como el brezo que crecía alrededor de la casa familiar.

Roz se metió bajo el edredón, aún vestida. Sacó su cubo de Rubik y empezó a manipularlo. Era lo único que podía controlar. No había nada que pudiera hacer.

Capítulo dieciséis

Meg bostezó y comprobó la hora en su reloj. Eran las dos de la madrugada. La muchedumbre del vagón Club había quedado reducida al núcleo duro y el concurso seguía adelante. Incluso el bar había cerrado, pero a Meg no le importó. Ya se había tomado suficientes Espresso Martinis. A aquellas alturas Oli era todo un experto preparándolo. Lo único que quería era ponerse su pijama nuevo, cortesía de alguna marca, sacarse un selfi con él (y con el antifaz a juego) y acurrucarse en la acogedora cama de matrimonio con Grant.

Pero Grant no tenía intención de irse a dormir. Había comprado una botella de un *whisky* decente antes de que cerrara el bar y Sally había desvalijado su mochila en busca de vino. Además, a Meg le quedaba al menos una conexión en directo que hacer. Dos o tres, si quería sacar el máximo partido al viaje. Sus seguidores se quedarían despiertos para verla llegar a Fort William, jugar a aquel concurso y sumarse a algún concierto improvisado. No había esperado tener tanta repuesta; lo achacó a que llevaba varias semanas hablando de que regresaría a casa por Navidad y de cómo esperaba que la recibiese su distante padre. Lo temía. Su padre se presentaría en la estación, pero solo porque el equipo de gestión de Meg, alentado por Grant, le había pagado dos mil libras para que lo hiciese.

—Las respuestas de la ronda seis. —Beck estaba sentada en la barra, con la espalda recta como un palo de escoba—. Para quienes seguimos jugando y continuamos implicados, la pregunta uno era: ¿cómo se llamaban las parcas en la antigua Grecia? Y había puntos extra si se daban los nombres y se decía qué hacía cada una. La respuesta a esta pregunta sumamente fácil es, por supuesto, «moiras». Para los puntos extras, los nombres eran Cloto, que hila las hebras de la vida, Láquesis, que las mide, y Átropos, que las corta cuando es el momento de morir. Y, por descontado, yo tenía todas las respuestas correctas.

Meg sacó el espejito de mano y comprobó que Grant tenía razón. Con aquella luz, su tez adquiría un tono grisáceo y tenía unas bolsas tan grandes que podía transportar en ellas la mitad de su colección de maquillajes. Tenía que acicalarse otra vez y cargarse un poco de energía. Y a aquellas horas de la noche necesitaría algo más que corrector y cafeína.

Recordó entonces que tenía justo lo que necesitaba en la maleta. Se puso de pie y se asomó al reservado contiguo. Grant estaba echando una guerra de pulgares con Blake. Este tenía la lengua fuera en gesto de concentración. Se sintió aliviada. Grant había ingerido suficiente alcohol como para ser el Grant encantador, el que todo el mundo adoraba y del que quería ser amigo. El inconformista que ponía las cosas en movimiento. La estrella de la televisión. Dentro de un rato cambiaría de cara y se convertiría en el Grant cretino, la celebridad que tenía vetada la entrada en incontables discotecas. A Meg le quedaban treinta minutos, quizá una hora, hasta que el cretino apareciera.

—Voy al lavabo un momento —le dijo.

Grant se dio por aludido y levantó la mano que tenía libre, pero no apartó la vista de los pulgares. Liv, la hija de Phil que la había reconocido en la sala de espera de primera clase y que le había pedido selfis en el tren, la miraba con intensidad. Bendita fuera. No era mucho más joven que Meg, pero Meg se sintió una anciana a su lado. Sobre todo porque se había morreado con el padre.

Notó una extraña sensación de libertad al avanzar por el pasillo. Sin cámara, sin seguidores, sin Grant. Hizo una pirueta al llegar al final y le vino el recuerdo de cuando su madre la llevó a ver *El cascanueces* en Glasgow la Nochebuena antes de morir. La mujer debía de saber que serían sus últimas Navidades juntas, aunque Meg lo desconociera. De haberlo sabido, no se habría quejado por el regalo que le había hecho ni hubiera cometido ninguno de los otros errores insignificantes que acechan cuando la gente muere.

Al sacar la llave del bolsillo, Meg vio a Tony salir tambaleándose del lavabo que había al fondo del vagón de butacas. Lo siguió para asegurarse de que llegara a su asiento.

—¿Todo bien, Tony? —le preguntó tras agarrarlo por el codo.

—La mejor noche en mucho tiempo —contestó él.

Su acento le había parecido más suave la primera vez que lo había oído; ahora era denso como una nube de mosquitos en una marisma un día húmedo de mayo.

Atravesaron las puertas automáticas que conducían al vagón de butacas. Se reían cuando Tony se chocaba con las paredes.

—¡Chist! —siseó él.

Mary estaba sentada en la primera mesa, reclinada sobre el reposacabezas, con el antifaz puesto. El Señor Mostacho estaba hecho un ovillo en su regazo. El gato abrió los ojos y se quedó mirando fijamente a Meg primero y a Tony después; luego volvió a cerrar poco a poco los párpados.

—Hacía mucho tiempo que no veía a mamá tan feliz —susurró Tony tras desplomarse en su asiento—. Yo no puedo competir con su cerebro, ¿sabes?

—¡Menuda tontería! —Mary se arrancó el antifaz—. Eres perfecto. Siempre lo has sido.

A Tony le tembló la mandíbula. Agarró de la mano a Mary y su madre le dio un apretón.

—Venga, Anthony, bebe mucha agua —continuó la mujer—, tómate dos ibuprofenos y despiértame para el desayuno.

Le dio otro apretoncito y se tapó de nuevo los ojos con el antifaz.

—Tienes que bajarte del tren en Edimburgo —gritó un hombre que estaba de pie al final del vagón y que los miraba.

—¿Qué? —preguntó Meg, sin saber si se dirigía a Tony.

El hombre avanzó por el pasillo hasta ella, mirándola sin pestañear. Llevaba la ropa arrugada y sucia. Olía a sudor rancio. No quería juzgarlo por las apariencias, pero ya lo había hecho.

—Bájate del tren cuando se pare, si puedes.

—¿Por qué? —preguntó Meg, y retrocedió.

—Porque estás en peligro —le dijo él—. Aléjate de él. Es malo.

—¿Quién? ¿Grant?

—Sabes que tengo razón.

Tenía la mirada nítida, pura. Y tenía un cometido en la vida. Le resultaba vagamente familiar, pero no acertaba a ubicarlo.

—¿Quién es usted?

El hombre rio. Era una risa triste y grave, lo contrario a la de Grant.

—Un amigo. Solo intento protegerte.

—Eh, colega —dijo Tony, que miró al hombre y luego a la chica, confuso—. ¿Qué pasa aquí? ¿Te está molestando, Meg?

El hombre se volvió hacia Tony y negó con la cabeza como si saliera de una ensoñación.

—Lo siento —se disculpó—. No me hagas caso.

Dio media vuelta y regresó a su asiento.

—¿Quieres que le diga algo? —le preguntó Tony a Meg.

El hombre se cubrió la cabeza con el abrigo.

—No —respondió ella—. Creo que solo necesita dormir. Supongo que a todos nos pasa lo mismo.

—Perfecto —respondió Tony—. Porque, si no, habría tenido que echarlo y eso en un tren no es fácil.

Hablaba arrastrando las palabras, enganchando unas con otras.

Meg sonrió. Le gustaba el acento escocés, le sonaba mucho mejor que el inglés. Se despidió y, después de mirar por última vez al hombre tapado con el abrigo, regresó a su coche cama.

Una vez en su habitación, no tardó demasiado en encontrar

lo que buscaba. Tenía que estar *instagrameable, tiktoktástica* y todos los demás términos publicitarios ridículos que se habían cruzado en su camino. Se aplicó la base de maquillaje con un algodón, se definió los contornos, se pintó la raya de los ojos, se vertió unas gotas del nuevo colirio natural y se realzó los pómulos con un colorete de temporada que tenía un brillo dorado. También se metió una raya de la cocaína que le había ocultado a Grant. A él no le gustaba que consumiera drogas, decía que no quería que le destruyeran «la bella línea de su nariz», pese a que él las tomaba con frecuencia. Así que Meg había escondido la cocaína en el forro de la maleta.

Había cosido la droga a la tela y tenía que cortarla para sacarla. Buscó en el bolso, pero no encontró sus tijeras aladas. Esperó no habérselas dejado en la sala de espera de la estación. Utilizó unas pinzas para las cejas para quitar las puntadas hasta que el forro cedió y las papelinas quedaron a la vista.

Tras esnifar una raya y luego frotarse los restos de cocaína en las encías, regresó al vagón Club, con la esperanza de que Grant atribuyera sus ojos brillantes y su frescura renovada al colirio y al amor.

Capítulo diecisiete

El asesino miró por la ventanilla mientras el tren se acercaba a la estación de Waverley, Edimburgo. La nieve cubría el andén como un velo blanco. Adoraba aquel lugar. A la gente, las montañas, las torres y los campanarios, que se elevaban hacia un cielo púrpura. Aquella ciudad gótica nunca se sumía en una cerrazón total. En cambio, dentro de poco el tren pondría rumbo a las Highlands de Escocia, donde, en aquella época del año, la noche devoraba la luz.

—Estamos llegando a Edimburgo —anunció Beefy a través de megafonía—. Esta parada no estaba programada, pero, puesto que no nos detendremos en algunas estaciones menos importantes entre Edimburgo y Fort William, como Arrochar, Tarbet, Ardlui, Crianlarich, Bridge of Orchy, Corrour y Roy Bridge, pueden apearse aquí si lo desean. Debido al empeoramiento de las condiciones climáticas, es probable que la nieve haga inaccesible alguna otra estación. Lamentamos enormemente cualquier inconveniencia que podamos causarles, pero estoy seguro de que entenderán que la seguridad es lo primero. Permaneceremos en esta estación alrededor de diez minutos para desacoplar varios vagones. Luego proseguiremos nuestro viaje hacia Fort William.

Los pasajeros que aún se encontraban en el vagón Club se miraron entre sí, sopesando qué hacer. El asesino sonrió y se encogió de hombros; intercambió miradas y sacudidas de cabeza pesarosas con los demás. Ninguno de ellos conocía sus planes. La víctima no estaba en el vagón, pero nadie allí tenía ni idea de qué o quién estaba a punto de golpearlos. Los asesinos de verdad no necesitan máscaras como Jason Voorhees o Michael Myers, les basta con sonreír.

Aunque sonreír era la segunda cosa que más le estaba costando al asesino aquella noche. Quería salir corriendo de aquel tren en aquel instante y encerrarse en una habitación de hotel. Pediría al servicio de habitaciones una hamburguesa con patatas fritas, luego pondría la tele y vería cualquier cosa menos un *reality*. Mordisquearía una tableta de chocolate sobre la almohada y se olvidaría de matar a nadie.

Pero sabía que eso no pasaría. Le hervía la sangre y había en juego algo más que una venganza.

Apoyó el pómulo contra la fría ventanilla, miró el andén y contó cuántas personas habían tenido la valentía suficiente para apearse del tren. Diez en total, incluida la tierna pareja que había compartido un pudin y también el hombre del traje verde. El asesino los observó avanzar con pesadez a través de la densa nieve, azotados por el viento y teniéndose que sujetar los gorros de lana sobre la cabeza. Quizá pensaban hacer noche en un hotel o en la sala de espera y probar suerte con los trenes del día siguiente.

Hicieran lo que hiciesen, habían tomado la decisión acertada. Quienes permanecieron en el tren estaban un eslabón más cerca de la muerte.

Pero todavía no lo sabían.

Capítulo dieciocho

Roz está tumbada en la camilla, con el camisón del hospital abierto. Tras una pantalla azul, alguien le está rasurando el vello púbico. Ras, ras, ras. En la radio suena It Only Takes a Minute *de Take That y sabe que, a partir de entonces, odiará para siempre esa canción. Nadie la mira. Le mueven las piernas porque ella no puede hacerlo. No puede hacer nada.*

La máquina que mide la tensión arterial emite un pitido de advertencia. La están rajando. Lo nota, pero no le duele, o no exactamente. Aun así, sigue teniendo ganas de gritar. La habitación huele a detergente y a ceniza. El médico hurga en su interior como si rebuscara algo en un bolso de mano, saca intestinos como si fueran pañuelos y extrae a la bebé como un monedero.

Después de que el parto vaginal fuera infructuoso, la mujer no puede hacer nada más que esperar. Una espera infinita con el llanto de una niña de fondo.

Roz se despertó sobresaltada. Se enderezó en la cama con el corazón palpitándole con fuerza. Tenía el pecho empapado de sudor y las manos agarrotadas de apretar las sábanas en sueños. Se llevó la mano a la barriga y recorrió la cicatriz lila de la cesárea, que seguía insensible al tacto después de todos aquellos años.

Algo había cambiado. El tren no se movía. Debían de estar

en una estación. Comprobó la hora en su teléfono. Eran las dos y media de la madrugada. Solo faltaban treinta minutos para la operación. Roz no sabía si a Heather le permitirían tener su móvil, pero aun así le envió un mensaje. Un mensaje con todo el amor y la serenidad que podía transmitir con palabras.

El tren dio una sacudida al acoplar o desacoplar vagones. Y otra más, como si intentara zafarse de las pesadillas que Roz creía haber dejado de tener. Era lógico que le hubieran vuelto los terrores nocturnos. Mientras Heather atravesaba el trauma de su parto, Roz revivía el suyo. No podía desvincularlos siempre.

Arrodillada sobre la cama, se inclinó para mirar por la ventanilla. Estaban en la estación de Waverley, en Edimburgo, reconocible pese al manto de nieve que lo cubría todo. El compartimento tembló mientras desenganchaban vagones. Debían de estar preparando el tren para la siguiente etapa. Incluso a ella, una escocesa nacida en las Highlands, le costaba creer que se tardara lo mismo en llegar de Londres a Edimburgo que de Edimburgo a Fort William. Pero aún le costaba más creer que hubiera sido capaz de dormirse. La preocupación y el llanto habían acabado por agotarla. El tren la había mecido, acunado como a un bebé.

Dentro de poco ella estaría haciendo justo eso: mecer a una nueva bebé, a su nieta, en brazos. Tendría que cambiar las nanas, como había hecho con Heather. ¿A qué mente enfermiza se le había ocurrido decirle a un niño que si dormía poco el coco se lo llevaría? Tal vez el coco fuera una metáfora de la muerte súbita, tan común en otra época como para prepararse por si acaso. Pero ahora carecía de sentido continuar cantando aquellas cosas. Al menos por su parte, ahora la nana decía: «Si alguien te dice que el coco vendrá, no tengas miedo y duérmete ya».

Ahuyentó el pensamiento de que la bebé de Heather no consiguiera nacer con vida y se concentró en cómo hacer de abuela. Por supuesto, Heather le había enviado un libro sobre la materia. Lo llevaba en la mochila, pero aún tenía el lomo intacto. Había leído el primer capítulo y lo había encontrado condescendiente, así que lo había cerrado. No era la mejor manera de empezar a ser abuela.

En lugar de tópicos edulcorados, lo que ella necesitaba era que alguien le dijera qué suponía de verdad ser abuela. Quería la verdad. Su madre había sido quien le había hablado de la maternidad. Quien le había dicho que la mastitis posiblemente es el peor dolor que puede sufrir un ser humano, un dolor como si tuvieras un atizador candente en los senos, y que se agrava aún más cuando se da el pecho. Y quien le había dicho que la gente siempre aconseja que atesores todos los momentos preciosos con tu bebé porque «el tiempo pasa muy rápido», pero que en verdad el tiempo pasa muy lento a las cuatro de la madrugada, cuando el bebé lleva llorando varias horas. Y también había sido quien le había explicado que algunas personas, al sostener a su bebé, en lugar de un amor abrumador, apenas sienten una leve curiosidad o incluso conmoción y horror.

Ojalá su madre hubiera vivido unos cuantos meses más para conocer a su bisnieta. Si había una vida después de esta, la mujer estaría muy enfadada. Odiaba perderse cosas. Siempre era la primera en llegar y la última en marcharse. Podría decirse que ella inventó el FOMO, el temor a perderse algo.

Roz salió de la cama y abrió la maleta. Llevaba el recetario de su madre en el bolsillo con cremallera; era visible a través de la malla. Lo sacó, se sentó con el libro envuelto en su regazo y apoyó las manos encima, como si pudiera asimilar el conocimiento a través del papel de estraza, empaparse de él como si fuera vinagre. Roz deshizo los nudos de la cuerda que había atado su madre y peló el envoltorio como si fuera una piel de cebolla.

Y allí estaba. El recetario de Liz, grueso como la Biblia. Un compendio de los conocimientos y pensamientos de su madre. Tal vez diera a Roz los ingredientes para ser una buena abuela.

Respiró hondo y lo abrió. En la cubierta, pegada con celo al cartón, había una nota dirigida a Roz. Estaba escrita en el papel de cartas azul de la mujer. Pero la letra no era la caligrafía elegante, puntiaguda y a veces ininteligible de Liz, sino una redondeada y nítida.

Queridísima Roz:
Vianda, la enfermera de mi residencia, es quien te escribe esta nota, ya que a mis pobres dedos les cuesta sostener el bolígrafo. Y como Vianda es una mujer encantadora, no le gustará que diga esto, pensará que estoy despertando a la bruja que hay en mí y en ti, pero lo voy a decir de todas maneras. Estoy cabreadísima contigo, Rosalind. Furibunda, la verdad. Soy una anciana a quien apenas le quedan unos días de vida, tengo las entrañas carcomidas por un maldito cáncer y el corazón desgarrado por una hija que...

Roz cerró el libro. No era el momento de leerlo. Ya se sentía bastante mal consigo misma sin necesidad de aquello.

Se dirigió al lavabo y se lavó la cara. Si estuviera en casa, saldría a dar un paseo y dejaría que la oscuridad absorbiera sus pensamientos. Pero no era aconsejable bajarse del tren en aquella estación. Podía distraerse con algo y acabar varada en Edimburgo en plena tormenta de nieve. Si el bar seguía abierto, se pediría un café, algo que la mantuviera despierta mientras aguardaba noticias. Una vez más, lo único que podía hacer era esperar a que una bebé llorara.

Capítulo diecinueve

A pesar de la cocaína, la tristeza se apoderó de Meg cuando el tren se alejaba de la estación de Waverley. Grant no estaba en el vagón Club y notó su ausencia como una extremidad fantasma. Sabía que no era un sentimiento saludable, que la suya era una relación tóxica. Por un instante, se había planteado saltar del tren y unirse a quienes se habían salvado, dejarlo todo atrás, incluido a Grant. Solo imaginarlo le había resultado liberador y se había preguntado si el hombre del vagón de butacas tendría razón y debería irse. Se había asomado para contemplar la nieve, pero no había encontrado respuestas. Y entonces el tren había echado a andar con ella dentro.

Buscó en el bolso por hacer algo. Se aplicó más maquillaje.

—¿Alguien ha visto mis tijeras? —preguntó en voz alta.

Pero nadie respondió.

El tren pasó de largo las demás estaciones de Edimburgo. Los árboles arañaban las ventanillas. Las casas oscuras se cernían sobre ellos y luego desaparecían en la distancia. No había luces acogedoras en las ventanas ni sensación de refugio en ninguna parte.

Grant volvió a entrar en el vagón Club después de otra pausa para vapear, supuso Meg, y se deslizó en el banco del reservado junto a ella; se apretujó contra su cuerpo. Meg sintió un arrebato de felicidad.

EN TREN CON EL ASESINO

De entre todas las personas divertidas que había en aquella sala, Grant había atracado en ella. Ella era su puerto.

La besó en la coronilla y la atrajo hacia sí.

—¿Estás bien?

Meg asintió con la cabeza. Ahora que él estaba allí, lo estaba de verdad. La tristeza había desaparecido. Grant solía decir que le cambiaba el humor tantas veces al día como el clima en las Highlands y aquello demostraba que tenía razón.

—¿Te lo estás pasando bien? —le preguntó ella.

Grant se encogió de hombros.

—Preferiría estar en la cama contigo, pero es divertido.

—Podemos irnos... a la cama... ahora.

Grant se inclinó hacia ella, sonriendo. Meg percibió su aliento a alcohol amargo y a patatas de bolsa con sabor a queso y cebolla. Sus poros parecían abrirse y cerrarse. Las pupilas se le contraían y dilataban con la respiración. Sintió que le venían náuseas y se apartó. Y entonces vio que él ya no sonreía.

Capítulo veinte

Algunos de los participantes del concurso seguían en el vagón Club, que estaba bien iluminado, cuando Roz volvió a entrar. Debían de estar haciendo una pausa antes de la siguiente ronda de respuestas. Los cuatro concursantes originales permanecían allí, si bien sus equipos habían menguado. Sally también se encontraba en el vagón, aunque probablemente no fuera de demasiada ayuda respondiendo las preguntas, porque se había quedado dormida apoyada en el hombro de su hijo. Aidan parecía sentir más vergüenza ajena por su madre de lo normal en un adolescente.

Meg y Grant estaban en un reservado, inmersos en una conversación intensa. Blake y Sam hablaban de *Doctor Who* y Craig estaba sentado solo, con la mirada perdida, removiendo el azúcar en su *whisky*. El teléfono de alguien reproducía una lista de grandes éxitos navideños.

En las mesas triangulares se había dispuesto un bufet improvisado: una caja metálica de chocolatinas, nueces de Brasil bañadas en chocolate, bastoncitos de chocolate y menta, un paquete ovalado de brochetas de dátiles, gajos de naranja bañados en chocolate y una caja intacta de bombones con licor de cereza. También había un cesto en el que solo quedaban un chorizo y un pudin, una inquietante escena navideña.

En un asiento, bocabajo, estaba el libro que Nick, el hombre del traje verde, había leído. Al cogerlo, Roz vio que estaba abierto por un poema titulado «Una visita de san Nicolás», pero cuando leyó los primeros versos cayó en la cuenta de que popularmente se lo conocía como «La noche antes de Navidad». Sin duda había movimiento en aquel vagón Club antes de Navidad.

Ayana tenía entre las manos un libro de acertijos, crucigramas y otros juegos. Ember estaba apoyada de espaldas en la barra, tomando nota de todo mientras permanecía de pie, acompañada del silencio aparentemente agradable de Liv. Roz detectó que Ember era una mujer observadora. En otra vida, habría sido una magnífica agente de policía. Sin embargo, se necesita cierto brío para hacer cumplir la ley. La beligerancia y la creencia en uno mismo eran imprescindibles en todo policía para arrojarse al peligro, aunque también era lo que ocasionaba tantos problemas en la Policía metropolitana.

—¡Roz! —la saludó Ember al ver que se acercaba. Tenía el vaso agarrado con fuerza, con una palma encima, como si quisiera frenarse de seguir bebiendo. O quizá fuera una costumbre que había adquirido, como en el caso de Roz, para evitar que le echaran droga en la bebida—. Estaba preocupada por ti. ¿Va todo bien?

—Pues la verdad es que no. —Roz miró el rostro sincero y preocupado de Ember y decidió contárselo—. Van a hacerle una cesárea a mi hija. La bebé es prematura y Heather está enferma.

—¡Ostras! —Ember le agarró la mano a Roz—. Debes de estar aterrada.

—Un poco sí. Estoy a un tris de echarme a berrear.

Ember la abrazó y Roz rompió en sollozos. Liv la miró con tristeza por encima del hombro de Ember.

Craig se acercó, con el rostro nublado por la preocupación.

—Lo siento muchísimo. He oído lo ocurrido.

Le puso una mano en el brazo con delicadeza, vacilante, y luego la retiró. Roz notó una sensación inmediata de pérdida.

—¿Sabían que la primera cesárea que se practicó en condiciones antisépticas tuvo lugar aquí en Escocia, en Glasgow, para ser más exactos? —preguntó Blake—. La realizó Murdoch Cameron en 1888. Había trabajado con Joseph Lister, que revolucionó la cirugía con la introducción de medidas de esterilización.

Roz se lo quedó mirando atónita.

—¿Y cómo se supone que va a ayudarnos a mí o a mi hija saber eso?

Blake se encogió en su asiento.

—Quería decir que Escocia es un buen lugar para que te hagan una cesárea —respondió, con gesto alicaído.

—Lo siento —se disculpó Roz—. Me he pasado.

—No, es culpa mía —replicó el chico—. Tiendo a soltar hechos cuando no sé qué decir.

—No eres el único. El veintinueve coma tres por ciento de la población hace exactamente lo mismo —aclaró Roz.

—¿En serio? —preguntó él y se enderezó en la silla de repente.

—No.

Blake volvió a parecer abatido.

—Vaya. Ya veo.

Roz pensó que le convenía ir en busca de un café antes de provocar más problemas. Oli se había ido, pero Beefy estaba sentado en un taburete tras la barra. Tenía los ojos cerrados y los brazos cruzados.

—Sé que el bar está cerrado, pero ¿me podría servir un café? —le preguntó Roz.

Beefy abrió los ojos despacio.

—¿Es para esta pandilla? Porque no hay cantidad suficiente de café en el mundo para arreglarlos.

Beefy miró hacia donde estaba Meg con algo similar, concediéndole el beneficio de la duda, a un semblante de preocupación paternal.

—Es para mí. Esta noche necesito estar despierta.

Algo en la expresión de Roz debió de calar en Beefy, porque enseguida se levantó de su taburete y empezó a prepararle el café.

—Espero que a tu hija le vaya todo bien —dijo Craig en voz baja, íntima.

—Gracias. —No sabía qué más decir, así que probó a cambiar de tema—. ¿Tú tienes hijos?

—Tres —respondió él—. Los dos más pequeños están con su madre y yo voy a pasar las Navidades con el mayor.

—Entonces su madre y tú no... —dejó la frase a medias.

—Nos separamos hace unos años. Todo de manera muy amistosa, sin dramas. Pero en nuestra relación nunca hubo fuegos artificiales, fue más bien como una bengala que se apagó antes de que pudiéramos escribir nuestros nombres en el aire.

Roz lo observó mirar por la ventanilla mientras dejaban atrás una pequeña estación en un visto y no visto.

—Qué triste.

—¿Y qué hay de ti? ¿Tienes un marido o una mujer, o ambas cosas, esperándote en casa?

Evitó mirarla, como si no quisiera conocer la respuesta.

—No.

—Vaya. Qué respuesta más escueta y dulce.

—Así soy yo. Aunque dulce no.

—¿En serio? Pues no sabría qué decir. Apuesto a que serás una abuela fantástica. ¿Te hace ilusión?

No le había salido demasiado bien lo de desviar la conversación.

—Estoy ilusionada y aterrada al mismo tiempo. Son la misma emoción. —Roz agarró el bolso, sacó el cubo plateado y lo sostuvo en alto, girándolo mientras hablaba—. Lo que pasa es que están en distintas caras del mismo cubo.

—Roz, ¿puedo preguntarte algo?

Craig estaba a punto de continuar cuando Grant, que se había encaramado a un banco corrido, subió drásticamente el volumen de la voz.

—¡Cantad conmigo! —bramó, balanceándose adelante y atrás.

Y con una voz profunda y plena, solo un poco desafinada, le

cantó *Blue Christmas* a Meg. Ella sonreía, pero no se le unió. Entonces Grant saltó al suelo e intentó tirar de Liv para que le acompañara cantando *Baby, It's Cold Outside*. Liv puso un gesto de timidez, retrocedió y continuó hablando con Ember.

—Yo canto contigo —se ofreció Aidan, que miraba con adoración a Craig.

Se puso de pie al lado de Grant y pareció henchirse de orgullo cuando este lo rodeó con el brazo.

Como sabía cualquier padre por experiencia, aquello iba a acabar en lágrimas.

—Voy a volver a mi habitación —dijo Roz, que agarró su taza de café—. A esperar novedades. No soporto ver cómo las cosas se salen de madre. Ya no me pagan por hacerlo.

—Parte de mí quiere convencerte de que te quedes —confesó Craig. Y parte de ella también quería que la convenciera. Otra quería llevárselo a la habitación. No le gustaba sentirse dividida. Craig la miró fijamente a los ojos—, pero estás haciendo lo correcto. Esto va a acabar mal.

—Es justo lo que estaba pensando.

Craig asintió despacio mientras se volvía para echar un vistazo a Grant.

—Yo me quedaré aquí vigilando a esta pandilla.

—¿Estás seguro de que trabajas para la Fiscalía y no para la Policía?

—Segurísimo. Soy abogado. Estoy entrenado para argumentar, no para imponer la ley.

—¿Dónde te formaste?

Roz se preguntó si tal vez lo conocía de la Universidad de Glasgow, aunque no tenía demasiados recuerdos de sus años como universitaria. Todo era una neblina de humo de hachís combinado con traumas.

—En el King's College, en la Universidad de Londres. Imparto alguna clase allí esporádicamente. Aporto mi granito de arena para cada generación.

—¡Todo el mundo en pie! —exclamó Grant, que intentaba que se le unieran en una conga.

Era momento de irse.

Le dio las buenas noches a Craig a regañadientes, con una media promesa de desayunar juntos por la mañana, y luego regresó hasta donde estaba Ember.

—¿Te diviertes?

Ember se encogió de hombros. Se puso roja, pero seguramente fuera porque tenía calor. Aunque se había desabrochado la parka, seguía llevándola puesta.

—¿Quieres acompañarme al coche cama? —le preguntó Roz.

Ember negó con la cabeza.

—Ve tú. Yo me quedo. Estaré aquí si necesitas compañía más tarde.

Roz hizo un gesto de asentimiento. Si Ember no se estaba divirtiendo, ¿por qué se quedaba en el vagón Club? Su instinto le decía que había gato encerrado.

—Estoy en la habitación nueve, por si quieres algo.

Ember asintió, pero ya había desviado la atención hacia otra cosa. Quizá le gustaba alguien de aquella habitación y no quería perder la oportunidad.

Cuando Roz pasó junto al reservado de Meg, Grant volvió a subirse al asiento y agarró a Meg por los hombros. Vio que los nudillos se le ponían blancos de hacer fuerza y recordó el moratón que tenía la chica en el brazo.

—Bailemos la puñetera conga —le dijo—. Vamos a divertirnos, joder. ¿Qué coño os sucede? ¿Es que no sabéis pasároslo bien?

—Por favor, Grant, no lo hagas —le suplicó Meg—. No me encuentro bien. Esto se está poniendo muy raro.

Meg dibujaba círculos con la mano delante de ella, como si siguiera estelas de vapor.

—¿Por qué no la dejas en paz? —le preguntó Roz a Grant—. Te ha dicho que no quiere bailar, y no me extraña.

—No pasa nada —afirmó Meg, con la vista clavada en el suelo—. No se preocupe por mí.

—Claro que me preocupo, cariño —le respondió Roz y se sentó a su lado en el banco.

—Lárguese de aquí, no nos interrumpa —le espetó Grant.

Roz le hizo caso omiso. Se inclinó hacia Meg y le susurró:

—No tienes por qué aguantar esto. Si me necesitas, solo tienes que decírmelo. Puedo ayudarte.

Las grandes pupilas de Meg eran como arándanos brillantes.

—Solo lo está empeorando —le musitó—. Usted no sabe nada.

—Sí lo sé. Te lo prometo.

El teléfono de Roz emitió un pitido. Era un nuevo mensaje de WhatsApp de Ellie:

Entra ahora en el quirófano.

—Será mejor que se vaya —le dijo Meg—. Grant no es ningún ángel, pero usted no entiende lo que hay entre nosotros.

—Creo que sí que lo entiendo —contestó Roz.

Había visto suficientes relaciones que oscilaban entre el amor obsesivo y la ira asesina.

—La he oído hablar sobre su hija. Concéntrese en ella, no en mí.

Roz le sostuvo la mirada. Intentó adivinar si era eso lo que realmente quería. Pero solo podía guiarse por sus palabras.

—Ya la ha oído —intervino Grant, que señaló hacia la puerta con una sonrisita en la cara.

—Te estaré vigilando —le aseguró Roz.

Grant respondió con una carcajada y se regocijó por su victoria con un berrido que a Roz le recordó a otro hombre. Se dirigió a la puerta con la vista nublada por las lágrimas y los recuerdos.

Capítulo veintiuno

Meg se quedó mirando a Grant mientras este observaba cómo se marchaba Roz. Tamborileaba los dedos en la mesa. Aquello tenía mala pinta. O bien Grant seguiría a Roz y le haría daño, o bien haría daño a Meg. O a otra persona. Había gente, como la propia Meg, que descargaba su ira consigo misma, pero Grant no, Grant siempre dirigía su rabia hacia el exterior y normalmente contra ella.

Lo agarró del brazo como a él le gustaba, demostrándole que no podía rodearle el bíceps con la mano.

—Ignórala, cariño. Está nerviosa, su hija está en el hospital.

—Me importa una mierda. Solo me ha dado dolores de cabeza desde que ha llegado.

—Ya lo sé. Y no está bien. Lo siento.

Le hablaba con ternura. No quería hacer nada que lo contrariara. Entonces Grant señaló a Beck.

—Y esa zorra no es mejor que ella. No para de decirme que me calle y que deje de vapear.

Beck miró hacia ella y se mordisqueó el labio.

—¿Por qué no nos vamos a la cama, como habías dicho?

Le acarició la mejilla. Empezaba a nacerle la barba.

Grant se giró y concentró toda su atención en su rostro.

—Has sido tú quien me ha apartado. Después de proponerme que nos acurrucáramos en la cama.

Sus labios sonreían, pero sus ojos centelleaban.

—Estaba un poco mareada, eso es todo.

Grant la agarró por la barbilla y se la sostuvo en alto con fuerza. Le apretó por encima del hueso hasta que a Meg se le anegaron de lágrimas los ojos.

—No vuelvas a echarme así —le advirtió en voz baja. Cualquiera que los estuviera viendo simplemente creería que la tenía sujeta por la cara como un gesto de amor, pero le estaba clavando los dedos en la piel y el hueso—. ¿Lo has entendido?

Meg intentó asentir, pero la tenía agarrada demasiado fuerte. Entonces Grant suspiró y apoyó su frente en la de ella. Había visto a héroes vikingos de una serie de Netflix hacer ese gesto y desde entonces lo había incorporado en su día a día. Pensaba que lo conectaba con sus supuestos antepasados nórdicos. Meg esperaba que la inspiración se detuviera ahí. Una vez la había amenazado con someterla a un «águila de sangre» por no contestarle un mensaje de texto durante la noche. Meg había tenido que buscar a qué se refería y después se había echado a temblar.

Pero notar la cabeza de Grant en contacto con la suya la hizo acercarse a él, anhelante.

—Nos iremos a la cama cuando yo lo diga —dijo Grant—. Tengo que darles su merecido. —Entonces retrocedió, soltándola de manera tan abrupta que Meg dio un traspié hacia delante y se golpeó la cabeza con la mesa—. Ten más cuidado —le aconsejó él y luego volvió a mezclarse en la fiesta.

Blake gritó alegre, acercándosele:

—¡Grant! —Le entregó un vaso de *whisky*—. Estamos comparando temas de especialización. El mío es la vida y la obra de Douglas Adams. ¿Cuál es el tuyo?

—Las mujeres —respondió y alzó el vaso.

Todo el mundo rio.

Meg notó que una bruma descendía de nuevo. Deseó no ser tan dependiente de él, pero quizá eso fuera el amor. Su madre describía la relación con su padre como una «montaña rusa de emociones», pero, en el caso de Meg, una montaña rusa era muy segura en comparación con lo que tenía con Grant. En una montaña rusa, aunque los pies no toquen el suelo, llevas el cinturón puesto para sujetarte durante los vaivenes. Y, a menos que estés en el lugar equivocado en el momento equivocado, no puede matarte. En cambio, el amor no tarda en rodearte el cuello con las manos y no deja de apretar hasta que uno de los dos pone punto final.

Capítulo veintidós

Las cortinas azules del hospital se abren con un chirrido. Roz intenta contar los paneles del techo, pero se mueven demasiado deprisa. El auxiliar la mira mientras empuja la camilla. Los pasillos se ciernen sobre ella. Roz nunca ha estado tan cansada. La cubre un pesado manto. Le gustaría hacerse un ovillo debajo de él y no volver a la superficie nunca más.

Las máquinas emiten pitidos y ruidos estridentes.

—El latido de la bebé está ralentizándose. El de la madre se acelera —dice alguien—. ¡Hay que sacarla ya!

El corazón de Roz ha empezado a separarse del de Heather, no puede latir por él.

Su madre corre a su lado.

—Todo va a salir bien —le asegura.

Pero Roz no ve claro que nada pueda volver a estar bien después de aquello.

Roz, sentada en la cama, intentaba desconectar de sus recuerdos. El cubo de espejos multiplicaba la lámpara de techo y llenaba de destellos el compartimento.

—Ahora estoy aquí. Ahora estoy bien y a salvo.

Una vez que el pasado regresó al lugar que le pertenecía en

su mente, sacó el teléfono. No tenía un dios al que rezar, lo único que podía hacer era buscar en Google. «¿Cuánto tarda en hacerse una cesárea?», escribió. Otras preguntas potenciales eran «consecuencias de la preeclampsia» y «posibilidades de que un bebé prematuro de treinta y dos semanas sobreviva al parto». Y Google, como siempre, proporcionaba muchas respuestas contradictorias. Por eso la gente prefería tener dioses: al menos lo que decían era definitivo.

Era consciente de estar usando el ritmo del tren como una especie de rosario mientras rogaba «Por favor, déjalas vivir» una y otra vez, acompasadamente. El catolicismo de su abuela se abría paso en momentos de crisis.

Sostuvo el teléfono en la mano y deseó que sonara. Cuando lo hizo, reaccionó tan rápido que se le cayó. Escuchó la voz de Ellie desde el suelo.

—¿Ellie? —le dijo tras sentarse en el piso.

Agarró el teléfono y lo levantó. No iba a permitir que se le escapara de las manos otra vez.

—Heather ha salido del quirófano —la informó Ellie—, la trasladan a las Urgencias de Maternidad. Creen que está teniendo un ataque.

Roz había leído lo suficiente la última hora para saber que aquello podía derivar en un derrame cerebral.

—Le van a suministrar magnesio, ¿no?

—Sí, ahora mismo.

Roz se obligó a preguntar:

—¿Y la niña?

—No respira bien. —Roz oyó el eco de los pasos rápidos de Ellie al caminar por un pasillo del hospital. Algo rodaba cerca de ella—. La estoy acompañando a la planta de Neonatología, donde la van a meter en una incubadora con oxígeno. —Ellie hizo una pausa. Sonaba como si fuera ella a quien le costara respirar—. Es muy pequeña, Roz. Apenas pesa un kilo ochocientos y dicen que perderá peso. No lo soporto.

Hablaba con voz llorosa, como si todas las lágrimas se le hubieran acumulado en la garganta.

—Soportarlo no significa que no duela. Significa superarlo con el tiempo. La adrenalina y el amor te ayudarán a aguantar por ahora.

—Pero si acompaño a la niña no puedo estar con Heather.

—¿Qué te ha dicho Heather? —preguntó Roz, que sabía la respuesta.

—Que me quedara con la niña.

—Entonces estás haciendo lo correcto. Todas estáis en el sitio adecuado —continuó Roz, sintiéndose como uno de esos libros de crianza llenos de perogrulladas. Tenía que esforzarse un poco más—. Escucha, cielo, esto va a ser duro para ti, lo sé. Durísimo. Ahora tienes dos personas a quienes amar. Pero los corazones son como la *mozzarella*: si los calientas, se dilatan todo lo necesario.

Ellie rio entre lágrimas.

—Cómo no ibas a hacer un símil con el queso...

—¿Qué puedo decir? No puedo *ebrietarlo*.

Roz escuchó su propia voz llorosa y notó que la sal descendía por su garganta.

—Ya hemos llegado a Neonatología —la informó Ellie. Las ruedas se detuvieron y se abrió una puerta—. Te dejo. Voy a enviarte las fotos que ha sacado la comadrona.

—Ellie —Roz no deseaba despedirse de ella—, quería decirte que... enhorabuena. Ya eres madre. Espero que se te dé mejor que a mí.

Ellie colgó. Roz llamó al teléfono de Heather, pero saltó el contestador automático.

—Ya me ha contado Ellie —dijo tras el pitido—. Tú, mi maravillosa hija, ¡ahora tienes una hija! Eres asombrosamente valiente. Descansa, cielo. Espero que sepas cuánto te quiero. Y cómete alguna tostada en el hospital, que el cliché de que la primera tostada que te comes después de dar a luz es la mejor que probarás en tu vida es una verdad axiomática.

Roz seguía sentada en el suelo, con la espalda apoyada en la puerta del aseo. Por ahora no podía hacer nada más que esperar y repetir la oración del tren: «Por favor, déjalas vivir, por favor, déjalas vivir, por favor, déjalas vivir».

Capítulo veintitrés

Meg había perdido la noción del tiempo. Y a Grant. Había vuelto a salir a vapear y no había regresado. De eso hacía ya rato. ¿O no? El vagón Club estaba casi vacío por primera vez desde que habían entrado en él. Solo quedaban ella, Ember y Liv. Estaban en un rincón, compartiendo una bolsa de patatas fritas.

—¿Dónde se ha ido todo el mundo? —les preguntó Meg.

Ember la miró.

—Grant salió a la cabeza de la conga, decía que no había suficiente espacio aquí. Pero los pasillos son todavía más estrechos en los coches cama.

—Probablemente esté aporreando puertas y despertando a la gente —replicó Meg.

Al principio de su relación, aquella clase de comportamiento le habría resultado emocionante, incluso estimulante. Le encantaban su espontaneidad y su descaro. Pero ahora sabía que no era «para divertirse un poco», como decía él, sino para dejar huella en las personas, para bien o para mal.

Meg se notaba rara, como si su cabeza fuera demasiado grande. Las luces brillaban mucho. Y la sala no se estaba quieta, aunque sabía que no se movía. Recordó que se había golpeado la cabeza con la mesa cuando Grant la había soltado. Sería por eso, o porque se había pasado bebiendo con el estómago vacío.

Necesitaba recomponerse, y rápido. Pronto tendría que hacer otra conexión en directo. Sus fans empezaban a impacientarse y solicitaban más contenido. Había jugado un rato con ellos, los había invitado a que le preguntaran lo que quisieran e intentaría responder, pero se le había atragantado una respuesta.

«¿Cuál es tu mayor logro en la vida?».

No lo sabía. Ni siquiera sabía qué le pedía a la vida. Pero al menos ahora sabía que quería saberlo.

Meg escuchó risas y que unas voces estridentes cantaban *All I Want for Christmas Is You* en el vagón contiguo. La de Grant era la más altisonante. Se preguntó con quién estaría.

Beefy irrumpió de repente por las puertas del vagón Club. Miró hacia el pasillo del que procedían los cánticos.

—Todo el mundo para adentro ahora mismo, y les agradecería que guardasen silencio. Este es un tren nocturno en el que la gente viaja durmiendo, por si no lo saben. Les pediría que lo tuviesen en cuenta.

Dicho lo cual, se dejó caer en un reservado y cruzó los brazos mientras la conga regresaba al vagón Club.

Beck encabezaba la fila, con Grant tras ella, seguido por Ayana. Luego iban Aidan, que parecía estar pasándoselo mejor que nunca, y Sally, que iba dando tumbos, con los ojos entornados. Blake y Sam estaban a la cola. Los movimientos de toda la fila se desdibujaban en uno solo, como un milpiés hecho de personas ebrias. Quizá podía pedirles que interpretaran un baile navideño para TikTok, porque aquella conga no luciría.

Beefy miró fijamente a Grant, como si quisiera arrojarlo del tren. Meg no lo culpaba por ello. Las largas piernas de Grant iban desacompasadas, desentonaba y llevaba a Beck rodeada por la cintura. Antes parecía que se detestaban y ahora no cabía ni un alfiler entre ellos.

Meg notó el calor espinoso de los celos.

Ember y Liv se le acercaron, esquivando a los bailarines, saltando por encima de las piernas en alto o sorteándolas.

Liv bostezó y se frotó los ojos, ensombrecidos. Parecía exhausta y más joven, como si el cansancio le hubiera quitado años de encima.

—Me voy a la cama —anunció.

Ember le dio un pequeño abrazo y la observó salir del vagón. Meg notó otra punzada de envidia. Ember y Liv habían sido capaces de entablar una amistad en muy poco tiempo. Meg no había hecho amigos de verdad desde que había acabado sexto. La fama comportaba falsas amistades.

—¿Nos sumamos? —le preguntó Ember, que le tendió una mano mientras la observaba con atención.

—Creo que no estoy de humor —respondió Meg.

En parte se moría de ganas de unirse a la conga y le encantaba sentirse querida.

—Pues me harías un favor. Porque yo no soy lo bastante segura para unirme sola.

Meg suspiró y asintió. Había bebido demasiado y había comido demasiado poco, pero aun así vació el resto de la bebida de Ayana. Al agarrar la mano de Ember, vio que el moratón que tenía en la muñeca empezaba a asomar bajo el maquillaje.

Ember no comentó nada. Tal vez no lo hubiera visto. Pero sí le dio un apretoncito en la mano.

—Vamos —le dijo cuando la conga llegó al bar.

La fila se rompió un instante mientras giraba torpemente para regresar por el mismo camino, ya que eran demasiadas personas para un espacio tan estrecho.

Ember le dio un golpecito a Beck en el hombro y le preguntó:

—¿Puedo meterme?

Beck miró a su alrededor, confusa, y Ember la sustituyó a la cabecera de la fila, con Meg y Grant tras ella. Beck se quedó allí de pie, ceñuda, mientras la conga volvía a arrancar sin ella.

—¿Así que al final te has decidido a unirte a nosotros? —le susurró Grant, que se había inclinado sobre ella.

Le olía el aliento a alcohol.

Meg asintió con la cabeza.

—Quería estar contigo.

—Me alegra oírlo —dijo él; la rodeó con los brazos por la cintura y la atrajo hacia sí con tanta fuerza que le costaba respirar. Meg había soñado una vez que la abrazaba. Lo primero que le había atraído de él habían sido sus brazos, su forma esculpida asomando bajo las mangas. Su primera cita había sido en una bolera. Grant, infalible, había conseguido un *strike* tras otro. Y al final la había levantado en volandas para celebrarlo y la había hecho sentir pequeña, ligera y segura. Ahora solo se sentía pequeña.

—Bajen la voz, por favor —les suplicó Beefy, el revisor, mientras salían del vagón Club.

Su rostro parecía palpitar y fulgurar, como unas luces de un árbol de Navidad configuradas con una cadencia molesta.

Grant la soltó y se salió de la fila. Miró a su alrededor. Luego sonrió a Ember y volvió a colocarse en la conga, detrás de ella.

Meg se miró las manos. Tenía los puños apretados, se estaba clavando las uñas en la carne. Se apartó. Notaba los dedos agarrotados. ¿Qué hacía? Quizá Grant tuviera razón y sus celos fuesen desmesurados. Él aseguraba que era un síntoma de la relación de Meg con su padre.

—Proyectas su rechazo hacia ti en mí, cariño —le había dicho después de participar en el programa *Famosos en terapia*.

A lo largo del año, Meg y Grant habían asistido a varios programas de famosos de segunda, ya fueran de diseño de interiores, cocina o submarinismo. Según decía Grant, ayudaban a «consolidar su marca y engrosar su patrimonio». Normalmente, olvidaban todo lo que habían aprendido en menos de una semana, pero él había cambiado mucho tras aquel programa de terapia. Después de participar en él, se mostró muy dulce durante un tiempo, si bien le señaló a Meg que estaba traspasando los límites al preguntarle dónde había pasado la noche.

Meg debería sentirse agradecida por estar con Grant y por todo lo que había conseguido en la vida; se lo habían dicho en

El áshram de los famosos. Se salió de la fila de la conga con la esperanza de arreglar las cosas con él, o mejor dicho, para él. Entonces vio a su novio girarse y acercar la cabeza al hombro de Ember. Le susurró algo al oído y le dio un beso en el cuello. Luego le apoyó la mano en el hombro. Ember se quedó inmóvil, como si deseara que aquel momento no acabara nunca. Por supuesto que era eso lo que quería. ¿Cómo no? ¡Si era el Grant encantador! Nunca cambiaría. Meg nunca sería suficiente para él. Ahora lo entendía.

Tuvo la sensación de estarse pudriendo por dentro. La conga continuó bailando a su alrededor. Era un tren infinito de rostros grotescos que reían y se volvían ahora hacia su lado, ahora hacia el contrario. Caras que se acoplaban y se desacoplaban. Ya no sabía qué era real y qué no.

Acechó a Grant cuando pasó por delante de ella y lo agarró. Él se zafó de su mano. Entonces Meg le echó los brazos alrededor del cuello y él se limitó a levantarla y depositarla sobre una de las mesas triangulares. Meg era bajita, pero aun así tocaba el techo con la cabeza. Se encorvó y apoyó una palma en la ventanilla para estabilizarse. Notó el cristal frío bajo las yemas calientes de sus dedos y quiso restregarse desnuda contra el vidrio.

La conga se había disuelto en corrillos que seguían bailando. Todos parecían estar muy lejos de ella, serpentear a sus pies. Meg escaneó el vagón Club para comprobar si Beefy había regresado. Quizá debería pedirle ayuda, se le veía un buen hombre. Pero no lo vio. Liv apareció a su lado y le tendió la mano. En la otra llevaba un teléfono y lo enfocaba hacia Meg.

Salió un grito de su garganta, pero no lo oyó. Los demás, en cambio, sí. Dejaron de bambolearse y se la quedaron mirando. El grito no cesaba, era como el pañuelo infinito de un mago. No sabía de dónde procedía. Se quedó petrificada en el sitio. Parecía una figura delicada sobre una tarta nupcial.

Grant fue hasta ella. Parecía una versión de dibujos animados de sí mismo, se movía y hablaba muy despacio. Su rostro se metamorfoseó en micromomentos de la risa a la sorpresa, la vergüenza y la rabia. Meg sabía que lo estaba humillando. Y era lo más peligroso que podía hacer. Se llevó una mano a la cara para contener una carcajada, pero, en lugar de eso, sintió una arcada. Vomitó a través de los dedos separados sobre sus zapatos, la mesa y el suelo.

—Das asco —le susurró Grant.

Meg vio el destello de la saliva de Grant atravesar sus dientes cerrados y posarse en su grueso labio. Se dio media vuelta y, doblada de humillación, apoyó la frente en la ventanilla, que estaba fría. Se quedó absorta en su propio reflejo. Su reflejo intentó sonreírle.

—No te atrevas a apartarme la mirada. —La agarró por las caderas y la giró para ponerla de frente, como si fuera una bailarina rota en una caja de música. Meg notó que todo daba vueltas a su alrededor mientras intentaba recobrar el equilibrio—. Eres un chiste malo. Qué vergüenza das, joder.

Hablaba en una voz tan baja que apenas lo oía y con aquella sonrisa de amor impostada en el semblante. Siempre actuaba para los demás. Siempre ocultaba lo que estaba a plena vista.

Algo hizo clic en el interior de Meg. Se zafó de él y se abalanzó sobre Craig, que la ayudó a bajar de la mesa.

—¿Qué estabas haciendo con ella? —le preguntó a Grant señalando a Ember—. Te he visto besarla.

Grant sonrió con desprecio.

—Estás loca. Y ahora todo el mundo lo sabrá.

Ember levantó una mano y sacudió la cabeza a ambos lados.

—Solamente me ha dicho que olía bien y que estaba guapa. —Se encogió de hombros como insinuando que no era ningún crimen, porque era cierto—. No es lo que piensas. Te lo prometo.

Meg soltó una carcajada. Sabía que sonaba desquiciada, pero descubrió que le daba igual.

—Eso es un cliché como una catedral. Porque, si sabes lo que estoy pensando, probablemente sea porque es verdad.

—Estás borracha —le dijo Grant— y solo Dios sabe qué más.

Será mejor que te vayas antes de hacer o decir algo de lo que te arrepientas.

—Eso suena a amenaza, colega —intervino Craig, con un acento más marcado—. Si yo fuera tú, recularía.

—¡Vete a la mierda! —le soltó Grant tras apartarlo de un empujón—. Y a mí no me llames «colega». Ni siquiera te conozco. Solo eres un viejo feo que quiere estar de fiesta con jóvenes. ¿Qué eres, un pervertido o qué?

—¿Por qué grita todo el mundo? —bramó Sally desde su reservado.

—Y tú no te metas tampoco —le espetó Grant—. ¿Te crees que puedes darme lecciones de algo? ¿Tus hijos están acostumbrados a verte como una cuba? Porque lo parece. Y si crees que tu marido te ha sido fiel es que eres tan tonta como ellos.

Aidan pestañeó, confundido y dolido.

Meg sabía cómo se sentía. El mundo estaba temblando y era culpa suya.

—¡Para, por favor! —le gritó—. No lo soporto más. Ya me voy, así podréis estar bien otra vez.

—Meg —Ember la llamó, pero su voz sonaba rara, como si estuviera bajo el agua—, ¡yo puedo ayudarte!

Fue eso lo que hizo que a Meg se le anegaran los ojos de lágrimas, descubrir que alguien quería rescatarla. Pero Grant pensaría que esas lágrimas le pertenecían, que había ganado de nuevo.

Meg no estaba dispuesta a que la viera llorar, esta vez no. Salió corriendo del vagón Club, consciente de que las cámaras de los móviles la enfocaban. Le escocían los ojos mientras recorría trastabillando el pasillo hasta su compartimento. Incluso el tren parecía susurrarle: «No te quiere, no te quiere, nunca te ha querido».

Capítulo veinticuatro

Roz estaba tumbada en la cama, intentando leer, pero las palabras le patinaban por la mente sin retenerlas. Pasaban los minutos. El último mensaje de Ellie era de hacía un rato. Iban a administrarle a Heather sulfato de magnesio para las convulsiones y pastillas para intentar bajarle la tensión arterial. Y a la niña, que aún no tenía nombre, la alimentarían con fórmula a través de una sonda nasal, para que el líquido fuera directamente a su estómago.

Roz repasó todas las fotografías hasta la última que le había enviado Ellie. Su nieta, aún con los ojos cerrados, estaba envuelta en mantas en una incubadora. Parecía tan pequeña, tan indefensa. Tuvo que hacer girar el cubo de espejos para anclarse al presente y no desplomarse en el pasado. Lo hizo girar mientras daba vueltas también a sus pensamientos y notaba cómo su propia presión sanguínea descendía con cada nuevo clic. Fue urdiendo un plan a la vez que las luces de la habitación rebotaban en las superficies reflectantes. Iría directa al hospital y formaría equipo con Ellie, una de ellas se quedaría con la bebé y la otra con Heather, y luego se cambiarían. Por la noche, ella iría al piso de Heather y Ellie, y prepararía comida rica en proteínas, que, según había averiguado a través de su reciente y frenética investigación, era importante para combatir una preeclampsia grave, y se la llevaría a Heather a la cama del hospital. Y, cuando Ellie estuviera acompañando a

Heather, ella se quedaría a hacer el piel con piel con la bebé, que es muy importante en el caso de los prematuros.

Si se hubiera dado más importancia al contacto piel con piel en la época en la que nació Heather, quizá ella y su hija habrían forjado un vínculo más fuerte. Roz nunca lo había admitido, pero al principio no le apetecía coger a Heather en brazos. Era tal su estado de *shock* que lo único que podía hacer era comer la mermelada de fresas de los tubitos de plástico que le proporcionaban las enfermeras. Quizá si le hubieran colocado sobre el pecho a Heather, con sus dos kilos seiscientos y sus manitas arácnidas, ahora se llevarían mejor.

Comprobó la hora en el reloj. Eran las siete y media. Descorrió las cortinas, pero aún no se veía nada; la oscuridad seguía envolviendo las Highlands como si quisiera quedárselas para ella. En breve, el sol se impondría y Roz podría distraerse mirando por la ventanilla en lugar del teléfono. Contemplar el maravilloso paisaje la ayudaría a sentir que iba de camino a casa. Entreabrió la ventanilla y notó la gélida ráfaga de aire que se coló en el compartimento. La nieve caía inclinada.

Fuera, en el pasillo, escuchó la puerta del coche cama. Unos pasos ligeros corrieron acompañados por el sonido de los sollozos de una mujer. Se abrió la puerta de un compartimento y luego se cerró.

Tal vez fuera Ember, que volvía a llorar, ahora que la fiesta tocaba a su fin. Roz se preguntó si debía ir a consolarla; descubriría en qué compartimento se alojaba porque oiría su llanto. Pero entonces cayó en la cuenta de que le había dicho a Ember cuál era su número de habitación. Si hubiera querido llamar, lo habría hecho. Además, Roz sabía que solo estaba intentando compensar su ausencia al lado de Heather. Había encontrado a otra mujer, no mucho mayor que su propia hija, en la que volcar sus preocupaciones y cuidados maternales.

De todas maneras, si era sincera, le apetecía hablar con alguien. No tenía ninguna amistad a la que pudiera llamar a aquellas horas de la mañana. Apenas había hecho amigos fuera de la comisaría. ¿Era eso todo lo que tenía tras casi cinco décadas sobre el planeta? ¿Ningún hombro sobre el que llorar en momentos de crisis? Roz volvió a desear que su madre siguiera viva. Entonces recordó la carta del recetario.

Cogió un trocito de tableta escocesa y lo mordisqueó por los lados. Esta noche le dejaría una onza a Papá Noel. Sería como si su madre estuviera allí. En cierto sentido, aún estaba presente... en su libro de recetas. Si Roz no fuera tan cobarde, se atrevería a abrirlo de nuevo. Era capaz de correr persiguiendo a ladrones y, en cambio, no tenía el valor suficiente para leer un recetario.

Cuando ingresaron a su madre en el hospital, tras el primer ictus, hacía tres años, Liz hizo acopio de todas sus fuerzas para enviarle la receta de las galletas de mantequilla especiadas, hasta entonces su secreto mejor guardado («el secreto está en la sémola»), y le escribió en el dorso con su propia caligrafía puntiaguda:

Querida Roz:
Las camas de los hospitales son extrañamente blandas, como la comida. Doy fe de ello porque estoy en una cama de hospital y comiendo comida de hospital mientras te escribo estas líneas. Si puedes evitar estas dos situaciones, Rosalind, te recomiendo que lo hagas. No obstante, a veces a una no le queda alternativa y, en ese caso, te sugiero que te traigas una serie de condimentos y los guardes en tu bolso o en el armario. Unas gotitas de tabasco pueden hacer maravillas en un...

El tren chirrió justo en aquel momento, como un animal herido.

El compartimento de Roz pareció volcarse. El recetario cayó al suelo y la puerta del lavabo se abrió de par en par. Las pertenencias se deslizaron. Roz rodó por la cama y se dio de bruces con el piso. Luego el compartimento pegó otro zarandeo y se inclinó hacia el lado contrario, arrojándolo todo de nuevo. Roz agarró el libro de recetas y se colocó en posición fetal mientras se detenía el vaivén.

Chirridos desgarradores de frenos. Olor a metal chamuscado. Gritos y alaridos por todas partes, también en los compartimentos cercanos. Y luego quietud, un silencio escalofriante, denso. El tren se había detenido.

Unos pasos corriendo por el pasillo.

—Quédense todos donde están mientras averiguamos qué ha pasado —gritó Beefy sin aliento, con un temor evidente en la voz.

Se oyeron voces en el exterior. Crujidos de nieve. Reniegos. Roz utilizó el lavabo para apoyarse y ponerse de pie, despacio.

Al mirar por la ventanilla, vio que el sol aún tenía que reclamar el cielo. Las estrellas brillaban recortadas contra el oscuro firmamento y observaban un tren herido a sus pies. No era la mañana de Nochebuena que Roz había esperado.

Beefy y una mujer uniformada, posiblemente Bella, la maquinista, caminaban de lado por las vías, pisando fuerte en la gruesa capa de nieve. Los focos de sus linternas alumbraban en la distancia.

—¡La cabina y los vagones de butacas han descarrilado! —gritó la mujer.

Apuntaba hacia el extremo del tren, más allá de donde Roz alcanzaba a ver.

Roz pensó de inmediato en Tony y Mary, y esperó que ambos estuvieran seguros en sus asientos.

Beefy, un poco por delante, gritó algo que Roz no oyó. Pero, fuera lo que fuese, no eran buenas noticias, porque la mujer le dio un puntapié a la nieve. Se volvió y barrió con el haz de la linterna a su alrededor, describiendo un círculo. La vía del tren se curvaba para bordear la falda de una montaña. Si alguien era lo bastante insensato para escalarla, encontraría el acceso a las laderas despejado, aunque cubierto de nieve, pero, cuando la luz iluminó bien hacia allá, Roz vio un destello del oscuro barranco que había más adelante.

—Que Oli siga preparando el desayuno. Beefy, comprueba si hay alguien herido —ordenó la mujer, que caminaba hacia una puerta—. Al menos tengo cobertura, voy a gestionar esto. A ver cuánto tardan los ingenieros en llegar y ponernos en marcha de nuevo.

Alumbró el tren con la linterna y Roz tuvo que cerrar los ojos.

—¿Se encuentra bien? —le preguntó la mujer.

—Sí, estoy bien —respondió Roz—. ¿Puedo ayudar en algo? Acabo de retirarme como policía, pero todavía se me da bien dar órdenes.

La mujer rio y se acercó a la ventanilla de Roz, caminando patosamente y con cuidado por la nieve. Debía de tener unos cuarenta años. Llevaba el cabello tan oscuro como lo había tenido Roz en su día y temblaba. Sus labios empezaban a adquirir un tono azulado. Miró fijamente a Roz, como si estuviera calibrando su capacidad de liderazgo.

—Si tiene alguna duda, puede comprobar mis credenciales. —Roz sacó la cartera del bolsillo de su abrigo y le mostró su tarjeta de identificación, ahora ya caduca—. Soy Roz. La antigua inspectora Rosalind Parker, del Departamento de Investigación Criminal de Lewisham. Especialista en obtener confesiones y en incordiar tanto a los delincuentes que acaban cagándola y puedo pillarlos.

—Entonces me alegro mucho de tenerla en mi bando. Soy Bella, la maquinista. Y será mejor que se ponga en marcha y venga a ayudarme antes de que confiese algo. El vagón Club no ha descarrilado. Si pudiera conducir a todo el mundo hasta allí, sería más seguro. Y así podremos verificar que todos los pasajeros están bien.

—¿Cómo ha pasado esto?

—Hay un árbol inmenso caído en las vías, pero no lo he visto hasta que hemos tomado la curva y he tenido que pisar el freno a fondo. Pensaba que nos despeñábamos por el barranco.

—¿Todavía podríamos despeñarnos? —preguntó Roz y justo entonces cayó en la cuenta de que estaba aferrada al alféizar, como si eso pudiera evitar que se precipitaran al vacío.

—No, creo que no. Aunque estaré más tranquila cuando todo el mundo esté en el vagón Club y podamos desenganchar los vagones de butacas. La seguridad es lo primero.

Toc, toc, toc. Alguien llamó con los nudillos a su puerta.

—¿Eres tú, Roz?

Del pasillo llegó la voz compungida de Tony.

—Vaya a ver quién es y póngase manos a la obra —le dijo Bella, que se alejaba ya de allí—. Me reuniré con ustedes en cuanto pueda.

Roz cerró la ventanilla y abrió la puerta del compartimento. Mary iba apoyada en Tony. Ambos parecían alterados. Mary tenía un reguero de sangre en la cara.

—Está herida —soltó Roz, señalando el corte—. ¿Se ha caído?

Mary se tocó la sien y miró confusa la sangre de sus dedos.

—Debe de haber sido el pobre Señor Mostacho. Me habrá arañado. Se ha agarrado a mi regazo cuando el tren ha dado el bandazo y ha intentado subírseme a la cabeza. No pretendía hacerme daño.

De todas las veces que Roz había oído en el trabajo «no pretendía hacerme daño» con relación a un ser querido, aquella fue la única que se lo creyó.

—¿Y dónde está ahora el Señor Mostacho? —preguntó Roz al no ver el transportín.

—No lo sabemos —respondió Tony. Le brillaban los ojos por las lágrimas—. Debe de estar escondido en algún lugar del vagón, pero no quiere salir. Podría estar herido o...

Se tapó la cara con las manos. Entonces Roz se dio cuenta de que se había equivocado: era Tony quien se apoyaba en Mary.

—El Señor Mostacho estará perfectamente —dijo la mujer—. Vamos a buscar un poco de queso para hacerle un caminito que lo lleve hasta la mochila.

—Ahora mismo necesito que se dirijan al vagón Club y permanezcan allí —les indicó Roz—. Su vagón ha descarrilado.

—¡Y que lo digas! —replicó Mary—. Era como caminar por

el suelo de una casa de la risa, pero sin que hiciera ninguna gracia.

—Más bien parecía un tren fantasma, sobre todo porque las luces hacían intermitencias —apuntó Tony.

—Sea como sea, esto parece una feria y será mejor que no se queden aquí. —Roz vio a Tony abrir la boca con la intención de objetar algo—. No se preocupen, encontraremos al Señor Mostacho. ¿Viajaba alguien más en el vagón de butacas con ustedes?

—Solo un hombre que llevaba la cabeza tapada con el abrigo —contestó Tony.

—¿Podría ser un poco más concreto?

—Un hombre de unos cuarenta años, más o menos. Parecía un vagabundo o, al menos, alguien que ha pasado una mala época últimamente.

El polizón. A Roz le preocupó no haberle hecho ningún favor antes al hacerse la ciega.

—Creo que ya sé a quién se refiere.

—Ni siquiera me habría percatado de su presencia si no hubiera estado a punto de llegar a las manos con él.

—¿A qué se refiere?

—Estaba hostigando a esa pobre muchacha famosa, esa tan delgadita —explicó Tony.

—¿A Meg?

—Sí, esa. Vino a nuestro vagón y ese hombre le dijo que se apeara del tren.

—Reculó cuando Tony se enfrentó a él —añadió Mary con evidente orgullo.

—Pero después no le hemos oído decir ni mu. Durante un rato se escabulló. Y cuando me he despertado, poco antes de que nos estrelláramos, ya no estaba en su asiento. —Tony se volvió hacia la madre—. Tú te has despertado antes, mamá. ¿Lo has visto?

Mary negó con la cabeza.

—No. Pero su abrigo sigue allí.

—Bien, pues entonces probablemente no se haya ido —aventuró Roz—. A menos que quisiera morir congelado. Voy a ver si lo encuentro. Por el momento, acomódense en el vagón Club y luego ya veremos.

Al fondo del vagón se abrió la puerta de un compartimento y Phil salió por ella, con aspecto adormilado y el bebé apoyado en el antebrazo. El bebé estaba tomándose un biberón y Robert tiraba de la pernera del pijama de su padre.

—¿Qué sucede? —preguntó Phil y bostezó—. ¿Por qué nos hemos detenido?

—El tren ha descarrilado y estamos asegurándonos de que todo el mundo esté bien.

A Phil se le abrió la boca, lo cual le alargó aún más el rostro.

—Y nosotros dormidos... ¿Sally está bien? ¿Y Aidan y Liv? No están en su habitación. Por favor, dígame que están bien.

—No los he visto todavía —respondió Roz—. Acabo de salir.

—¿Y Meg? ¿Cómo está? —preguntó y señaló hacia la puerta que quedaba a dos de la suya y a otras dos de la de Roz.

—No lo sé. ¿Por qué lo preguntas?

La ceja mental enarcada de Roz debió de reflejarse en el exterior y Phil volvió a sonrojarse.

—Cuando uno es maestro de alguien, lo es para toda la vida. También me preocupan esos estudiantes.

—Por supuesto.

Un silencio interesante osciló entre ellos.

—Voy a ponerme algo de ropa y me reuniré con los demás en el vagón Club —anunció Phil; luego aupó en brazos a su hijo y entró en su compartimento.

Roz empezó a llamar con los nudillos a todas las puertas mientras decía:

—Hora de despertarse todo el mundo. Diríjanse al vagón Club.

No hubo respuesta en el compartimento de Meg y Grant, pero tal vez nunca llegaron a irse del vagón Club.

Elaboró una lista mental de tareas:

1. Averiguar cuánta gente se apeó del tren en Edimburgo y otras estaciones.

2. Pasar lista de los pasajeros restantes.

3. Comprobar si alguien necesita primeros auxilios o ayuda para lidiar con la conmoción.

Entonces recordó que tenía lo mejor para aplacar un buen susto y se detuvo. Desanduvo corriendo el pasillo. Era raro no notar el traqueteo ni oír el murmullo del tren. La sensación de soledad era mayor ahora. También tuvo la impresión de que sus oraciones no se amplificarían.

Una vez en su compartimento, Roz agarró una de las bolsas con tabletas escocesas y la lata de galletas de mantequilla caseras. Ya haría otra tanda más tarde, ahora mismo había gente que necesitaba azúcar. Recordó algo que su madre le había dicho la última vez que habían hecho una tarta de manzana juntas, el verano antes del declive de Liz:

—La mejor tarta para un momento de crisis es cualquier tarta. Y la mejor persona en caso de emergencia eres tú, querida. Siempre has tenido la voz clara y una mente serena cuando las cosas se ponen feas. Te creces en las situaciones difíciles. Recuérdalo cuando te retires. Necesitarás que otra cosa alimente esa parte de ti.

Era cierto. A la menor señal de emergencia, a Roz la invadía una sensación de concentración y cometido. Se dio cuenta de que lo necesitaba. Ya no era policía. Además de ser madre y abuela, ¿qué iba a alimentarla ahora?

Capítulo veinticinco

En el pasillo, Roz tropezó con Aidan, visiblemente agitado y sin aliento.

—¿Vienes a comprobar cómo está tu padre? —le preguntó.

—Y mis hermanos pequeños —respondió él, con un inhalador marrón agarrado con fuerza en la mano.

—Acabo de verlos. Están todos bien. Ni siquiera se han despertado con el zarandeo. Los han desvelado luego las voces.

La risotada de Aidan estuvo acompañada de una sibilancia. Entonces, las pequeñas manchas rojas de sus mejillas empezaron a atenuarse.

—Tu padre se está vistiendo. Irá al vagón Club en unos minutos. Me apuesto lo que sea a que te agradecerá que le consigas un café.

Aidan asintió como un niño entusiasmado. Se dio media vuelta y se alejó de allí. Roz habría jurado que lo vio brincar.

Mary, Tony y Ember estaban acomodados en el vagón Club cuando entró, los tres sentados en un reservado. En el contiguo, Liv se había hecho un ovillo al lado de Sally, que estaba despatarrada en un rincón, con la barbilla manchada de baba reseca, seguramente de haber estado dormida hasta el momento del accidente. Grant se había tumbado en un banco corrido con un paño enrollado sobre la sien. Craig estaba sentado a una de las mesas triangulares, mirando por la ventanilla. La vio entrar y su sonrisa la tranquilizó.

Tal como le había dejado caer, Aidan estaba pidiendo un café y Sam, Blake y Ayana permanecían en otro reservado, con las cabezas inclinadas hacia el centro de la mesa y los rostros iluminados. Hablaban de hacer una guerra de bolas de nieve y de lo que les explicarían a sus amigos a la vuelta. Para Roz, quedarse allí parada era un inconveniente terrible; para ellos, toda una aventura.

—¿Dónde está Beck? —preguntó Roz.

—Se fue a dormir hace un par de horas. Debe de seguir durmiendo.

Tras la barra, Oli andaba ocupado ordenando bandejas del desayuno y preparando bebidas calientes. Roz se le acercó, con la boca hecha agua por el aroma a café.

—¿Dónde nos encontramos? —le preguntó mientras miraba por la ventanilla.

El perfil de una oscura cordillera se recortaba sobre el cielo naranja. Nevaba como si nunca fuera a parar de hacerlo.

—En los montes Grampianos, al sur de las Highlands. Eso es el Ben Doran —dijo Oli, que señaló un pico con forma de pirámide—. O Beinn Dòrain.

—Entonces, en medio de la nada...

—Sí. Y no lejos de aquí está la colina de un mártir que murió en la horca. No es el lugar más hospitalario para hacer un alto. —Suspiró y luego le sirvió una taza de café—. Pero por lo menos tenemos alcohol, comida, café y té.

Roz agarró la taza, le dio las gracias y se concedió un momento para saborear el café.

—Hay un poema sobre este lugar —estaba diciendo Sam. Señaló hacia la montaña—. Es de Duncan Ban MacIntyre. Se titula «Moladh Beinn Dòbhrain» en gaélico.

—«Homenaje al Ben Doran» —tradujo Roz, nuevamente asombrada de que su dominio lingüístico durante tanto tiempo aparcado hubiera aflorado a la superficie.

—¡Exacto! —exclamó Sam, con los ojos brillantes, más vivaz de lo que Roz lo había visto nunca.

Se puso en pie y empezó a caminar de un lado a otro del vagón, recitando:

An t-urram thar gach beinn
Aig Beinn Dòbhrain;
De na chunnaic mi fon ghrèin,
'S i bu bhòidhche leam...

La voz de Sam resonó en el vagón y pareció transportarse hasta el propio Ben Doran.

Entonces el silencio se cernió sobre el vagón Club.

—Recitaría el resto —dijo Sam, de una pieza ante la falta de reacción—, pero no me gusta mucho el sonido de mi voz.

—A mí sí —afirmó Blake—. ¿Cuántos versos tiene?

—Ocho —respondió Sam, que empezaba a sonrojarse.

—Ya me los recitarás luego —contestó el chico mientras se acercaba a él.

—¿Qué significa el poema? —quiso saber Ayana.

—Me temo que eso supera mis capacidades de traducción —se disculpó Roz.

Sam juntó las manos.

—Básicamente, es una canción de amor a la montaña. MacIntyre era un guardabosques en esta zona, le encantaba este lugar.

—Pues a mí me parece magnífico —dijo Craig—. Tanto la montaña como el poema, que solo he podido entender por encima.

—Lo que más me gusta a mí —empezó a decir Blake, que se acercó a Sam y le plantó un beso— es que yo no sé ni una palabra de gaélico pero aun así percibo las colinas y las montañas en las sílabas. Los riscos y valles están ahí, en las subidas y bajadas de la métrica; el terreno habita en las consonantes. —Miró a Sam con lujuria—. No sabía que podías pronunciar unas erres tan arrastradas.

Al parecer, Sam no era la única persona sapiosexual del grupo. Roz entendía que la sabiduría resultara seductora. Al menos, a ella la seducía. Que una persona impartiera conocimiento le resultaba sumamente atractivo. Que Craig supiera gaélico, por ejemplo, agudizó su atracción hacia él de un modo que le habría gustado evitar.

Apartó los ojos de él y miró por la ventanilla. La nieve era cada vez más densa. Pero el sol empezaba su ascenso por el cielo y bañaba el paisaje con un resplandor irreal que hacía que los copos de nieve parecieran píxeles. Acercó el rostro al vidrio. Las luces exteriores del tren mostraban una serie de huellas profundas que se alejaban de las vías.

Roz, mientras las señalaba, le preguntó a Oli:

—¿Has visto a Beefy o a Bella caminando por este lado de las vías?

—No —respondió él tras asomarse al exterior—. No he visto a nadie ahí. —Oli se estremeció en ademán compasivo—. No debe de ser divertido estar ahí fuera con este frío.

Roz pensó en el polizón, que encima no tenía su abrigo.

—Sé que te va a sonar raro, pero, cuando acabes de servir el desayuno, ¿te importaría seguir esas huellas? Me preocupa que haya alguien perdido ahí fuera. Y con este temporal...

—De acuerdo —contestó Oli—. De hecho, me gustaría salir a echar un vistazo. El paisaje será una absoluta preciosidad cuando el sol luzca bien alto.

—Pero ten mucho cuidado. Aún no es de día y nunca se sabe lo que puede haber bajo la nieve. Camina despacio y sigue exactamente las huellas, así sabrás qué profundidad hay.

Oli se frotó las manos y sonrió. Estaba encantado con aquel encargo. Quedar varado en un tren descarrilado en la nieve le parecía una gran aventura. Roz se preguntó por un momento cómo sería volver a tener veinte años. Entonces se estremeció. Prefería tener cuarenta y nueve y echar todos los polvos que había echado en el último año. Es decir: ninguno.

—¿Sabes cuántos pasajeros quedan a bordo del tren? —preguntó.

Oli sacó un formulario de debajo de la barra.

—Beefy rellenó esto anoche. Cuesta estar seguro porque algunos se apearon en Edimburgo y unos cuantos más en Glasgow, pero deben de quedar diecisiete pasajeros.

«Dieciocho con el polizón», pensó Roz.

—¿Y solo sois tres miembros del personal?

—Normalmente seríamos más, pero con las cancelaciones solo nosotros estábamos dispuestos a ir a Fort William, si podíamos estar de regreso mañana. Beefy prefería estar en Londres, pero tiene algo de familia aquí, y la de Bella vive en Tulloch. Aunque ahora ya da igual, porque estamos todos atrapados en medio de la nada.

—Hay lugares peores para quedarse atrapado —dijo Roz y le sorprendió constatar que lo pensaba realmente.

Bella entró con paso decidido en el vagón Club, frotándose las manos y pateando el suelo. La nieve de sus botas cayó a la moqueta.

—Hola a todos. Soy Bella, la maquinista. O lo era. Quiero disculparme por estar aquí detenidos. A ninguno de nosotros le apetece estar en esta situación. He contactado con los ingenieros y llegarán en cuanto puedan, pero me temo que podría llevarles un tiempo. Me han comunicado que nuestro rescate se retrasará porque ahora mismo estamos incomunicados por carretera y hay un árbol derribado que corta la vía de Tulloch. Les he indicado que somos prioritarios, ya que viajan niños y ancianos a bordo del tren...

—No se preocupe demasiado por mí —le dijo Mary—. Me lo estoy pasando de fábula. —Señaló hacia la botella de oporto que había en su mesa—. Tony ha desvalijado nuestra maleta. La guardábamos para celebrar las Navidades en familia, pero diría que podemos encontrar otra cuando por fin lleguemos a casa.

A Roz le latía con fuerza el corazón al pensar en Heather, Ellie y la bebé.

—¿No hay modo de que puedan llegar antes? ¿No pueden ponernos los primeros en la cola?

—Les he dicho incluso que llevábamos a famosos a bordo, para que aceleraran el rescate. Si tuitean todos explicando que estamos aquí atrapados, estoy segura de que las ruedas del tren girarán más rápido. Pero yo no se lo he dicho. —Se llevó un dedo a los labios para pedir silencio—. Mientras duren, la comida y los refrescos corren a cuenta de la casa. Así que tómense algo, siéntense tranquilos y aléjense de la cabecera del tren. —Se dirigió a la puerta, pero justo antes de salir se detuvo y dijo—: ¡Y disfruten del paisaje!

Se marchó apresuradamente, antes de que alguien la detuviera y le formulara alguna pregunta incómoda.

Roz miró a su alrededor y dio unas palmadas. La cháchara fue apagándose y los presentes miraron en su dirección.

—¿Hay alguien herido? —preguntó.

—Yo me he dado un golpe en la cabeza —respondió Grant.

—¿Te has puesto hielo?

Grant señaló con el dedo a Oli.

—Se ha quedado sin hielo, así que he tenido que salir a coger un poco de nieve. La he envuelto en esto.

Se colocó el paño húmedo en la nuca e hizo un gesto de dolor.

—¿Has perdido el conocimiento en algún momento? —quiso saber Roz.

Grant negó, despacio.

—No.

—¿Y te duele la cabeza?

—Me he dado un golpe en la cabeza. ¡Claro que me duele! —le espetó, tras lo cual dio un sorbo a un botellín de cerveza semivacío e hizo una mueca de dolor.

—Roz solo intenta determinar si tienes una conmoción cerebral, jovencito —dijo Mary con voz cortante.

—Es perfectamente plausible —añadió Roz, que se puso en pie de nuevo—, porque estuviste bebiendo antes y, al parecer, has seguido haciéndolo después de golpearte. En circunstancias normales, te enviaría derechito a Urgencias. El alcohol es mal amigo si tienes una lesión cerebral. Pero, dado que no tenemos ni idea de cuándo volveremos a ponernos en marcha y mucho menos de cuándo podrás ir al hospital, lo mejor es que descanses, que te mantengas despierto y que no bebas más.

Grant soltó una carcajada sarcástica.

Al mencionar el hospital, Roz pensó en su hija y sacó el teléfono, pero no había mensajes nuevos de Ellie y ni una palabra de Heather. ¿Y si la situación había empeorado? Recordó lo que había averiguado con sus búsquedas en Google: la eclampsia podía derivar en un coma. Notó un subidón de adrenalina y pánico por la conversación que había mantenido con Heather. ¿Y si era la última vez que hablaban? ¿Y si acababan así de mal?

Tenía que mantenerse ocupada. Era la única manera de superar aquello.

Vio el vómito seco en la camisa de Grant.

—¿Has vomitado?

—No es mío —respondió él con asco.

—¿Sueles ir por ahí con el vómito de alguien encima?

—Meg se encontraba mal —aclaró Aidan—. Estaba un poco mareada. A mí también me salpicó. Fue justo antes del accidente.

—¿Y dónde está ahora? —preguntó Roz.

Grant se encogió de hombros, sin mirarla a los ojos. Por la expresión de culpa en su rostro y en otros de los presentes, supo que había pasado algo.

—¿Y no se te ha ocurrido ir a ver cómo estaba después del accidente? —le preguntó Roz—. ¿O ahora?

—Creía que me había dicho que tenía que descansar.

—Está bien. Iré yo. Y comprobaré también que Beck esté bien, pero necesitaré vuestras tarjetas de acceso por si están dormidas o heridas.

Ayana le dio la tarjeta de su habitación y la de Beck, y Grant se sacó la suya del bolsillo.

—Para usted —gruñó y volvió a tumbarse en el banco corrido.

No era la forma ideal de no quedarse dormido, pero a Roz no le apetecía repetírselo.

Plantó en una mesa triangular los dulces caseros que había sacado de su compartimento y dijo:

—Comed lo que queráis: tableta escocesa con *whisky* y pasas y galletas de mantequilla especiadas, todo casero. Os mantendrán el estómago entretenido hasta el desayuno.

Capítulo veintiséis

R oz llamó con los nudillos a la puerta de Beck.
—Tienes que levantarte, Beck.
Intentó hablar con voz tranquila, como si no pasara nada, con solo un deje de frialdad.

—Lárguese —respondió ella con la voz ahogada.

—Me temo que no puedo. Todo el mundo tiene que reunirse en el vagón Club.

—No puede obligarme a ir.

—Cierto. —Roz pensó un momento—. Pero puedo hacer que quedarte te resulte un fastidio. —Entonces empezó a cantar *Mull of Kintyre* a grito pelado, sin esforzarse en recitar bien la letra ni en no desentonar, y le preguntó—: ¿Cantas conmigo?

Beck tardó menos de un minuto en abrir la puerta. Estaba desmelenada y llevaba un cárdigan con los botones mal abrochados.

—Podría haberme dejado dormir. No estoy herida, el lateral de la litera ha evitado que me cayera.

—Pero entonces no podrías contemplar el amanecer.

Beck miró a través de la ventanilla.

—Claro. Genial.

Y se alejó arrastrando los pies.

—Por cierto, ¿ganaste? —le preguntó Roz a su espalda.

—Por supuesto que gané —contestó ella sin volverse.

Roz estaba a punto de llamar a la puerta de Meg cuando Phil y los críos se cruzaron con ella. Por algún motivo, Phil parecía más irritado que diez minutos antes.

—Sally no está enfadada conmigo, ¿verdad?

—¿Por qué iba a estarlo?

—Solo quería saberlo —respondió y luego apretó el paso en dirección a su esposa resacosa.

En aquel tren no solo los vagones necesitaban separarse.

Llamó a la puerta de Meg con los nudillos, flojito al principio.

—¿Estás bien, Meg?

No se oía ningún ruido en el interior. Volvió a dar unos golpecitos, esta vez más fuertes.

—¿Estás ahí? Soy Roz, la mujer que propuso jugar al concurso ayer. Estoy comprobando que todo el mundo esté bien. ¿Puedo entrar?

No hubo respuesta.

Roz colocó la llave cerca de la manija, pero la puerta no se abrió. Debía de estar cerrada por dentro.

—¿Va todo bien, señora? —preguntó Beefy, que se acercaba por el pasillo.

Era tan corpulento que bloqueaba casi toda la luz.

—Jefa, si no te importa... —replicó Roz de manera automática, acostumbrada a decirles a los nuevos reclutas cómo debían dirigirse a ella.

—Perdone, jefa —respondió Beefy con expresión confusa y contrita.

—Ay, no..., perdone..., no sé qué me digo. Es una costumbre por mis días como policía. Ahora solo soy una civil, pero todavía no me he acostumbrado.

—Bella me ha dicho que trabajaba usted en el Departamento de Investigación Criminal. Se merece todo mi respeto.

Hizo una especie de saludo, sostenía la mano paralela a la cara.

—Gracias, Beefy, aunque será mejor que espere a comprobar primero si me merezco ese respeto. El respeto no es algo que deba concederse a todo el mundo de manera automática. En cualquier caso, para responder a su pregunta, no, no va todo bien. —Señaló hacia el compartimento—. Meg no responde y está cerrado por dentro.

—¿Hola? —intervino Beefy, de pie junto a la puerta—. ¿Señorita Meg?

Más silencio.

Roz notó un miedo familiar que la dejó helada. La intuición de que, detrás de una puerta cerrada, las cosas marchan mal. Se volvió hacia Beefy.

—¿Hay alguna manera de desbloquear la puerta por fuera?

—Normalmente sí que la habría —respondió Beefy—. Pero algunos sistemas eléctricos del tren han quedado inoperativos con el accidente. Bella está intentando arreglarlos.

—¿Podría usted forzar la cerradura para entrar?

—¿De verdad lo cree necesario?

Al ver a Roz asentir con la cabeza, Beefy calibró la puerta.

—Puedo intentarlo. —Tomó aire, ensanchó el pectoral y arremetió contra la puerta, que cedió un poco, pero no se abrió. Se frotó el hombro—. Va a ser difícil sin coger carrerilla. ¿De verdad cree que está ahí dentro?

—Espero que no, porque no contesta. Pero el compartimento está cerrado por dentro y no la ha visto nadie.

Beefy asintió con un gesto más preocupado. Entonces se abalanzó con todo su peso contra la puerta, irrumpió en la habitación y tuvo que frenarse sujetándose con una mano en la pared del baño. Roz no veía detrás de él, pero su grito ahogado y el posterior sonido agudo que profirió se lo dijeron todo.

—Será mejor que salga, Beefy.

Roz alargó la mano y lo cogió con delicadeza del brazo que tenía estirado. Temblaba.

—No lo entiendo —dijo mientras salía a trompicones al pasillo.

Se volvió para mirar a Roz, como si ella pudiera explicárselo y conseguir que todo tuviera sentido.

Pero no podía.

Meg estaba tumbada en el suelo, con el cuerpo contorsionado. Había un charco de sangre coagulado bajo su cabeza. Desde donde estaba, Roz solo le veía un ojo, pero estaba hinchado y abierto, y no pestañeaba. No necesitó entrar del todo en la habitación para saber que Meg estaba muerta.

Aun así, tenía que comprobarlo. Era el protocolo, por si podía salvarse una vida. Y además era un gesto de pura humanidad, una necesidad de asegurarse de que no se podía hacer nada. Dio una gran zancada con cuidado y se colocó en el trozo de suelo que no estaba cubierto ni de ropa ni de cosméticos. Se agachó, muy despacio, y alargó la mano hacia la muñeca más cercana de Meg. La piel aún estaba un poco cálida, pero solo un poco. Y por más rato que Roz esperara con las yemas de los dedos presionadas contra su piel, no iba a notar su pulso. Fue a comprobar la arteria carótida, pero se detuvo. Meg tenía el cuello rojo, unas rojeces provocadas por algo que parecían múltiples arañazos, como si hubiera intentado desembarazarse de las manos de alguien. Alguien había querido lastimarla. Y lo había conseguido.

Sintió una oleada de dolor. Aquella pobre chica había vivido para recibir *me gustas* de otras personas y nunca había hallado la manera de vivir para sí misma. Entonces Roz pensó en Grant y en sus amenazas. El dolor dio paso a la ira, hizo que le subiera la bilis y que se le disparara el corazón. Aunque no hubiera sido él quien la había matado, lo había intentado, o al menos había intentado acabar con su alma.

Beefy sollozaba en silencio a su lado.

—Está muerta, ¿verdad?

Incluso entonces su voz transmitía la esperanza de que Roz lo contradijera.

Roz afirmó con la cabeza.

—Pero ¿cómo? —Desvió la mirada hacia Meg y luego de nuevo hacia Roz—. No puede haber muerto con el descarrilamiento, ¿no? No ha sido tan grave.

—No lo sé.

Pero se lo imaginaba.

—Lo averiguará, ¿verdad?

Beefy juntó sus grandes manazas en gesto de súplica. Las lágrimas se deslizaban por su cara como por un tobogán.

—Ya no es mi trabajo.

Aquel ya no era su circo. Podía marcharse de allí sin más, dejar que se ocuparan de ello policías que aún estaban en nómina.

—Pero, si no ha sido el accidente, ¿cree que la han asesinado?

Beefy hizo un gesto con la cabeza señalando a Meg; no era capaz de mirarla sin llorar.

—Es una posibilidad que no podemos descartar —respondió Roz, que se volvió a meter en la jerga como en un cómodo abrigo viejo.

Beefy cerró el puño con fuerza.

—Seguro que ha sido él. Ese idiota engreído. Grant.

—Especular no sirve de nada.

Aunque probablemente tuviera razón. Si no había sido un accidente, y no lo parecía, a juzgar por las marcas del cuello de Meg, Grant era el principal sospechoso.

—Por favor, ayúdela —le imploró el hombre con una vocecilla que contrastaba con su corpulencia.

—Ya no me corresponde a mí hacerlo, Beefy.

—Pero usted tiene formación y está aquí ahora. Y anoche la estuvo observando. Yo la vi.

Si se había dado cuenta de eso, entonces también había estado atento a Grant. Tal vez supiera algo que pudiera ayudar en la investigación.

No obstante, aquel no era su caso...

—Lo único que puedo aconsejarle es que precinte el compartimento para no poner en riesgo ninguna prueba y que encierre a Grant en otra habitación, si es posible. Es poco probable que escape, porque cogería una hipotermia si lo hiciera, pero tenemos que asegurarnos de que esté aquí, listo para que lo interroguen, cuando llegue la Policía.

—Para eso podría faltar una eternidad... Una vez me quedé atrapado en un tren en las Highlands durante treinta y cuatro horas. Y eso sin que hubiera un crimen a bordo. Cuando lleguen, tendrán que registrarlo todo y nos aislarán para interrogarnos. Podría llevar días...

El pánico se apoderó de Roz. Era mucho tiempo. Heather la necesitaba. No podía pasarse la Nochebuena y posiblemente la Navidad en el tren nocturno. Sacó su teléfono. Tenía poca cobertura, solo una rayita, pero al menos era algo. Seguía sin haber ninguna actualización sobre el estado ni de su nieta ni de Heather. Y a aquellas horas los médicos ya debían de haber hecho la ronda matutina.

—Además —continuó Beefy—, si no ha sido Grant, entonces el asesino es alguien que viaja en el tren. Y preferiría que lo encontrara antes de que suceda nada más.

Tenía razón. Era preciso identificar y detener al asesino. Y quizá, si recopilaba pruebas suficientes, la Policía no retendría durante mucho tiempo a los pasajeros. Era una apuesta arriesgada, pero ¿qué otra cosa podía hacer? ¿Dejar que la asaltaran los recuerdos, uno tras otro? No podía pasarse todo el tiempo caminando de un lado para otro en su diminuto compartimento y solo tenía dos manos que retorcerse. No le quedaba más remedio que averiguar qué le había ocurrido a Meg.

Roz activó el modo profesional. Le resultaba mucho más fácil que dejarse llevar por los sentimientos, y mucho más productivo, aunque la rabia a menudo alimentaba sus investigaciones. Le daba energía para hacer lo que debía hacer.

—Llame a Emergencias —le dijo a Beefy—. Necesitamos una ambulancia y a un equipo de investigación para una probable escena del crimen. Pregúnteles cómo podemos poner a Grant en arresto temporal en un compartimento sin que nos acusen de secuestro. Y también necesito guantes desechables, fundas para los zapatos como las que se usan para limpiar o en la cocina y bolsas de plástico con cierre hermético, si las hay. —Roz pensó en los posibles problemas que podía acarrear la investigación, en cómo podía comprometer el caso—. Y ordene a todo el mundo, salvo a Grant, que permanezca en el vagón Club. —En una investigación normal, contaría con ayuda, con alguien con conocimientos legales y una gran capacidad de atención al detalle, alguien que formara equipo con ella—. ¿Y podría pedirle a Craig que venga, por favor?

Beefy asintió, aún con los ojos vidriosos por el impacto. Recorrió deprisa el pasillo, resollando.

De pie, desde la entrada, Roz escaneó el compartimento. Durante sus años en el Departamento de Investigación Criminal había desarrollado su propia técnica para examinar las escenas del crimen, tanto en persona como en fotos. Observaba cada parte del habitáculo como si fueran las piezas de un rompecabezas que tenía que resolver. Se alegró de poder utilizar su método en aquel momento. Añadía otra capa entre ella y el horror.

Toda la habitación estaba decorada con adornos hechos a mano por Meg. Una triste muñeca de papel rota descansaba sobre su torso girado. Tras un cuadro en la pared había un trozo de muérdago y el resto del ramillete había caído junto a su cuerpo. Había sangre en el borde del lavamanos, posiblemente en el punto en el que la cabeza de la chica había impactado. Había ropa y cosméticos esparcidos por todas partes, en la cama, en el suelo, en la pila, en la ducha... El descarrilamiento del tren podía ser la causa, pensó, pero la habitación estaba tan desordenada que aquel caos también podía ser efecto del ataque. O quizá alguien había registrado el compartimento después de matarla.

Varios maquillajes habían caído al suelo. Había un montón de cremas caras de las que Roz había oído hablar (Crème de la Mer, Dr. Barbara Sturm, Augustinus Bader, Estée Lauder, Chanel) y otras muchas que ni siquiera conocía por el nombre, como el reafirmante Advanced Snail 92, el colirio Atropa, la máscara Anese, para calmar los senos, y la crema blanqueadora Le Tush, para las nalgas. También había un tubo de polvos de talco Silky

Underwear de la marca Lush derramado por el suelo; hacía que la habitación oliera a jazmín y vainilla. En el borde del polvo había una marca, una curva y varias líneas, pero no bastaba para identificar una huella clara. También vio un espejito compacto hecho añicos. Roz recontó los trocitos de espejo, que estaban diseminados por el suelo como estrellas en un cielo de ropas caídas.

Concentró su atención en el cadáver de Meg. Estaba completamente vestida y Roz sintió un alivio instintivo al comprobarlo. Además de las marcas en el cuello, el moratón en la parte superior del brazo y la marca amarilla alrededor de la muñeca, la mandíbula de Meg presentaba una decoloración que Roz no había visto antes. Sabía que no podía dar nada por supuesto y nunca lo habría dicho en voz alta formando parte del cuerpo de Policía, pero habría apostado lo que fuera a que encontrarían otras señales de violencia en el cuerpo.

Sacó el móvil y empezó a hacer fotografías. En primer lugar, primeros planos de todos los objetos que había en la habitación; después de la puerta y de la ventanilla. Y finalmente de Meg. Fotos de cuerpo entero y encuadres de los morados y las heridas. Curiosamente, la imagen que le provocó ganas de llorar fue la de la mano de Meg, porque sus dedos curvados casi rozaban el teléfono roto. Parecía querer usarlo incluso después de muerta. Una noche cerca de ella, ni siquiera eso, cinco minutos de escuchar a hurtadillas su conversación y una indagación somera en las redes sociales habían revelado a Roz que Meg vivía a través de una pantalla y a eso precisamente se había intentado aferrar antes de morir. O quizá hubiera algo en el teléfono que ayudara a la investigación.

Roz se concentró entonces en la posible causa de la muerte. Era evidente que no podría determinarla con exactitud, pero tomó fotos de los indicios que daban a entender que Meg había muerto asfixiada o a causa de un fallo respiratorio, con una posible parada cardíaca repentina. El blanco de sus ojos mostraba petequias, pequeñas motitas de sangre. De la fosa nasal derecha le manaba un hilillo rojo. Mostraba cianosis; sus labios y uñas estaban teñidos del color azul de las cortinas de los hospitales.

Con suerte, la autopsia permitiría determinar si la habían estrangulado o si la habían envenenado, otra manera de provocar una asfixia. Buscarían marcas de abrasión en su piel, fragmentos de material en su boca y pulmones, contusiones en las paredes internas de las vías respiratorias, infiltraciones hemorrágicas en los músculos de su cuello, lesiones en el hueso hioides, compresión pectoral o fractura de costillas, toxicidad en la sangre y los tejidos... Si Grant o alguna otra persona la había asesinado, entonces habría que rajar a Meg, volverla a violar, para averiguarlo.

La otra pregunta era: ¿cómo podían haberla matado en una habitación cerrada por dentro? El interruptor de bloqueo se había activado manualmente desde el interior del compartimento. Y la ventanilla estaba cerrada y no mostraba signos de que la hubiesen forzado. A Meg la habían asesinado en su habitación y, sin embargo, ella era la única persona que estaba dentro.

—Beefy me ha dicho que te iría bien algo de ayuda —apuntó Craig al entrar por las puertas correderas que había al final del pasillo.

Caminaba más recto y tenía un aspecto menos desaliñado. Venía en modo abogado. A Roz la desconcertó la oleada de gratitud y alivio que sintió. Craig le entregó cajas de guantes azules de plástico, fundas para los zapatos y bolsas con cierre hermético.

Craig ahogó una respiración cuando llegó a su lado y se tapó la boca con la mano. Ambos contemplaron el panorama en silencio. Roz tenía la sensación de que las escenas del crimen tenían su propia gravedad, como si el aire sobre ellas fuera más pesado.

Se puso los guantes y las fundas de los zapatos.

—He comprobado si había señales de vida antes, pero contar con un testigo de cómo recojo las pruebas nos irá bien.

Escogió el único trozo de alfombra vacío para pisar y volver a entrar en la habitación. Se agachó para recoger el teléfono de Meg con su pulgar e índice enguantados y lo dejó caer en una bolsa de pruebas improvisada que cerró herméticamente.

Craig le tendió la mano y ella la agarró para volver a salir al pasillo.

—¿Podría tratarse de un accidente? —preguntó Craig con voz esperanzada—. Cuesta decir si todo este follón pudo haberlo causado una pelea o el descarrilamiento. ¿No pudo caerse y golpearse la cabeza?

Se fijó en la sangre que había en el lateral de la zona del lavamanos.

—Eso no explicaría las marcas que tiene en la garganta ni las señales de asfixia.

El silencio volvió a unirlos.

—Debería haber hecho algo más anoche, cuando estaban discutiendo —dijo Craig—. O haber ido tras ella cuando se marchó corriendo antes del accidente. Lo pensé.

—Y decidiste que no era asunto tuyo, ¿no? —Craig afirmó con la cabeza—. Todos deberíamos haber hecho algo más, pero ninguno de nosotros podía hacer nada. No sin su consentimiento.

—Roz esperaba tener razón. Porque ella también podría haber hecho más, pero para eso habría tenido que alejar a Meg de Grant a rastras, nuevamente desoyendo la voluntad de la joven—. Algunas personas que han sufrido maltrato creen que no merecen que las ayuden.

Craig giró la cabeza de golpe para mirarla.

—Pareces hablar por experiencia personal.

Algo en el tono de Roz la había delatado. Recordó a su madre preguntándole, una y otra vez, qué había pasado cuando se había presentado en casa a las siete de la mañana después de la violación. Roz se había sentado en la bañera temblando, rota, demasiado avergonzada para explicárselo a Liz.

—Me refiero a que a las víctimas les cuesta expresarse, por muchos motivos. Seguramente lo veis a menudo en la Fiscalía. Dios sabe que en un montón de ocasiones la Fiscalía ha decidido que algunos de mis casos de agresión sexual no contaban con pruebas suficientes. Las víctimas atraviesan todo el trauma de explicar lo ocurrido para nada.

Craig no respondió. En lugar de ello, continuó observándola, escrutando su rostro en busca de cosas ocultas. Roz apartó la mirada.

—¿Cuál es el plan? —le preguntó Craig al final—. ¿Y cómo puedo ayudarte?

—Tengo que hablar con todo el mundo a bordo de este tren. Por una vez, me resultaría útil tener a un abogado de la Fiscalía en mi bando. Lo último que querría es perjudicar una investigación. —Se giró hacia la ventanilla y se preguntó si tal vez deberían buscar indicios de forcejeo por fuera—. Y sería genial que comprobaras el exterior, por si el asesino entró por la ventanilla. Saca fotografías del suelo antes de que la nieve cubra por completo cualquier prueba.

—De acuerdo. Me alegra tener algo que hacer.

—A mí también.

Notó en su interior una calma familiar y bienvenida. Podía hacer algo. Ayudar a otra mujer más antes de retirarse definitivamente.

Capítulo veintisiete

—¿**P**or qué estamos aquí? —preguntó Grant después de que Beefy lo condujera a un compartimento que había quedado libre tras apearse un pasajero en Edimburgo—. Me ha dicho que tenía algo que mostrarme antes de que la prensa lo averiguara.

—Al menos algo que decirte —aclaró Roz.

Craig entró en el compartimento. Tenía la cara rosa de haber estado en el exterior y las orejas de un encantador rojo encendido. Sobre su cabello entrecano se habían posado motas de nieve.

—¿Ha habido suerte? —le preguntó Roz en voz baja al verlo en el umbral, aunque «suerte» tal vez no fuera la palabra más indicada.

—Cuesta decirlo. Posibles huellas de botas caminando hacia la ventanilla, pero con tanta nieve es difícil estar seguro.

—¿Pueden decirme ya de qué se trata, sea lo que sea? —preguntó Grant—. Quiero desayunar.

—Esperaré fuera, jefa —anunció Beefy, que salió al pasillo y los encerró en el compartimento.

—Será mejor que te sientes —le recomendó Roz.

Tenía voz de «dar malas noticias», una combinación de ternura, respeto y firmeza.

—Prefiero quedarme de pie, gracias. —Grant sacó su cigarrillo

electrónico y empezó a vapear. La habitación se llenó de vapor—.
¿Tiene que ver con lo que ocurrió anoche?

—¿Qué ocurrió exactamente? —preguntó Roz.

—No se haga la tonta. Limítese a decirme cuánto quieren usted
y ese hombretón que hay en el pasillo y así podremos olvidar-
nos de todo esto y yo podré comerme mi bocadillo de beicon,
¿de acuerdo?

Le dio otra calada profunda.

—Permíteme que me aclare... ¿Estás intentando sobornarnos?
—formuló Roz.

Grant miró primero a Roz y luego a Craig, entornando los ojos,
evaluando la situación.

—¿Pueden decirme por qué estoy aquí?

—Me temo que tenemos malas noticias que darte. —Roz hizo
un gesto hacia la cama—. Meg ha muerto.

—No lo entiendo. ¿Qué quiere decir con «muerto»?

—Me temo que tu novia ha fallecido —le dijo Craig con voz
compasiva.

Grant se sentó despacio en la cama, agarrándose a los bordes
como si eso fuera a serenarle el pensamiento y el temblor del
cuerpo. Palidecía por segundos. Movió los labios, pero no salió
ninguna palabra por ellos. Ni siquiera dio una última chupada a
su vapeador.

No obstante, la conmoción no significaba que fuera inocente.
Roz había visto a asesinos que habían parecido sorprendidos al co-
municarles que la persona a quien habían matado había muerto.
Sobre todo en casos de violencia doméstica. En el pasado, se los
llamaba «crímenes pasionales» y en algunos países aún seguían
haciéndolo. La gente pensaba que ocurrían por un arrebato de
ira: descendía una especie de niebla y el córtex frontal desarrollado se quedaba reflexionando en un rincón mientras la amíg-
dala animal se imponía. Cuando el córtex frontal volvía a tomar
las riendas, no entendía lo que había ocurrido.

—No puede estar muerta.

Miró por la ventanilla como si el Beinn Dòrain pudiera proporcionarle las respuestas que Roz no tenía.

—Me temo que sí —le aseguró la mujer—. He sido yo quien la ha encontrado.

—¿Está en el compartimento? —Pestañeaba como si intentara imaginarse la habitación con el cadáver dentro. Al ver a Roz asentir con la cabeza, dijo—: Tengo que verla.

Hizo ademán de acercarse a la puerta, pero ella le cortó el paso.

—Siento decirte que no puede entrar nadie en el compartimento hasta que puedan llevarse a Meg. Es el protocolo en una situación como esta. —Roz hizo una mueca con la que quiso transmitirle a Grant que ella no ponía las reglas y que estaba de su parte. Al menos, mientras fuera conveniente estarlo—. Puedes quedarte este compartimento para el resto del viaje.

—Pero ¿cómo ha muerto? —preguntó Grant y se sentó otra vez. Se movió hasta el rincón y se colocó una almohada en el regazo. Parecía un niño otra vez, chupaba su cigarrillo electrónico como una piruleta.

—Eso es lo que tenemos que averiguar. Y tú puedes ayudarnos. —Roz sacó el teléfono—. Si no te importa, me gustaría grabar nuestra conversación, solo para que quede registro de ella. ¿De acuerdo?

—¿Para qué puede utilizarse? —preguntó Grant—. ¿Podría usarse como prueba, por ejemplo?

Roz deseó que su rostro estuviera más compuesto y no fuera tan revelador como creía.

—Solo quiero asegurarme de que no podamos decir que dijiste algo que no dijiste, no sé si me entiendes.

—Debería saber —dijo Craig— que las grabaciones legales y válidas pueden utilizarse ante los tribunales, aunque la regla 32.1 del Reglamento Procesal Civil permite al tribunal excluirla como prueba si es preciso.

—Sí, correcto, gracias, señor fiscal —dijo Roz—. Entonces, ¿me das tu permiso para grabar o no? —Cuando Grant asintió de mala gana con la cabeza, Roz continuó—: Pues empecemos. Dinos cualquier cosa que pueda ayudarnos a determinar la causa de la muerte de Meg.

—¿Como qué?

«Como si la mataste tú, capullo».

—Cualquier información que podamos utilizar para determinar qué ocurrió anoche.

Roz utilizó de manera deliberada una expresión que reflejara lo que había dicho Grant al entrar en el compartimento. Esperó a ver si se daba cuenta.

—¿Adónde pretende llegar? —Sí que se había dado cuenta—. La última vez que la vi estaba con otra persona, en el vagón Club. Estalló con alguien y luego se marchó corriendo.

—¿A qué te refieres con ese «estalló con alguien»?

—Se le metió en la cabeza que estaba tonteando y empezó a gritarme.

—¿Y lo estabas haciendo?

—¿El qué? ¿Tontear? Pues como todo el mundo.

—¿Y con quién creía Meg que estabas flirteando?

—Con una de las estudiantes, Ayana. La guapa. A saber por qué. Meg estaba loca, eso era evidente.

—¿Y Ayana respondió a las acusaciones de Meg?

—Sí, las negó, por supuesto. Porque no había pasado nada. Le dijo a Meg que se había equivocado. Y yo también.

—Entonces, ¿por qué sospechaba que estabas coqueteando con ella?

Grant exhaló, añadiendo al ambiente una nueva capa de vapor con aroma a canela.

—Es una paranoica. Siempre me revisa el móvil y me pregunta dónde estoy.

—¿Y luego se fue corriendo?

—Sí, salió dando trompicones del vagón.

—¿Y no la seguiste para comprobar si estaba bien?

Grant se encogió de hombros.

—Se estaba comportando como una chiflada y no hay manera de hablar con ella cuando se pone así. Le dije que se fuera a la cama. Pensaba que era lo que había hecho. Di por supuesto que hablaríamos por la mañana, como hacemos siempre que discutimos. Entonces palideció al darse cuenta de que Meg ya no viviría más mañanas.

—Es difícil, ¿verdad? —le preguntó Roz, obligándose a hablar con ternura—. Cada vez que recuerdas que ha muerto.

Roz sabía que las primeras fases del dolor por una pérdida eran como un abrelatas de mala calidad. Sus dientes desafilados no cortaban el latón de una sola pasada. Hacían incisiones, pero no permitían ver bien lo que había en el interior, y luego se detenían. Al cabo de un rato, rajaban de nuevo. Doloroso milímetro a doloroso milímetro. Roz ni siquiera había empezado a abrir la lata de la muerte de su madre.

—¿Discutíais a menudo? —le preguntó Craig.

Roz pensó en si se habría percatado de su reacción y le estaría concediendo tiempo.

—No más que otras parejas.

La voz de Grant adquirió un matiz a la defensiva.

—Pero vuestras desavenencias tenían más repercusión que las de la mayoría —comentó Craig.

—Sí, pero eso es porque somos famosos y la prensa escribe sobre esas cosas. Todo el mundo se pelea. Solo somos una pareja normal, apasionada. —Hizo una pausa. Cerró los ojos—. Éramos una pareja normal.

—¿Alguna vez vuestras discusiones desembocaban en violencia? —quiso saber Roz. Grant agitó los dedos, como si alentara a Roz a atreverse a afirmar lo que estaba insinuando—. Tengo que cubrir todos los aspectos, eso es todo. Intento hacerme una idea clara.

—Nunca le pegué, si se refiere a eso. —Grant era la viva imagen de la inocencia—. Nunca le haría daño a mi Meggie.

—¿Nunca le pusiste un dedo encima? ¿Ni le provocaste ningún moratón, ni siquiera sin querer?

Grant se quedó lo bastante lívido como para percibirlo bajo su bronceado de aerosol.

—Le salían moratones muy fácilmente. Era muy sensible.

«Ah, claro. La típica defensa del "demasiado sensible" aplicada a la piel y a las personas por parte de quien las rompe».

—Bueno —dijo, moviendo los ojos hacia la derecha—. He tenido que agarrarla por los hombros o los brazos varias veces cuando creía que iba a hacerse daño.

Otra frase que Roz había oído multitud de veces.

—¿Y eso fue lo que le provocó el moratón en la cara interna del brazo o el que tenía alrededor de la muñeca?

—No me acuerdo —contestó Grant—. Quizá. —Sus ojos iban de izquierda a derecha. Roz había visto a muchos sospechosos hacer lo mismo mientras intentaban inventar qué había ocurrido a la vez que aportaban un pedacito de verdad—. Recuerdo que hace una semana o así salió borracha de una discoteca y la sujeté del brazo para que no se cayera.

—¿Y ha habido alguna vez en que hayas podido hacerle daño en el cuello?

—Eso es personal. Son cosas íntimas. Cosas consensuadas entre Meg y yo. Nadie sabe lo que pasa detrás de una puerta.

La ira latente de Roz se desbordó. Los maltratadores utilizaban cada vez más el argumento de las prácticas sadomasoquistas para explicar muertes «accidentales», cuando lo cierto era que las comunidades del BDSM tenían reglas más seguras que la mayoría de la población «vainilla». Roz abrió su teléfono y buscó la fotografía del primer plano del cuello arañado de Meg.

Grant palideció aún más. Ni siquiera el bronceado falso de Claudia Winkleman* podría cubrir eso.

—No estaba así la última vez que la vi. Eso no se lo hice yo.

---

* Claudia Anne Winkleman es una presentadora de televisión, modelo, crítica de cine y periodista británica conocida por sus trabajos con la BBC que suele lucir un bronceado artificial. *(N. de la T.)*.

—¿Alguna idea de quién podría querer hacerle daño? —preguntó Craig.

—Tenía montones de *haters* y algún que otro acosador. Recibía mensajes con amenazas y esas cosas. Pero eran inofensivos. Solo eran capullos desgraciados que se sentían solos y le gritaban al vacío.

—¿Qué tipo de amenazas? —siguió Craig—. ¿Violencia física? ¿Sexual?

—Le decían que la matarían, que la violarían. Todo eso —lo dijo como si nada—. Cosas normales que nos dicen a los famosos.

—¿A ti también te dicen esas cosas? —preguntó Roz, sabiendo la respuesta.

Los hombres heterosexuales rara vez eran el blanco de ese tipo de amenazas.

—No, no. Conmigo no se atreverían.

—¿La amenazó alguien específicamente con estrangularla o asfixiarla? —preguntó Craig.

—No que me haya contado. Tendrán que comprobarlo en su teléfono.

«Descuida, pienso hacerlo», pensó Roz.

—Has hablado de acosadores. ¿Sabía Meg quiénes eran?

—Había uno en concreto que tenía una orden de alejamiento. —Hizo una pausa para pensar—. Iain —dijo al cabo de un rato—. Eso es, se escribía raro. Con dos íes. Solía hacerle comentarios todo el tiempo e incluso colgaba fotos de nosotros dos. Se presentó en nuestro piso un par de veces e intentó fotografiarla a través de las ventanas.

—¿Podrías describirlo?

—Solo lo vi por detrás mientras corría alejándose de nuestra casa. Llevaba una diadema y el pelo desgreñado. Y una bolsa de plástico. Vestía un abrigo marrón viejo que parecía sacado de la basura de lo que rechaza una tienda de segunda mano.

Roz notó que se le erizaba el vello del brazo. La descripción encajaba con el aspecto del polizón, el que ella había dejado subir al tren.

—¿Estás bien, Roz? —preguntó Craig.

Cayó en la cuenta de que estaba aferrada al lavamanos que había junto a la ventanilla, contemplando el amanecer.

—Sí, sí, estoy bien. Entonces tú y Meg... —continuó, dirigiéndose a Grant— ¿nunca le habéis visto la cara, ni siquiera después de denunciarlo a la Policía?

Grant se encogió de hombros, como restándole importancia.

—La Policía se estaba ocupando del asunto. Yo lo que no quería era que la gente nos sacara fotos chungas y ganara dinero con ellas.

—¿Y no te preocupaba que Meg pudiera estar en peligro?

Grant volvió a encogerse de hombros.

—Era uno de los pocos *haters* que no la amenazaban de muerte.

—Ah, entonces fantástico... —comentó Craig con un sarcasmo evidente.

Roz le sonrió y luego volvió a mirar a Grant.

—Bueno, por ahora ya solo nos falta saber qué hiciste tú después de que Meg se fuera del vagón Club. Al fin y al cabo, has sido tú quien ha iniciado esta conversación ofreciéndonos dinero para olvidar algo que había sucedido.

—Estuve en el vagón Club la mayor parte del tiempo. Hice algunas escapaditas para vapear a escondidas y para evitar que esa princesita engreída me criticara.

—¿Beck?

—Sí. Menuda imbécil.

—¿Hay alguien que pueda corroborar esas «escapaditas para vapear» tuyas? —preguntó Craig.

—Diría que no. —Grant miró hacia la ventanilla. Intentaba ganar tiempo, Roz estaba segura de ello. Esperó, dejó que notara la presión del silencio—. Miren, tal vez me morreara con esa estudiante, Ayana. Por eso les ofrecí dinero en efectivo. Pensaba que alguien nos había visto. Si me interesara que apareciera nuestra foto en la prensa, yo mismo me habría encargado de ello.

—¿Dónde estabais cuando os morreasteis? ¿Y cuándo pasó eso?

—Tras la primera ronda de ese estúpido concurso. Salimos a fumar y asomamos la cabeza por la ventanilla del pasillo, dos vagones por detrás del vagón Club. Nos acercamos y, bueno, ya sabe cómo son estas cosas —le dijo a Craig con un guiño.

—Creo que no, Grant, diría que no lo sé —le replicó el hombre.

Roz tuvo ganas de abrazarlo.

—¿Y Meg os vio besaros?

—No creo. —Hizo una pausa. Una especie de revelación le recorrió entonces el rostro. Miró hacia la lámpara del techo—. ¿Creen que pudo vernos y se colgó?

Roz vio una expresión en la cara de Grant que fue incapaz de interpretar. Quizá estuviera anticipando el suculento acuerdo con la prensa rosa: «Grant lo revela todo sobre el trágico desenlace», seguido al cabo de poco por «Grant explica cómo se está reponiendo de su pérdida con un nuevo amor».

—Todavía no sabemos qué sucedió —respondió Roz—. Por eso tengo que formular estas preguntas, por duras que sean para ti, como claramente lo son. —Hizo una pausa y puso la cara que solía usar para fingir sinceridad con los testigos que se creían más listos que ella—. Debías de quererla mucho.

—Muchísimo. Era todo mi mundo. El amor de mi vida.

Grant se llevó la mano al lugar donde se supone que tenía el corazón. Miró a su alrededor, como si hubiera alguna cámara enfocándolo.

—Veo que todo esto te ha causado una gran conmoción. Ahora vamos a dejarte descansar, te traeremos una taza de té y algo para desayunar.

—¿Aquí?

Grant miró a su alrededor. Roz tenía que improvisar para que permaneciera en el compartimento sin obligarlo.

—Bueno, no podemos tener a ningún testigo potencial socializando, podrían distorsionarse las historias. Y si un acosador mató a Meg, será mejor que estés seguro. Beefy se quedará vigilando la puerta.

—De acuerdo, vale. Claro. —Grant asintió como si su seguridad personal fuera lo más importante en el mundo—. Tomaré beicon, huevos, café, una tostada y una botella de champán.

Roz intentó mantener una expresión impasible.

—Les pediré a Bella o a Beefy que te lo traigan. Y me temo que tengo que pedirte que me entregues tu móvil.

Craig sostuvo en alto una de las bolsas con cierre hermético.

—La Policía querrá comprobar si hay mensajes o algo que pueda ser de utilidad. —Entonces Roz recordó que Meg y Grant vivían delante de las cámaras—. ¿Alguien grabó vuestra discusión?

—Probablemente. Siempre hay alguien enfocando el teléfono hacia nosotros —dijo Grant.

Capítulo veintiocho

Roz necesitaba un poco de aire. Todo aquel vapor perfumado la había mareado. Y, además, verlo exhalar le había recordado demasiado al hombre que la había violado. Lo último que necesitaba ahora era otro *flashback*.

Fue a su compartimento a buscar el abrigo y la bufanda, se arrebujó en ellos y abrió la puerta del tren. Sabía que fuera haría frío, pero, cuando pulsó el botón de apertura, el golpe de viento la hizo retroceder y notó que le cortaba el rostro. Salió a la nieve. Echaba de menos sus botas de agua. Había perdido la práctica de la vida en las Highlands. Hacía mucho tiempo que se había marchado de Fort William y las visitas cortas no contaban.

—No me digas que has decidido volver a pie —bromeó Craig, que la observaba desde la puerta.

—Sí, la compañía no es demasiado grata, así que me voy. —Pretendía que sonara a broma graciosa, a ocurrencia, pero, a juzgar por la expresión herida en su rostro, Craig no la captó. Así que se apresuró a añadir—: En realidad voy a comprobar qué tal está mi hija y luego telefonearé a una antigua colega y le pediré que investigue las amenazas que recibía Meg y que averigüe si Grant tiene antecedentes por violencia machista.

Tenía que gritar para evitar que el viento se llevara sus palabras.

—Buen plan. Y quizá estaría bien enviarle los nombres de todos los demás, por si el sistema revela algo.

—¿Incluido el tuyo? —bromeó ella.

—Incluido el mío. A fin de cuentas, soy muy sospechoso.

—Sonrió y Roz sintió un escalofrío recorrerle el cuerpo. Craig desplazó el peso de un pie al otro. Parecía que iba a añadir algo más, pero luego cambió de opinión—. ¿Nos vemos en el vagón Club?

Roz asintió. Mientras la puerta se cerraba, Craig se despidió torpemente con la mano.

El viento la envolvió, le arrojaba nieve a la cara mientras intentaba marcar los números en su teléfono. Primero probó el de Ellie y luego el de Heather, pero no se lo cogieron.

Laz, su amiga y antigua colega, era una sargento que estaba estudiando para presentarse al examen de inspectora. Roz la había ayudado a prepararse.

—¿Qué pasa, amiga? —respondió Laz—. ¿Ya nos echas de menos?

—No he pensado en vosotros ni una sola vez —respondió Roz.

Era fascinante con qué facilidad volvía a amoldarse a la rutina de la comisaría de hablar de chanza y con bravatas.

—Entonces, ¿para qué me llamas? ¿No estás de viaje en ese tren tan lujoso?

Roz escuchaba ruido de tráfico. Y a alguien gritando. Típico de Londres.

—En efecto, estoy en el tren de lujo y hay lujo para parar un tren. Pero ha ocurrido algo y me gustaría que hicieras unas indagaciones por mí.

—Ah, ya entiendo. Me estás pidiendo que te haga un favor.

—Bueno, es Nochebuena.

—Lo cual significa que hago medio turno, así que, sea lo que sea que necesites, será mejor que haya podido finiquitarlo antes de la una de esta tarde. Voy a llevar a los niños a ver *Elf* al cine digital.

—Entonces empieza a buscar ya. ¿Podrías mirar si existe algún expediente de Grant McVey y Meg Forth? En el caso de McVey, que se relacione con violencia de género, alteración del orden público o agresión; y en el de Forth, con amenazas en redes o acosadores. Puedo darte el nombre de pila de un posible acosador: «Iain», escrito con dos íes.

De fondo se oía a Laz teclear en su ordenador. Entonces se detuvo.

—¿La Meg Forth que canta *En un instante*?

—Esa misma.

—Caramba. ¿Y esto a qué se debe?

—La he encontrado muerta en su compartimento esta mañana, después de que nuestro tren haya descarrilado en medio de las Highlands en plena ventisca. Ha sido una mañana movidita.

—¡Joder! —Laz hizo una pausa y luego soltó una carcajada de horror al asimilar lo que había oído—. ¿Así que tu regalo de prejubilación, el mismo en el que yo participé, es estar atrapada en medio de la nada con el cadáver de una famosa?

—Generoso, ¿eh?

—Felicísima Navidad, Roz.

—Muchas gracias...

—Pero, si estás investigando a McVey, ¿significa eso que crees que la ha matado? Espera un momento, ¿estás en peligro?

Por una vez, Laz sonaba preocupada de verdad.

—No. O, al menos, no creo. En cualquier caso, la Policía local viene de camino. —En algún momento llegaría—. Solo estoy defendiendo el fuerte mientras esperamos. Así los ayudo a encarrilarlo.

—Eres incapaz de no meter las narices. —Laz se lo dijo con todo el cariño—. ¿Hay algo más que pueda hacer por ti?

—Voy a enviarte los datos de todos los pasajeros que siguen en el tren y que podrían ser posibles sospechosos, aunque es una posibilidad muy remota. Si encuentras algo sobre alguno de ellos...

—Me querrás para siempre, ya lo sé.

—Ya te quiero. Pero te enviaré una tableta escocesa casera.

—¿Y unas galletas de mantequilla de las tuyas?

—Trato hecho.

La tensión y la emoción llenaron el silencio que se hizo cuando Roz entró en el vagón Club. Incluso la nieve pareció dejar de caer. Solo el viento continuó con su parloteo, susurrando y musitando alrededor del tren.

Los pasajeros del vagón Club sabían que sucedía algo. Se habían dado cuenta de la ausencia de Grant, Meg y Oli. Y no sonaba música navideña ni reinaba la cordialidad. Roz miró a Ayana, que estaba sentada en la mesa de los estudiantes. Se le vino a la mente una imagen de ella y Grant besándose y notó un escalofrío.

Bella estaba apoyada en la barra, se mordisqueaba el labio mientras miraba por la ventanilla.

Roz se le acercó, se inclinó hacia ella y le susurró:

—¿Alguna noticia de Oli y del pasajero desaparecido?

Bella negó con la cabeza.

—Tienen que regresar pronto, no llevan ropa adecuada para este clima. ¿Debería salir a buscarlos?

Hablaba con voz compungida, muy bajito en comparación con un rato antes.

—No podemos seguir enviando gente a buscar a gente. No es seguro. Y necesito que te quedes aquí controlando a esta pandilla mientras yo los interrogo de uno en uno. Y ahora que te tengo a mano, ¿hay circuito de cámaras en el tren?

—Dos cámaras en la cabina del maquinista y una en cada vagón, incluido el vagón Club.

—Fantástico. ¿Podrías conseguirme copias de las grabaciones, sobre todo las imágenes del vagón Club y del vagón donde está el compartimento de Meg?

Bella hizo un gesto de asentimiento.

—De acuerdo. ¿Les vas a explicar lo que ha pasado? —preguntó, examinando las caras expectantes de la sala, que tenían la vista clavada en ellas, antes de volverse hacia Roz con ojos implorantes.

Roz carraspeó. Habló con voz fuerte y clara:

—A estas alturas todos debéis de sospechar que nuestro único problema no es el descarrilamiento. —Se relamió los labios, como si así fueran a salirle más fácilmente las palabras—. Y estáis en lo cierto. Tengo una noticia espantosa que daros.

—Vaya, genial. Los ingenieros no van a llegar hoy... —especuló Sally, que se apoyaba la almohadilla de la mano sobre la cabeza, como si presionándola pudiera librarse de la resaca—. Vamos a tener que pasar la Navidad en nuestras habitaciones.

—Algunos de nosotros no tenemos habitaciones, Sally —le dijo Mary con retintín.

—Por favor, prestad atención —pidió Craig.

—Pero tienen que venir a por nosotros —dijo Beck, haciendo un puchero—. El alquiler de nuestra casa empieza hoy. Y cada minuto que pasemos aquí es un minuto que no pasaremos allí.

—Eso es cierto —intervino Sam— desde el punto de vista de la física.

—Anda, cállate —le espetó Beck.

En ese momento, todo el mundo empezó a parlotear acerca de dónde tenían que estar y cuándo. El nivel del murmullo fue en aumento hasta amenazar con desbordarse.

—Todos tenemos que llegar a alguna parte —afirmó Craig—. Pero esto es más importante.

Los murmullos se callaron.

—Meg está muerta —anunció Roz.

Gritos ahogados y respiraciones cortadas recorrieron como una ola la habitación. El bebé rompió a llorar y Phil se puso en pie y empezó a mecerlo y a susurrarle para calmarlo. Robert sollozó también, por compasión y solidaridad. Sally puso los ojos en blanco, como si su llanto le resultara un inconveniente, o tal vez fuera por el dolor de cabeza, pero cogió en brazos a su hijo pequeño y se lo colocó a caballito en la rodilla. Entonces el crío se echó a reír. Su risa provocó que Roz pensara en su nieta, que estaba en una incubadora a muchos kilómetros de allí, y le doliera el alma.

Las preguntas acerca de lo sucedido llenaron el vagón Club antes de que Roz alzara una mano para pedir silencio.

—No sabemos cómo ha muerto, pero, evidentemente, necesitamos recopilar toda la información que podamos mientras la recordemos. Puede transcurrir todavía un tiempo antes de que la Policía nos interrogue.

—¿La Policía? —preguntó Ayana, que se inclinó hacia delante con las manos enlazadas.

Otras personas también manifestaron sorpresa o agitación al saber que habría una investigación policial. Beck cruzó los brazos y se enfurruñó; Liv, envuelta ahora en un abrigo, se toqueteó el flequillo; Ember se mordió el labio inferior; Tony se removió en su asiento; Beck le dijo algo a Ayana que hizo que esta se llevara la mano al cuello. Nada de aquello significaba nada necesariamente. La Policía hacía sentir culpables incluso a las personas inocentes. Y en ocasiones había que vigilar justo a quien no reaccionaba.

—Es la rutina en estas situaciones —explicó Roz—. Nadie sabe qué ha pasado.

—¿Dónde está Grant? —se interesó Phil.

Lo dijo con tono neutro, pero tenía las fosas nasales dilatadas.

—Como es comprensible, Grant está muy afectado y, por ello, se encuentra en otro compartimento —respondió Roz con cautela—. Beefy está cuidando de él. —Con lo cual quería decir que había apostado a Beefy en la puerta de la nueva habitación de Grant—. ¿Podrías ocuparte de que le lleven algo de comer y de beber a su compartimento, Bella? Ha pedido beicon, huevos, tostada, café y una botella de champán.

—Vaya, pues sí que parece devastado por la muerte de Meg... —observó Beck.

—Cuando Oli regrese, se encargará del pedido de Grant, aunque tal vez necesite ayuda.

Bella miró a su alrededor en busca de voluntarios. Beck se dio media vuelta, pero unas cuantas personas levantaron la mano. Al menos existía cierto sentimiento de comunidad.

—Entonces, ¿creéis que Grant ha matado a Meg? —preguntó Sally, con los ojos centelleantes, como si le emocionara la idea.

—Como ya he dicho, no lo sabemos.

—Pero sí creéis que alguien la ha asesinado, ¿verdad? —intervino Tony con expresión de preocupación.

—Y ha sido en el compartimento de Grant. Él era el único que tenía la llave —apuntó Phil.

Caminaba de un lado para otro con el bebé, como si también intentara calmarse él. Su ira era interesante.

—No es tan sencillo. La puerta estaba cerrada por dentro —explicó Craig.

Roz lo fulminó con la mirada. No debería revelar ese tipo de información.

—Aún no hemos descartado nada —dijo Roz—. Podría tratarse de un accidente.

—O ser autoinfligido —añadió Sally, con expresión de desaprobar la lascivia.

Bella dio un paso al frente.

—Tal como ha dicho ya varias veces Roz, no tenemos ni idea. Y somos muy afortunados de que ella esté aquí para ir recopilando datos y que la Policía tenga algo con lo que empezar. ¿Cómo te gustaría proceder, Roz?

—Primero quisiera hablar con Liv —anunció ella, mirando a la adolescente.

—¿Qué? —preguntó Sally—. ¿Por qué?

—Creo que Liv tiene en su teléfono fotos o vídeos de Meg que podrían ser de utilidad. Básicamente estamos empezando con lo más básico para hacernos una idea de lo que pudo ocurrirle a Meg, inclusive lo que sucedió aquí antes de que se marchara.

—No pasa nada, mamá —dijo Liv. Se puso en pie y apoyó una mano en el hombro de su madre—. Grabé algunas cosas anoche. Igual sirven de ayuda.

—¿Qué te he dicho yo de grabar sin pedir permiso? —le espetó Sally.

Liv se sonrojó, pero no respondió.

—Voy a hacerte algunas preguntas en un compartimento vacío, si te parece bien, Liv —le explicó Roz.

Liv asintió. Se tiró del pelo hacia atrás para hacerse una coleta y al hacerlo se le ensancharon los ojos.

—Te acompaño —se ofreció Sally y se puso de pie; luego se alisó la falda e intentó adecentarse el cabello encrespado.

—¿Puede venir? —le preguntó Liv a Roz.

—Tienes veinte años, ¿verdad? Pues, dado que no eres ni menor de edad ni una persona vulnerable, no hay necesidad de que te acompañe un tutor. Pero yo aquí carezco de autoridad; solo estoy ayudando a la Policía con las pesquisas iniciales, así que eres libre de que te acompañen tu madre, tu padre, los dos o ninguno.

—¿Vienes tú, papá? —le propuso Liv a Phil.

Los hombros de Sally se abatieron hacia delante y su pecho se hundió hacia atrás, como si le hubieran dado un puñetazo en el corazón. Los niños tenían la capacidad de hacer eso. Cada día. Y luego te lanzaban los brazos al cuello y te decían que te querían. Eran adorables haciendo luz de gas, hasta el último de ellos. Sally giró la cara para mirar por la ventanilla, como si los montones de nieve pudieran congelar su dolor.

En cualquier caso, Roz no culpaba a Liv; a ella tampoco le habría gustado tener a Sally cerca.

—Si esto fuera un interrogatorio policial —continuó Roz—, tendrías derecho a solicitar un abogado, si lo quisieras.

—Yo también puedo acompañarte —le propuso Craig a Liv—. Aunque no soy tu abogado, puedo asegurarme de que el interrogatorio sea justo y no pueda perjudicarte.

—Gracias —le contestó ella y clavó tímidamente la mirada en sus botas.

—Después de hablar con Liv y luego con Phil, interrogaré a todos los demás de uno en uno —informó Roz al grupo—. Os rogaría que no hablarais ni os contarais detalles acerca de lo que ocurrió anoche. Es importante que conozca las impresiones individuales de todo el mundo, sin que vuestros recuerdos puedan verse alterados por los de otras personas.

Los vio agitarse en sus sillas, como si pensaran que no sabían de qué más hablar.

—Charlad sobre cualquier otra cosa. Sobre Netflix. Sobre lo que vais a comer cuando volváis a casa. Sobre el próximo Doctor Who, sobre lo que sea, salvo sobre vuestros recuerdos de los actos de Meg anoche.

Seguían sin estar convencidos. Se observaban todos entre sí, se morían de ganas de comentar lo sucedido.

—Los recuerdos son como una bandeja llena de agua —afirmó Roz, en un intento de darles una explicación—. Si dejas una hoja de papel sobre la bandeja, la tinta teñirá el agua de un color, que se corresponde con un conjunto de recuerdos. Pero si los recuerdos de los demás tienen el color de su propia tinta y si dos o más recuerdos se mezclan, los colores se amalgaman y no pueden separarse. Y si colocas otra hoja de papel encima, aparecerá en ella una imagen muy distinta de la primera.

Blake afirmó con la cabeza.

—He leído sobre eso —dijo—. Es la teoría de la memoria reconstructiva de Bartlett. Nadie da exactamente la misma versión de un mismo evento.

—Justo es eso. Puede dificultar mucho el trabajo policial, porque las personas perciben los detalles de un evento de manera diferente y, sin embargo, están diciendo la verdad.

Las fosas nasales de Sam se ensancharon mientras miraba a Blake. Un día antes Roz lo habría interpretado como una señal de enfado, pero, después de que aclarara que era sapiosexual, lo interpretó de una manera muy distinta. Sam apoyó una mano en la rodilla de Blake.

Beck le hizo una carantoña.

—La mascota del profesor.

—Y hablando de mascotas —recordó Roz—, ¿podríais buscar todos al gato de Tony y Mary, el Señor Mostacho? No lo han visto desde el accidente.

—Yo iré a echar otro vistazo a los vagones de butacas —se ofreció Bella—. Y, cuando vuelva, me aseguraré de que todos nos quedemos aquí y hablemos de algo que no sea Meg.

—Gracias, Bella, te lo agradezco.

Al darse media vuelta para marcharse, Roz vio al otro lado de la ventanilla que dos figuras avanzaban con dificultad por la nieve hacia el tren. Ya había luz suficiente para vislumbrar que una de ellas era Oli, que sostenía con sus largos brazos a un hombre menudo con el pelo desgreñado. En el suelo, junto a ellos, había una forma oscura.

—¿Quién acompaña a Oli? —preguntó Bella.

—¿Es alguien que viene a ayudar? —dijo Beck con la voz esperanzada de una niña.

—Creo que no. Da la sensación de que Oli va tirando de él —explicó Sam.

—¡El Señor Mostacho también está ahí! —gritó Tony y pegó la cara a la ventanilla—. ¡Va trotando al lado de Oli!

El rostro de Mary se iluminó con una sonrisa de oreja a oreja.

—¡Los ha reunido! Ya te dije que era como un perro pastor. Existen perros más gatos que él.

—Pero ¿quién es ese hombre? —insistió Bella—. No falta nadie en la lista de pasajeros.

—Alguien que viajaba en el tren y no debería haberlo hecho —respondió Roz.

Bella se volvió con el ceño fruncido.

—¿Quién?

—Lo único que sé es que subió al tren sin billete.

—¿Y no lo detuviste? —preguntó Bella con las cejas en las nubes.

—Pensaste que no era asunto tuyo —dijo Craig en voz baja.

Roz asintió.

—Obviamente, no me siento orgullosa de ello.

—Entonces, ¿dejaste subir a un polizón y posible asesino? —soltó Sally y abrió la boca en un gesto exagerado de asombro.

—Un asesino podría haber pagado perfectamente un billete —repuso Craig.

—¿Es ese el hombre que hablaba con Meg? —preguntó Roz. Tony hizo un gesto afirmativo con la cabeza.

—Era un tipo muy raro —explicó Mary—. Pero no se le puede juzgar por eso. A cada cual su rareza le parece lo más normal del mundo.

—Tal vez no sea él quien viene con Oli —aventuró Roz.

Y esperaba que fuera verdad. Esperaba que Oli hubiera encontrado a alguien que necesitaba ayuda y lo estuviera conduciendo a un lugar cálido y seguro. Pero, a medida que él y aquel hombre se acercaron y subieron al tren, sus esperanzas se desvanecieron. Había encontrado al polizón y posible acosador de Meg.

—Cambio de planes —anunció Roz—. Primero voy a interrogarlo a él.

Capítulo veintinueve

Meg estaba muerta. El asesino no podía creérselo. Sostenía un vaso de Coca-Cola en la mano, pero se sentía vacío por dentro, todas las burbujas que había notado antes en su interior se habían desvanecido. No obstante, tenía que acabar su trabajo. Sería mucho más difícil, porque lo estaban observando. La gente estaba alerta. Notó ojos posados en él, como si cualquiera pudiera ver a través de su coraza la vergüenza que escondía.

El asesino tendría que actuar, ocultarse a plena vista. Podía hacerlo. Por supuesto que podía. Mentía cada día, borraba sus huellas. En cierto sentido, matar daba autenticidad a su vida después de todo este tiempo.

Y quizá la suerte le sonriera. Quizá la fortuna creyera en lo que estaba haciendo. Al fin y al cabo, si el asesino estaba atrapado en el tren, la víctima también. Lo único que tenía que hacer era esperar al momento oportuno para salir de aquella sala.

Un copo de nieve aterrizó en el cristal de la ventanilla. Los filamentos blancos destellaron. El asesino lo observó adherirse al vidrio mientras otros copos se deslizaban ventanilla abajo. Era como Meg, destacaba, brillaba como una lentejuela bajo el tenue sol matinal. Y, como la pobre Meg, también se derritió hasta convertirse en nada.

Capítulo treinta

—¿Va todo bien? —le preguntó Roz a Beefy cuando Craig, el polizón y ella se estrujaron para pasar junto al centinela, que se encontraba a las puertas del compartimento de Grant.

—Se ha estado quejando y mascullando entre dientes ahí dentro, pero se ha calmado cuando le han traído la comida. Nadie entra ni sale bajo mi guardia.

Beefy le enseñó la llave del compartimento y se la guardó en el bolsillo del pantalón. Lo dijo con una expresión tan decidida que Roz le creyó.

Tres compartimentos más adelante, ella utilizó la llave que Bella le había facilitado para abrir la puerta de la que sería la sala de interrogatorios. Era el compartimento que Nick, el hombre del traje verde, había ocupado hasta Waverley. Había dejado bolas de papel de aluminio con unas migas de pastel de carne, un vaso de chupito con restos de *whisky* y unos cuantos copos de avena esparcidos por el suelo.

—Soy Roz. Trabajaba para la Policía y me gustaría formularle unas cuantas preguntas. Él es Craig, de la Fiscalía General, pero no se lo tenga en cuenta. En realidad es buen tipo.

—Encantado de conocerlos. —El hombre miró a su alrededor, confuso—. ¿Dónde me siento?

—Pues en la cama o en el suelo —respondió Roz—, donde le resulte más cómodo.

Se subió a la cama y un fuerte olor a sudor rancio invadió el compartimento. Tenía la cara grisácea y ensombrecida, con arrugas similares a los anillos del tronco de un árbol alrededor de su semblante. Se sentó con las piernas estiradas y se balanceaba adelante y atrás.

Roz se sentó en el suelo para estar más a su nivel.

—¿Le importa que grabe nuestra conversación, por si puede resultar de utilidad en el futuro? Por supuesto, recibirá una copia.

El hombre asintió con la cabeza, como si fuera lo menos importante del mundo. Tras pulsar el botón de grabar, Roz inició el interrogatorio.

—¿Podría decirme su nombre completo y dónde vive?

—Iain Curran —respondió él. Movía nerviosamente los dedos, como si tuviera un cubo de Rubik invisible entre ellos—. Y vivo en Bexleyheath.

—¿Qué edad tiene?

—Treinta y nueve años.

—¿Por qué cree que le hemos pedido hablar?

Iain bajó la mirada.

—No debería haberme escapado.

—¿Y por qué se ha escapado? —preguntó Craig.

Por sus mejillas se deslizaron lágrimas silenciosas.

—La vi.

Roz y Craig intercambiaron una mirada.

—¿A quién? —quiso saber Roz.

—A Meg.

Solo pronunciar su nombre pareció romper a Iain. Sus hombros se agitaron con unos sollozos desconsolados.

Roz esperó hasta que dejó de llorar.

—¿Dónde la vio?

—En su compartimento. —Se sonrojó—. Miré a través de la ventanilla. Desde el exterior. Utilicé una maleta que cogí en el vagón de las butacas para encaramarme.

—¿Y qué vio usted al mirar por la ventanilla?

—Estaba tumbada de un modo raro, contorsionada. No se

movía. —Tragó saliva unas cuantas veces antes de añadir—: Y había sangre.

—¿Y por qué no se quedó e intentó ayudarla? —preguntó Roz.

—Supe que estaba muerta. Lo noté.

Iain se golpeó con un puño en el pecho como si tratara de reiniciar su corazón.

—Podría haber informado a alguien —le sugirió Craig con delicadeza.

Iain agachó aún más la cabeza.

—Ya lo sé. Estoy muy avergonzado. Volví para dejar la maleta en su sitio e iba a decírselo a alguien, pero entonces pensé que tendría que explicar por qué estaba mirando y descubrirían quién soy. Así que me entró el pánico y eché a correr por las vías, más allá del barranco; pensaba tirarme al vacío. Pero mis piernas seguían corriendo, así que me dejé llevar por ellas hasta que colapsaron. Me quedé allí tumbado, dejando que la nieve cayera sobre mí, mirando la montaña. No sé cuánto tiempo pasé así antes de escuchar que el gato me llamaba.

—¿El Señor Mostacho le llamó?

—Hizo un sonido que sonaba como «macnau», luego se me acercó y se sentó en mi pecho. Creo que lo hizo para mantenerme caliente. O para estar caliente él. O ambas cosas. Así fue como nos encontró ese joven.

—Oli.

—Eso es. Oli. —Iain guardó silencio un momento para reflexionar—. Entonces es cierto, ¿no? Yo tenía razón. ¿Está muerta?

—Sí —respondió Roz—. Meg está muerta.

Iain se agarró la cabeza y empezó a tirarse del pelo. Sincronizaba los tirones con sus gritos.

—¿Puedo preguntarle por qué le entristece tanto su muerte? —quiso saber Craig.

Iain alzó la vista hacia él, sorprendido por primera vez durante el interrogatorio.

—La amaba. Pensaba que era evidente.

Desde el compartimento de Grant en aquel mismo pasillo se
oyó cómo aporreaba la puerta y gritaba:

—¡He pedido champán! No pienso quedarme aquí sin alcohol.

—Es él —dijo Iain, con los ojos como platos. Se abrazó a sí
mismo—. Él lo hizo. Él la mató.

—Intente no hacerle caso. Concéntrese en Meg. Se lo merece.
¿En qué sentido la amaba usted? —preguntó Craig, tratando de
encauzar el interrogatorio.

Iain miró nerviosamente hacia la puerta, como si temiera que
Grant irrumpiera por ella.

—No la «amaba» —respondió al fin—, la «amo». La amaba
cuando estaba viva y la amo también ahora que está muerta. Así
es la verdadera devoción.

—Hay quien lo llamaría acoso —afirmó Roz.

—Eso fue un malentendido —dijo Iain, sonrojándose—. Solo
quería estar cerca de ella. Protegerla. Sobre todo después de la
primera vez que vi cómo él le pegaba.

Con la visión periférica, Roz vio que Craig se quedaba petrificado. Ella intentó mantener la calma y preguntó:

—¿Podría explicarnos con un poco más de detalle a qué se refiere, Iain?

—Por supuesto. Se lo expliqué a la Policía, pero se negaron a
hacerme caso. Ese matón la tenía anulada, ¿entienden? No la dejaba expresarse.

—Explíquenos qué vio.

—Los había seguido hasta su casa como de costumbre. Sé que
suena mal, pero no hice nada malo, lo prometo. Solía quedarme en
el jardín que hay en el centro de la zona residencial donde viven
mirando hacia las ventanas. Utilizaba prismáticos, sobre todo después de ver que un día la empujó. Quería estar seguro. Y aquella
noche lo vi golpearla en las costillas.

—¿Qué sucedió después?

Iain frunció el ceño.

—Él cerró las cortinas.

Roz intentó mantener el semblante impasible mientras Iain confesaba delitos de acoso.

—¿Y por eso se subió a este tren sin billete? ¿Para seguirla y protegerla mientras estaba en Escocia? —le preguntó Craig.

A Roz le pareció una pregunta demasiado capciosa, pero así eran los abogados, incluso aquellos por los que ella sentía una atracción desconcertante.

—Exacto. Y fracasé.

Iain miró cara a cara a Roz. Sus ojos cargaban con más peso que todo el equipaje de Grant y Meg juntos.

—Me han contado que tuvo usted un altercado con Meg poco antes de que muriera. La advirtió usted de que debía apearse del tren en Edimburgo. ¿A qué se refería?

—Le dije que huyera de él. Que se fuera. Cualquiera que los haya visto juntos sabe por qué.

—¿Y qué cree que podemos pensar del hecho de que, poco después de su advertencia, Meg falleciera?

—Si me importara lo que la gente piensa, ¿cree que tendría este aspecto?

Volvió a tirarse del pelo.

—¿Puede decirnos qué ocurrió antes de que viera a Meg en el suelo de la habitación?

—No conseguía dormir. Me cuesta mucho dormir en los trenes. Así que me puse a recorrer los vagones. Cuando descarrilamos, oí a Meg gritar. Me dirigí a su habitación y vi a McVey desaparecer por el pasillo. Supuse que regresaba al bar para seguir emborrachándose.

—¿Y vio usted a Meg?

—No, la puerta estaba cerrada por dentro.

—Entonces, ¿intentó abrirla?

—Por supuesto. Sonaba como si tuviera problemas. —Miró a Roz pestañeando; pensaba que era lo más lógico del mundo—. Entonces fue cuando salí del tren y lo rodeé para asomarme por la ventanilla y comprobar si estaba bien.

—Pero no lo estaba. Lamento mucho su pérdida —le dijo Craig en voz baja, con ternura.

—Y eso demuestra que tenía razón cuando le dije que huyera, ¿no? —Iain empezó a balancearse adelante y atrás con más virulencia—. Él la mató. Si la Policía me hubiera escuchado cuando hablé con ella, si Meg me hubiera escuchado, nada de esto habría sucedido. —Le hizo un gesto a Roz para que se le acercara. Craig sacudió levemente la cabeza. Roz se inclinó hacia él solo un poco—. Volverá a hacerlo, ¿sabe? A otra persona. Hará daño, matará. Solo hay una manera de detenerlo. Matarlo a él antes.

—¿Qué opinas? —le preguntó Roz a Craig mientras caminaban por el pasillo del vagón para poder hablar sin que los oyeran Iain y Grant.

Craig esperó a responder hasta que se encontraron en el vagón siguiente y el llanto de Iain y los gritos de Grant reclamando su champán se habían desvanecido.

—Desde luego, es muy convincente.

—Lo es. Pero he visto a padres y parejas afligidos presentar una demanda para obtener información sobre la desaparición o muerte de su ser querido y al final eran ellos quienes estaban detrás del delito, o al menos eran cómplices.

—Yo también he sido testigo de eso. La traición es...

No acabó la frase, proyectó la vista en la distancia.

—Y acaba de situar a Grant en la escena en el momento de la muerte de Meg —añadió Roz—, cuando sabemos que no estaba allí.

—Iain no es exactamente un testigo imparcial.

—No, y sé que los de la Fiscalía General no le daríais credibilidad —replicó Roz sin pensar.

¿Estaba flirteando, siendo negativa o tratándolo como una sargento que se ocupa de un caso? ¿Le estaba pidiendo que se le acercara o lo estaba apartando de ella?

Los labios de Craig dibujaron una sonrisa burlona.

—En cambio, los de la Policía lo utilizaríais sin problemas, ¿no es cierto?

Se miraron y tuvieron la impresión de que solo estaban ellos dos en el tren. Pero no era así. Fue ella quien apartó la vista primero.

—Aun así, tanto si Iain miente como si no, Beefy tiene a Grant controlado. Y habría que vigilar a Iain también. Acaba de amenazarlo de muerte.

—Le diremos a Grant que cierre la puerta por dentro, por si acaso...

—Sí, pero eso no le sirvió de nada a Meg.

Bella apareció por el pasillo, desfilando hacia ellos desde la cabina de la maquinista.

—Tenemos un problema. Bueno, varios problemas.

—¿Qué pasa ahora? —preguntó Roz.

—Acabo de hablar con la Policía, los bomberos, el servicio de rescate y nuestros ingenieros. Se retrasarán aún más porque han caído más árboles en las vías. Si alguna vez han intentado quitar agujas de pino de una alfombra, podrán imaginarse lo difícil que es sacar un tronco de unas vías.

—¿Aún no tenemos previsión de la hora de llegada?

—Todos han dicho que vendrían «lo antes posible», pero que no podían prometer nada más.

Roz pensó en Heather en el hospital y en el reflejo de Babkin de su nietecita. Se le encogió el corazón.

—Has dicho que teníamos «varios» problemas —la provocó Craig.

—Para empezar, el circuito de televisión está desconectado —explicó Bella— y no hay manera de recuperar las grabaciones. Por el momento es imposible determinar si es otra consecuencia del descarrilamiento o un acto deliberado.

—Si es deliberado, entonces ha tenido que apagarlo alguien que viaja en este tren, ¿no? —preguntó Craig—. ¿O ha podido hacerlo alguien que trabaje para la compañía ferroviaria?

—No lo sé. Pero las cámaras funcionaban cuando salimos de Londres, porque es una de las comprobaciones de seguridad que efectuamos antes de partir.

Roz suspiró. Si alguien había saboteado de manera deliberada las cámaras, habría premeditación. Y entonces sería un asesinato. No se imaginaba a Grant tramando algo con ese nivel de planificación ni teniendo nociones de sistemas eléctricos, pero quizá lo subestimaba.

—Y otro problema que tengo —continuó Bella— es que el sistema de calefacción también se ha dañado con el descarrilamiento. He intentado mantenerlo en marcha, pero ha dejado de funcionar. Así que dentro de poco empezará a hacer mucho frío aquí dentro.

—¿Hay mantas para este tipo de situaciones? —quiso saber Craig.

—Podríamos reunir los edredones de los compartimentos para que todo el mundo pueda envolverse y conservar el calor —sugirió Roz.

—Buena idea, aunque ese no es el problema más grave. —Bella cerró los ojos y suspiró, como si se estuviera recomponiendo para confesar el peor de los crímenes—: Nos hemos quedado sin té.

Capítulo treinta y uno

El teléfono de Roz vibró. Ellie le solicitaba hacer una video-llamada. Roz se lo quedó mirando fijamente. No quería tener que decir que estaba atrapada, que quizá no consiguiera llegar esa noche.

Craig parecía haber escuchado que su corazón latía con fuerza o simplemente había visto la expresión de su cara, porque le dijo:

—Contesta, averigua cómo está Heather. Yo voy a buscar a Liv y a su padre. Podemos interrogarlos en su compartimento.

Se alejó caminando por el pasillo mientras Roz aceptaba la llamada.

—¿Qué está pasando? —preguntó.

Al principio la pantalla estaba en negro, solo se oían pitidos de máquinas, pero luego se formó una imagen. Su nieta permanecía en la incubadora, agarrada al dedo de Ellie. Su diminuta cara estaba toda arrugada y sus ojitos se movían bajo los párpados. Roz deseó que la bebé estuviera teniendo dulces sueños.

—He pensado que te gustaría saludar a tu nieta. —Ellie sonaba exhausta—. Lo está haciendo muy bien, ya le han desconectado el oxígeno y está mejorando.

—Hola, pequeñita —le dijo Roz—. Soy tu abuela.

La bebé movió su puñito enfundado en un guante como si bailara. Era un milagro. No era momento de hablar de trenes atrapados en la nieve.

—Enseguida estaré ahí contigo para abrazarte y mecerte —continuó Roz—. Y tú me contarás a mí qué tal va tu viaje hasta ahora y yo te hablaré un poco del mío. ¿Qué tal te suena eso?

Por debajo de los pitidos y sibilancias de las máquinas, Roz creyó oír a la niña suspirar. Sabía que era casi imposible, pero se le encogió el corazón de todas maneras. Detestaba estar lejos de aquella criatura. No podía ni imaginar cómo estaría sintiéndose su hija.

—¿Cómo está Heather?

Ellie giró el teléfono y enfocó su propia cara.

—Todavía no está estable. Están haciendo todo lo que pueden —dijo en voz muy baja, como si no quisiera que la bebé lo escuchara—. Las convulsiones se agravaron. Están evaluando el riesgo de que pueda entrar en coma o tener un ictus.

—Dios mío.

—También se plantean inducirle el coma para darle a su cuerpo la oportunidad de recuperarse.

Roz se tapó la cara con una mano, como si así pudiera evitar que le vinieran al pensamiento imágenes de su hija en coma.

—¿Y cómo estás tú, cielo? —le preguntó a Ellie—. ¿Cómo lo llevas?

Ellie se encogió de hombros. Tenía la mirada inexpresiva.

—Por favor, tienes que venir lo antes posible.

Se despidió y colgó. Roz se sintió un poco más cerca de ellas y, al mismo tiempo, también más lejos. Esa era la contradictoria bendición de los teléfonos con cámara.

Entonces recordó el móvil de Meg, que permanecía en su bolso.

Se puso otros par de guantes de los que Craig le había traído y extrajo con cuidado el dispositivo de la bolsa de pruebas. Lo encendió y adivinó la contraseña a la tercera. Por suerte, los veinteañeros obsesionados con el amor eran muy predecibles, sobre todo si la fecha de inicio de su relación podía consultarse en internet, lo cual le evitó tener que volver a la escena del crimen y enfocar el rostro muerto de Meg a la pantalla para desbloquearlo. Roz había intentado presionar a las compañías telefónicas para que impidieran que eso pudiera pasar. Un asesino o un secuestrador podía desbloquear fácilmente el teléfono de una víctima con su pulgar o su rostro incluso poco después de muerta. Como mínimo, los móviles deberían poder distinguir si el rostro o el dedo correspondían a una persona viva.

Roz miró atónita los centenares de aplicaciones que llenaban la gran pantalla resquebrajada. No tenía ni idea de por dónde empezar, así que se dirigió a la cuenta de Instagram de Meg.

Los comentarios a la última publicación de Meg dejaron claro que ya había saltado la noticia de su muerte:

San_Trigon2010: #DEPMEG.

Babooshka: Felices sueños. Ahora estás con los ángeles.

Elio_TV: 666.

ChristineBillyGoat: Deberíamos haber visto las señales.

WoowooMama: Se moría por recibir amor y atención.

AMagicalFaeryWarrior: #SeAcabóLaNavidad.

MegFan3987492: No me lo creeré hasta ver el cadáver.

Wombat90: No la conocía.

HotMess: ¿Dónde está Grant? ¿Qué dice él?

VisionAndSound: MEG ESTABA INTENTANDO CONTARNOS LA VERDAD. MIRAD ESTO TODOS. #ViolenciaMachista.

Roz hizo clic en el enlace del último comentario, que la llevó a la grabación más reciente, la última de las retransmisiones en directo de Meg.

—Hola a todos —le dijo Meg a la cámara. Era estremecedor verla allí tan poco después de su muerte. Estaba en su compartimento, tenía los ojos muy abiertos y los movía de un lado a otro—. Sé que os había dicho que volvería más tarde. Las cosas no han ido según lo planeado. Como probablemente ya hayáis visto, Grant y yo hemos discutido otra vez. En circunstancias normales, no permitiría que me vierais así. Suelo arreglarme y continuar como si nada. Pero hoy no. Hoy voy a explicaros los secretos de mi relación con Grant. Primero, y os pido que os quedéis conmigo para que pueda ganar dinero, que lo voy a necesitar, os voy a explicar qué ropa llevo puesta. Normalmente, os explicaría el proceso paso a paso, pero hoy os voy a mostrar qué pasa con el maquillaje cuando lloras —Meg hablaba con una sonrisa triste, compungida—. Si alguna vez habían querido hacer un test para demostrar la larga duración de unos cosméticos, no hay mejor prueba que un corazón partido. Y ahora puedo dar buena fe del nuevo maquillaje que me enviaron a cambio de una reseña sincera. Es todo natural, orgánico y artesanal. Llevaba una sombra luminosa de ojos color verde humo y los labios pintados de rojo *bad Santa*. El pintalabios ha resistido a las bebidas, los morreos y la discusión. En cambio, no puedo decir lo mismo del rímel y la raya de ojos. Las marcas aparecerán en pantalla.

Ya estaban ahí, deslizándose de arriba abajo en una fea tipografía seleccionada quizá con rabia.

Meg se acercó a la cámara.

—Ahora voy a explicároslo todo. Ya empecé a hacerlo, grabé en secreto pequeños fragmentos de vídeo, pero me da la sensación de que hoy es el momento indicado para contar la verdad. Detrás de las sesiones de maquillaje y las fotos, de los reportajes en el *¡Hola!* y otros sitios, hay...

Entonces la imagen se sacudía y el rostro más sincero y manchado por las lágrimas de Meg cobraba una expresión de miedo y confusión. Las luces titilaban. Los objetos volaban por la habitación, alrededor de la chica, como si fuera Dorothy el día del tornado. Todo se inclinaba. La cámara continuaba enfocando el rostro de Meg. Al mirar a su alrededor, sus pupilas se dilataron aún más, convertidas en lagunas negras rodeadas por largos juncos de cabello. Intentó aferrarse a una pared y luego cayó sobre la cama. En ocasiones, el teléfono captaba su mirada y otras veces sus cosas, que volaban de un lado a otro del compartimento.

Cuando volvió la quietud, la imagen se estabilizó. Meg se alisó el cabello y se esforzó en sonreír.

—Vaya, me apuesto lo que sea a que no esperabais ver un accidente de tren en directo. Confieso que yo tampoco, y eso que mi vida hace mucho tiempo que descarriló. —Respiraba con dificultad, un sonido áspero y doloroso—. Grant llegará pronto, así que tengo que contároslo rápido. Necesito hablar. Al principio era genial. Un romántico de manual. Mi psicóloga lo llamaba un «bombardeo de amor». Pero enseguida...

Meg dejó de hablar. Se quedó mirando fijamente la puerta. Abrió los ojos como platos, parecía que las palabras se le habían atragantado...

—Grant, oh, es...

Alargó un brazo, volvió la cabeza y la grabación se detuvo en una imagen de los afilados pómulos de Meg. Había una expresión de terror en su hermoso rostro.

El teléfono debió de caérsele y romperse en ese momento.

Si Meg siguiera con vida, sin duda habría tenido un nuevo móvil gratis en menos de un día. Pero Meg ya no volvería a publicar nada.

Leña_Solere: Meg estaba a punto de explicarnos que la maltrataba y la ha matado para evitar que la verdad saliera a la luz.

SandraDelicious: Meg estaba muerta en vida.

MrsBartolozzi: Es todo fingido.

HitosGrant: Menuda fresca. Siempre lo ha sido y siempre lo será.

San_HTTP_Repetido: #Megicidio. Grant merece morir. Un día conocí a Meg y pensé que iba a sincerarse conmigo, pero entonces llegó él y vi sus ojos de terror. De verdad. Decidme algo más que no sucediera.

Troles_Sen: ES UNA MENTIROSA.

Roz tuvo que apartar la vista del hilo de comentarios. Lo mismo le sucedía con los que aparecían bajo las noticias de la prensa digital. Todo el mundo opinaba sobre quién era culpable e inocente, sobre quién mentía y quién no. «No leas nunca los comentarios», se recordó. La sabiduría pocas veces se hallaba por debajo de la línea de la cintura de las personas o de los artículos.

La única persona que podía hablar sobre Meg era la propia Meg y estaba muerta. Pero aun así podía explicar su historia. Roz se desplazó por los numerosos archivos de vídeo que había en el teléfono y se detuvo en uno congelado en un fotograma de la cara llorosa de Meg. Se llevó la mano al corazón al pulsar el botón de reproducción y verla testificar sobre un día que Grant la violó.

—Le gustaba que me negara —dijo.

Capítulo treinta y dos

Roz estaba a punto de llamar a la puerta del compartimento de Liv y Aidan cuando su teléfono indicó la entrada de un correo electrónico. Era de Laz, con los primeros resultados de su búsqueda de información. A medida que leía, Roz sintió náuseas. Proporcionaba indicios sólidos de que Grant era un maltratador en serie de sus novias y de las mujeres en general. Eso, más los testimonios en vídeo y las lesiones de Meg, podría bastar para despertar el interés incluso de la Fiscalía General. Pero ahora Roz necesitaba lo más difícil cuando lo que se tenía era la palabra de una persona contra otra: pruebas.

Craig retrocedió para permitirle entrar en el compartimento y se esquivaron mutuamente con torpeza, dando pasos adelante, a un lado y atrás. Los días de bailes escoceses de Roz nunca habían rezumado tanta tensión sexual. Ella acabó con la espalda apoyada en el lavabo bajo la ventanilla y Craig contra la puerta, con el rostro tan rojo como Roz notaba el suyo.

Phil estaba sentado, con la cabeza gacha, en la litera inferior. Parecía incluso más cansado que el día de antes, si eso era posible.

Liv estaba acurrucada en la cama de arriba, vestida con una enorme sudadera con capucha negra. Tenía el edredón echado sobre las piernas y un ejemplar de *Casa desolada* abierto a su lado, junto con un cuaderno y una pluma fucsia que Roz reconoció.

Liv la vio mirando, cogió la pluma y se la entregó. La miró orgullosa.

—Meg me la regaló porque le dije que me gustaba mucho.

—Meg siempre fue generosa —dijo Phil—. Siempre les regalaba cosas a sus amigos. Qué injusto que alguien tan dulce ya no esté con nosotros.

—Espero que podáis ayudarme a determinar qué le sucedió. Lo primero que necesito saber son vuestros nombres completos y si me autorizáis a grabar nuestra conversación.

—Olivia May Walker y Phillip Randolph Walker, de Hammersmith. —Phil proporcionó la información lentamente mientras Craig la anotaba—. Veinte y treinta y nueve años, respectivamente. Y, por supuesto, grábanos si quieres.

A Roz le encantaban los testigos que daban más información de la que se les pedía. Normalmente eso solía acabar conduciendo a una revelación, ya fuera por su parte o por la de ellos.

—Quería usted ver mi teléfono —dijo Liv y se lo entregó.

Le temblaban un poco las manos. Era normal sentir nervios la primera vez que interrogaban a uno.

—Gracias, Liv, será de mucha ayuda.

Roz empleó una voz dulce, de gratitud.

La pantalla mostraba la galería de fotografías de Liv, empezando con una imagen de Meg sentada en el reservado. Roz examinó todas las fotos de Meg que Liv había sacado desde que la había visto en la sala de espera de primera clase. La mayoría eran selfis de Meg y Liv; de Meg, Ember y Liv; de Meg, Grant y Liv, etcétera. La sonrisa de Meg a la cámara era incandescente. Le brillaban los ojos y los dientes, parecía la viva encarnación de la salud y la felicidad modernas.

Sin embargo, en las fotografías tomadas a través de huecos de sillas o desde la distancia, Meg estaba muy distinta. En una observaba por la ventanilla, con los ojos enrojecidos y la mirada ausente. En otras se estaba maquillando, echándose colirio en sus ojos inyectados en sangre, volviéndose a aplicar corrector y frunciendo el ceño al contemplarse en el espejito que había acabado hecho añicos en el suelo. En todas las fotografías que Liv le había sacado en secreto daba la sensación de que Meg no volvería a ser feliz nunca.

—Son geniales. Muy útiles. Si te paso mi número, ¿podrías enviármelas a mi teléfono, por favor? —preguntó Roz.

Liv asintió.

—Y aquí está lo que grabé en un directo... cuando Meg salió corriendo del vagón Club.

Roz sintió el hormigueo revelador que notaba por instinto cuando, si no se producía un gran avance en un caso, al menos sí se abría una grieta en su caparazón. Aquella podía ser la prueba que necesitaba.

—Se está haciendo viral —añadió Phil, pero no lo decía sonriendo, más bien parecía triste.

Liv alargó la mano para recuperar el teléfono y sus dedos volaron sobre el diminuto teclado de la pantalla hasta encontrar lo que Roz esperaba que fuera una prueba crucial.

El vídeo estaba borroso y movido, era un primer plano de Meg. Se tambaleaba, con los brazos en cruz, mientras miraba por la ventanilla. A Roz le recordó a Kate Bush en el videoclip de *Wuthering Heights*, cuando interpreta al fantasma de otra mujer. Liv debió de alejarse en ese momento, porque el plano se ampliaba y mostraba más partes de la sala. Grant hacía girar a Meg sobre una de las mesas triangulares.

—Para, déjala en paz.

La voz de Liv era apenas un susurro, hablaba cerca del micrófono.

—A Liv no le gusta ver a gente en problemas —comentó Phil—. Es muy buena.

—Gracias, papá —le dijo Liv.

Grant sonreía, con la boca cerca de la cara de Meg. Luego movía los labios como si le susurrara algo, pero Roz no oía ni logró descifrar lo que le decía. Y, de repente, sin advertencia previa, Meg se abalanzó desde la mesa sobre Craig, que la ayudó a ponerse en pie.

—¿Qué estabas haciendo con ella? —le preguntó a Grant, señalando a Ember—. Te he visto besarla.

El vagón quedó en silencio. Ember negó con la cabeza. Parecía sorprendida.

—Estás loca. Y ahora todo el mundo lo sabrá —dijo Grant.

Ember dio un paso al frente.

—Solamente me ha dicho que olía bien y que estaba guapa. —Se encogió de hombros como insinuando que no era ningún crimen, porque era cierto—. No es lo que piensas. Te lo prometo.

Meg soltó una carcajada, doblándose por la cintura. Todo el mundo se miraba entre sí, como preguntándose qué hacer con ella.

—Eso es un cliché como una catedral. Porque, si sabes lo que estoy pensando, probablemente sea porque es verdad.

—Estás borracha —gruñó Grant— y solo Dios sabe qué más. Será mejor que te vayas antes de hacer o decir algo de lo que te arrepientas.

Roz pausó el vídeo y amplió la cara de Grant. Tenía grabado el odio y la repugnancia. Recordó esa misma mirada en otro hombre. Su violador. No se acordaba de cómo era, solo de la boca. Y del olor a tabaco. Y del dolor que la desgarró. Notó que le subía la bilis y parpadeó varias veces para anclarse al presente. «Estás aquí, estás a salvo», se dijo.

—¿Te encuentras bien, Roz? —le preguntó Craig, con una voz tan cargada de preocupación que no pudo mirarlo por temor a echarse a llorar.

Roz pulsó el botón de reproducción e intentó concentrarse en la grabación.

—Eso suena a amenaza, colega —dijo Craig—. Si yo fuera tú, recularía.

Grant empujó a Craig.

—¡Vete a la mierda! Y a mí no me llames «colega». Ni siquiera te conozco. Solo eres un viejo feo que quiere estar de fiesta con jóvenes. ¿Qué eres, un pervertido o qué?

—¿Por qué grita todo el mundo? —preguntó arrastrando la voz alguien fuera del encuadre.

Roz supuso que se trataba de Sally.

—Y tú no te metas tampoco —le espetó Grant—. ¿Te crees que puedes darme lecciones de algo? ¿Tus hijos están acostumbrados a verte como una cuba? Porque lo parece. Y si crees que tu marido te ha sido fiel es que eres tan tonta como ellos.

Aidan pestañeó, confundido y dolido.

—¡Para, por favor! —gritó Meg—. No lo soporto más. Ya me voy, así podréis estar bien otra vez.

—Meg —la llamó Ember—, ¡yo puedo ayudarte!

Meg chocó con la pared de un reservado, pero no pareció darse ni cuenta. Mientras se dirigía a las puertas, ahuyentaba a personas imaginarias. Las puertas se abrieron y salió trastabillando. Se oyeron risas, algunas nerviosas, y luego resonó el carcajeo cruel de Beck.

—¿Nadie va a ir tras ella? —preguntó Liv, con voz alarmada, cerca del micrófono del teléfono.

La imagen giró. Craig estaba de pie junto a un reservado, con el ceño fruncido. Beck miraba fijamente a Grant y a Ayana también.

Ember se dirigió hacia la puerta y luego retrocedió hasta donde estaba. Solo Grant parecía impasible. La cámara permaneció fija en él.

Grant atrajo a Beck hacia sí tras rodearla por los hombros con el brazo, pero ella lo apartó con cara de repugnancia. Él soltó una risotada y le guiñó el ojo a Ayana. Sacó su cigarrillo electrónico, le dio una calada y se dirigió a la puerta. La grabación se detenía cuando salía por ella, giraba la cabeza y echaba una bocanada de vapor en dirección a la cámara.

VER OTRA VEZ, se leía en el texto en pantalla.

Roz se volvió para mirar a Liv.

—¿Qué pasó a continuación?

—La verdad es que poca cosa. Todo el mundo estaba un poco impactado y casi nadie se atrevía a hablar. Algunas personas propusieron ir a comprobar cómo estaba Meg. —Hizo una pausa, como reflexionando acerca de lo que habría ocurrido de haberlo hecho—. Y entonces el tren descarriló. Las cosas volaron por los aires. Creo que todos nos olvidamos de Meg, por espantoso que suene.

—¿Qué hizo Grant después del vídeo?

—Salió al cabo de un rato, creo. Supuse que habría ido a comprobar cómo se encontraba Meg. No recuerdo si había regresado cuando el accidente.

Se quedó mirando el techo, como si imaginara a Grant haciéndole daño a Meg.

Quizá Iain dijera la verdad. Craig arqueó una ceja y anotó algo en su teléfono. Los recuerdos de los pasajeros en los momentos que rodeaban el descarrilamiento iban a resultar difíciles de desentrañar.

—Grant le echa el brazo por encima a Beck en el vídeo y ella lo rechaza. ¿Lo viste acosarla, a ella o a alguna otra persona?

Liv miró a la izquierda, como si estuviera rememorando mentalmente lo ocurrido. Le pidió agua a su padre. Phil le pasó una botella y le acarició el pelo con suma delicadeza. Dio un trago y empezó a hablar:

—Beck y él parecían no congeniar desde el primer momento. Grant no dejaba de meterse con ella. Decía que era tonta, lo que evidentemente no es cierto. —Hizo una pausa para pensar—. En un momento dado fui al lavabo y vi a Grant y a Ayana riendo en el pasillo. Ella estaba vapeando con su cigarrillo electrónico y echando el humo por la ventanilla. Estaban muy cerca, pero yo no diría que la estuviera acosando. Aunque nunca se sabe. —Reflexionó un instante, con una sombra de duda en el rostro—. Me refiero a que sí que la vi apartarlo de ella y a él eso no le gusta. —Hizo una pausa, con gesto de preocupación y quizá un deje de culpa—. Observé a Meg y Grant en el vagón Club y él parecía estar muy acaramelado con ella, pero frunció el ceño cuando ella se estremeció. Así que quizá Ayana estuviera intentando quitárselo de encima sin que se enfadara.

Hizo una pausa, como si se lo estuviera replanteando. Quizá se preguntaba si ella misma habría actuado de otro modo.

—Eres fan de Meg, ¿verdad? —le preguntó Roz a Liv para intentar que saliera de su ensoñación.

Phil sacó la cabeza de la litera de abajo y se asomó a la de arriba.

—Ha visto a Meg ganar el *reality* un millón de veces. Incluso cantó *En un instante* en un concurso de talentos cuando estuvimos de vacaciones en Mallorca.

Liv asintió, pero parecía seguir muy lejos de allí.

—La seguías en redes sociales. Visto en retrospectiva, ¿notaste algo que pudiera parecer sospechoso?

—Meg tiene muchos *haters*. Le escriben cosas horribles en su página de Instagram, en Twitter, en todas partes, le dicen que tendría que estar muerta o que les gustaría violarla.

Phil se llevó las manos a la cabeza.

—Dios, Liv. ¿Y tú ves esas cosas?

Ella se encogió de hombros.

—Están en todas partes.

—Pero a ti nadie te ha dicho nada parecido, ¿verdad?

Phil se puso en pie, sujetándose a la escalera de las literas, y alargó la mano hacia su hija.

Ella negó con la cabeza, pero no cruzó la mirada ni con él ni con Roz. Roz notó el hartazgo descender sobre ella. ¿Había alguna joven que no se hubiera acostumbrado a aquello?

—¿Y tú, Phil? —le preguntó Craig—. ¿Qué recuerdas del descarrilamiento?

—Pues me lo perdí todo: la conga, la riña y el accidente. Seguí dormido hasta que Roz me despertó. El ritmo del tren me adormeció. —Phil se balanceó adelante y atrás, sin moverse del sitio, y fingió que roncaba para demostrar lo que decía—. Además, soy yo quien cuida principalmente de un crío pequeño y un bebé. Y, cuando duermo, duermo a pierna suelta.

—¿No saliste del compartimento en ningún momento? —le preguntó Roz.

—No, salvo cuando volví al vagón Club a pedirle leche a Sally. Luego regresé a nuestra habitación.

—¿No fuiste al lavabo? —preguntó Craig—. Estas habitaciones no tienen aseo.

Phil deslizó los ojos sobre el lavamanos.

—Aproveché las instalaciones disponibles.

—¡Papá! —lo reprendió Liv—. ¡Qué asco!

—No quería salir del compartimento y despertar a tus hermanos y tampoco quería dejarlos solos.

—¿Oíste algo desde tu habitación durante la noche que, ahora que sabemos que Meg ha muerto, pueda parecerte sospechoso?

Phil negó con la cabeza.

—Lo siento. Ojalá pudiera ser de más ayuda.

—Quizá puedas serlo. Fuiste profesor de Meg, ¿verdad?

Phil suspiró y volvió a meterse en la litera inferior.

—Estaba en mi clase, sí.

—¿Y cómo era en la escuela?

—Lista. Más lista de lo que quería que pensaran. ¿Por qué hacen eso los chavales? ¿Por qué esconden su inteligencia y sus pensamientos?

—Porque nos esforzamos en encajar y sobrevivir —respondió Liv.

—En todo caso, ella, esto..., bueno, yo le interesaba. Mucho. ¿Saben?

Aquel hormigueo de nuevo. Roz estaba llegando a alguna parte.

—¿Qué quieres decir, papá?

Liv sonó como una niña pequeña, hablaba con un tono agudo, asustado.

—Que yo le gustaba, ¿vale?

—¡Qué va! ¡Eso es imposible!

Liv se tapó la mano con la boca.

—Es normal que una persona joven se enamore de un profesor. O de un monitor. Y resulta que Meg se fijó en mí.

—¿Tu relación con Meg fue un factor para mudaros de Escocia? —quiso saber Roz.

—No tuvimos ninguna relación. ¿Y por qué iba a ser un factor eso?

—Vuestro encuentro ayer fue cuando menos incómodo. Leyendo entre líneas, yo diría que pasó algo. Y me dio la sensación de que fue más o menos en la época en la que os trasladasteis a Londres.

Phil se frotó la cara. Roz había interrogado a suficientes personas para saber que aquello normalmente significaba que iban a contar una verdad, o una verdad a medias.

—Otro profesor vio una de las notas que Meg me había escrito. —Phil se puso rojo y se giró hacia la pared para que no le vieran la cara—. Las tenía guardadas en un cajón de mi escritorio. Pero un día me encontraba mal y el profesor que me sustituyó las encontró y se las entregó a la directora del departamento. Creyeron que era una relación recíproca.

—¿Papá?

A Liv le aleteaba la nariz del miedo y tenía los ojos llenos de lágrimas.

—No debería haber guardado sus notas. Fui un tonto, pero me sentía halagado. Y sé que eso es lo que dicen siempre para defenderse los hombres que han tenido una aventura, pero nosotros no la tuvimos. Te lo juro, Liv. Ni un solo beso, ni un roce. Ella tenía diecisiete años, la edad que tiene tu hermano ahora, no era mucho más joven que tú, por poner las cosas en contexto. Nunca le escribí una respuesta ni la miré en ese sentido. —Clavó los ojos en Roz—. Lo único que sentía por ella era compasión.

—Entonces, ¿por qué te marchaste a centenares de kilómetros, a otro país, y arrastraste a toda tu familia? —le preguntó ella.

—La directora de la escuela pensó que sería más conveniente que impartiera clases a un nivel superior. Y como en aquel instituto no era posible, me puse en contacto con alguien de la universidad.

—¿Qué universidad? —preguntó Craig.

—La Universidad de Londres.

—La misma que tú, Craig —comentó Roz.

—Es enorme —explicó Craig—. Y está dividida en ¿cuántas, dieciocho, veinte facultades asociadas en toda la ciudad?

—Yo estaba en Goldsmiths.

—Así que te libraste de ello con un ascenso, ¿eh? —dijo Roz, insinuando con su voz que Phil se había beneficiado de la situación, con la intención de provocarlo.

—No hice nada malo —contestó él a la defensiva—. Solo fui amable con ella un día que, durante la hora de la comida, apareció llorando en mi despacho.

Quizá fuera verdad, pensó Roz. Si Meg necesitaba una figura paterna, una gota de consideración en plena sequía podía interpretarse como una inundación. Pero el hecho de que Phil hubiera guardado aquellas notas revelaba algo de su ego y de su necesidad de captar la atención de mujeres jóvenes. Y eso no iba a confesarlo delante de su hija. Ese era uno de los problemas de pertenecer a la Policía. Que Roz había acabado por no confiar en nadie.

Se volvió hacia la ventanilla. La nieve se acumulaba en el alféizar, ocultando lentamente la vista. Lo mismo ocurría con los recuerdos del pasado. Tenía tantos acumulados que le costaba ver más allá. Si no era capaz de barrerlos, nunca conseguiría entender qué le había ocurrido a Meg.

Capítulo treinta y tres

Tenemos que hablar otra vez con Grant —indicó Roz, que caminaba más rápido que Craig por el frío pasillo. Empezaba a notarse la falta de calefacción—. Dijo que no había ido detrás de Meg, pero Liv e Iain aseguran que sí lo hizo.

—Estaba muy enfadado, es posible que no se acordara —lo disculpó Craig—. Yo estaba en aquella sala y no sabría decir si Grant estaba allí o no. Salió y entró veinte veces durante la noche.

—Cierto. Pero tenemos argumentos suficientes para volvérselo a preguntar. Además, la sargento con quien trabajaba, Laz, también me ha enviado los resultados de sus pesquisas iniciales. Grant ha sido acusado de alteración del orden público y agresión en el pasado; y, además, pesan sobre él tres denuncias por violencia dentro de la pareja presentadas por tres mujeres distintas.

—¿Y esas denuncias derivaron en demandas?

—No. Probablemente por el motivo de siempre.

La puerta del siguiente coche cama se abrió y apareció ante ellos Beefy, casi sin aliento.

—Necesito ayuda. Es Grant. Está vomitando, pero no puedo entrar. Le he dicho que abra la puerta, pero...

Se llevó la mano al pecho como si quisiera impedir que se le saliera el corazón por la boca, luego se dio media vuelta y regresó corriendo por donde había venido.

Roz lo siguió, con movimientos rápidos. Antes de llegar al vagón, oyeron los gorgoteos, escupitajos y gritos ahogados de Grant, junto con el sonido de patadas a muebles y de portazos rápidos. Sonaba cómo si le estuvieran dando una paliza.

Dos puertas más adelante, la alborotada cabeza de Iain se asomó.

—¿Qué sucede?

—Vuelva a su habitación, por favor, Iain —dijo Roz en un tono seco—. Y no salga de ahí.

El hombre volvió a desaparecer de la vista, cerró la puerta y echó la llave.

Beefy probó la tarjeta de acceso de la habitación de Grant de nuevo, pero la puerta no se abría.

—Abre, Grant, amigo, por favor.

Grant carraspeó, inspiró agitadamente y luego todo quedó en silencio.

Beefy miró a Roz.

—Derriba la puerta —le ordenó ella.

Beefy retrocedió para abalanzarse con el torso sobre la puerta del compartimento. Hicieron falta varias embestidas, con cada una de las cuales la cerradura fue cediendo un poco. Al cuarto intento, la tabla se abrió, pero solo unos centímetros. Algo bloqueaba el paso.

El olor a vómito ácido y a orines invadió el pasillo. Roz, entre arcadas, dio un paso adelante y se asomó por la rendija. La puerta estaba atascada contra la frente de Grant y alrededor de la madera se extendía un charco de sangre. Tenía el cuello lacio hacia un lado y la lengua, gruesa y ligeramente azulada, le colgaba de la boca. Los ojos se le habían quedado abiertos y estáticos, y había cerrado una mano contra el pecho, como una garra.

Roz se agachó, metió la palma por el espacio que quedaba entre la pared y la puerta, y apoyó los dedos en su arteria carótida. No parecía haber duda, pero tenía que comprobarlo de todos modos. No había pulso, no había vida.

—Está muerto —dijo.

Esperaba, por el bien de Beefy y por el suyo propio, que Grant estuviera muerto antes de forzar la puerta.

—Pero si he estado aquí todo el rato. —La tez del hombre adquirió un aspecto marmóreo cuando la sangre realzó las venillas rojas de sus mofletes—. No ha entrado ni salido nadie. Y él mismo cerró la puerta por dentro cuando le dije que lo hiciera. No entiendo cómo ha podido pasar.

Miró primero a Roz y después a Craig, como si esperara que ellos pudieran explicárselo.

—Yo tampoco lo sé —confesó Roz—. Y será difícil averiguarlo antes de que le hagan la autopsia. Ni siquiera podemos entrar a echar un vistazo, porque no debemos tocar más el cuerpo.

Sacó su teléfono y tomó fotografías de la cianosis de la lengua de Grant y de las pequeñas petequias que podía ver en sus ojos abiertos, así como del vómito que le cubría el rostro. Cuando apareciera la Policía científica tomaría una muestra de la materia del vómito. Ahora todo se alargaría mucho más.

Sabía que era egoísta pensarlo, pero se le encogía el corazón al pensar que no estaría con Heather en Nochebuena.

—Podríamos echar un vistazo desde el exterior —sugirió Craig—. Y romper la ventanilla, si es preciso.

—Si es que alguien no la ha roto ya —respondió Roz.

Desde su perspectiva, no veía la ventanilla.

—Tiene razón, alguien podría haber entrado por ahí para matarlo. —Beefy sacudió la cabeza, apenado—. Pobre chaval. Nadie se merece eso.

Roz dudaba de si estaba de acuerdo con él, lo cual la llevó a pensar que había obrado bien al decidir dejar la Policía.

—Ni siquiera sabemos si lo han asesinado —apuntó Craig, la voz implacable de la cautela y la sensatez—. Podría tratarse de un suicidio. Seguramente sabía que era nuestro principal sospechoso de la muerte de Meg. Quizá no pudiera soportar que todo el mundo se enterase.

—Es posible —afirmó Roz.

No veía marcas de ataduras alrededor del cuello, pero el vómito y la dificultad respiratoria podían deberse a un envenenamiento, quizá autoinfligido. Aunque era más probable que lo hubiera envenenado alguien. Sospechaba que, si Grant hubiera tenido que enfrentarse a la cadena perpetua, habría contratado al mejor abogado que pudiera comprarse con dinero y se habría ido de rositas después de cerrar un acuerdo de seis cifras. No, Roz estaba bastante segura de que lo habían asesinado.

La nieve había aumentado las apuestas y ahora soplaba una ventisca. El Beinn Dòrain apenas se vislumbraba, pero Roz notaba su presencia y sacó fuerzas de su solidez y su longevidad. Siempre estaba ahí, oyéndolo todo, viéndolo todo desde las alturas, como el juez por antonomasia, el que viste una peluca blanca.

Roz y Craig caminaron penosamente por la nieve, con la cabeza gacha, sin apartarse del tren. Al llegar al compartimento de Grant, Craig se ofreció a auparla y entrelazó los dedos.

Roz apoyó la bota en sus palmas y él la impulsó lo bastante arriba para poder asomarse por la ventanilla. El vidrio estaba intacto, no había indicios de que nadie hubiera entrado ni salido a la fuerza por allí. Grant también había muerto en una habitación cerrada.

La persiana estaba subida y, una vez que inclinó la cabeza para evitar los reflejos, pudo ver todo el compartimento. Agarrada al pequeño alféizar, asimiló toda la información que pudo. Había mucho vómito. Amarillo y con trozos. Sobre la cama, en el suelo y también en la puerta.

Grant yacía de lado, estirado, con la cabeza hacia la entrada y los pies hacia el cuarto de baño. Su vapeador estaba sobre la cama.

Justo delante de Roz, en equilibrio sobre el borde del lavabo, había un plato con los restos de un bocadillo de beicon, la piel de un plátano y una bolsa de patatas fritas. Y dentro de la pila había una botella de champán abierta, una cuchilla y una botella de agua mineral.

Roz no sabía si temblaba por la conmoción, de miedo o de frío.

—¿Puedes aguantar bien el equilibrio para sacar fotos? —le preguntó Craig.

Mientras se sujetaba con un brazo que apoyó en el tren, la mujer se quitó los guantes, sacó su teléfono y lo pegó al cristal con la esperanza de que no captara demasiados reflejos.

Cuando acabó, Craig la ayudó a bajar. Permanecieron allí de pie, en silencio. Incluso el viento enmudeció y la nieve dio una tregua, como una muestra de respeto por la muerte.

—¿Qué opinas? —le preguntó al final Craig.

—A menos que le haya dado una sobredosis de algo, cosa posible, parece que alguien lo ha envenenado.

—¿Con la comida o la bebida?

—Es lo más plausible. Cerró la puerta por dentro después de que se la trajeran.

—Pero ¿quién querría matarlo?

Roz pensó en el resto de los pasajeros y del personal, pasando mentalmente como un tren por cada sospechoso. Cada uno era una estación en una línea ferroviaria. Medios, móvil, oportunidad.

—Iain ha manifestado explícitamente que quería matarlo, pero Beefy vigilaba ambas puertas.

—Grant y Beck no eran exactamente buenos amigos —apuntó Craig— y Phil parecía muy enfadado con él.

—También otra persona se ha mostrado muy protectora con Meg y afligida por su vida —dijo Roz de repente.

No le gustaba pensarlo, pero tenía que hacerlo.

—¿Quién?

—Beefy. Estaba sollozando, se culpaba a sí mismo.

—Pero ¿por qué le iba a afectar tanto? Si la conoció ayer...

—¿Estamos seguros de eso?

—Es verdad —respondió él, por más que le costara.

Roz tenía claro que a Craig tampoco le gustaba pensar que

Beefy podía ser un asesino. Sin hablarlo, ambos decidieron regresar por la ruta más larga, rodeando todo el tren, en lugar de abrir la puerta más cercana. Estaban sincronizados, avanzaban en paralelo.

—¿Sabes ya algo de tu hija? —le preguntó Craig.

—No mejora. Los médicos están intentando estabilizarla, pero sus órganos parecen resistirse.

—Lo lamento muchísimo. ¿Estáis muy unidas?

—Yo no diría «unidas». Ambas somos reservadas e irritables. Y hemos atravesado momentos difíciles que han hecho que no estemos tan unidas como desearíamos.

—¿Qué tipo de momentos difíciles?

—La tuve con veinte años. Mi madre dijo: «Al menos no tendré que vivir con la ignominia de que seas una madre adolescente». Y, cuando le señalé que ella me había tenido a mí de adolescente, replicó: «Ah, sí, pero eso fue porque yo me casé siendo todavía una niña. Es muy distinto. Eso es respetable. Además, a mí me quedaba mejor el bombo». Discutir con Liz, mi madre, era imposible. No acababas nunca. Era como pintar el puente de Forth. Cuando terminabas una parte, te dabas cuenta de que había que empezar otra.

—Has dicho que «era imposible».

—Sí, falleció hace unos meses.

Roz pensó en el libro de cocina de su madre, en toda aquella vida y conocimientos reducidos a un recetario con comentarios ingeniosos como que los picatostes añaden una textura crujiente.

—Sé que se supone que debo «acompañarte en el sentimiento», pero no me parece que eso se aproxime siquiera a lo que debería decirte.

—Es una pérdida dura —confirmó Roz.

Se acordó de lo que le había explicado su psicoterapeuta de duelo, Toni, acerca de las teorías de Kübler-Ross: la pena por una muerte provocaba un agujero en torno al cual crecías. Y no solo la pena por una muerte, sino por cualquier pérdida. Por la pérdida de la adolescencia cuando se convierte una en madre joven. Por la pérdida de la confianza cuando se es víctima de una violación. Toni había llevado una bolsa con dónuts a una sesión en grupo y le había dado uno a cada asistente.

—¿Qué ocurre cuando te enfrentas al dónut y te lo comes? —les había preguntado.

—Que desaparece —había aventurado alguien.

—Que se convierte en parte del todo —había dicho otro de los presentes, que ya había asistido al curso dos veces.

—Normalmente no estás tan callada, Roz. —La psicoterapeuta tenía azúcar en las comisuras de los labios—. ¿Qué piensas?

—Que nos estamos comiendo nuestra pena, ¿no? —respondió Roz—. ¿Y quién de los presentes no quiere otro dónut ahora mismo? ¿Quién podría comerse un quintal de dónuts, incluso con agujero?

Todo el mundo levantó la mano. Roz no había regresado a las sesiones. La psicoterapeuta estaba equivocada. La pérdida era como un bizcocho circular, no como un dónut. Había un agujero en el medio, pero a su alrededor se formaban montañas. En el nivel rasante, nadie podía decir dónde estaba el agujero. Y las montañas estaban cubiertas de azúcar glas, lo cual hacía que parecieran dulces. Además, hacía falta mucha fuerza de voluntad para no comerse el bizcocho entero de golpe.

—¿Estás bien? —le preguntó Craig, deteniéndola—. Pareces ausente.

—Estaba pensando en el dolor por la pérdida y en las secuelas que nos deja. ¿Qué hay de ti? ¿Qué agujero tienes tú dentro?

Craig reflexionó un instante y luego dijo:

—A mí me persigue lo que no tuve, lo que creo que debería haber sido mi vida.

Su tono estaba impregnado de pena. En el teléfono de Roz sonó un pitido: le había entrado un correo electrónico.

—Es de Laz. La siguiente ola de información, dice.

Al leerlo en diagonal, la sorprendieron varias cosas interesantes.

—¿Algo de utilidad?

Craig empleó un tono raro, como si intentara sonar informal pero ocultara algo.

—Es posible. Tal vez debamos dividirnos e interrogarlos uno por uno.

—Preferiría que no nos separáramos —afirmó Craig. Sus palabras parecían llenas de implicaciones—. Yo no tengo tus habilidades.

—Pues la verdad es que se te da bien. Eres astuto, incisivo y amable.

—Gracias, pero yo me inclino ante tu técnica. ¿No echarás de menos todo esto ahora que te has retirado?

—Intento no pensar en la parte de no trabajar. He trabajado para distraerme toda la vida.

—Entonces, ¿qué vas a hacer?

—Cuidar de mi hija y de mi nieta, leer, pasear... Encontrar un empleo a media jornada donde inevitablemente me aburriré. —Se dio cuenta de cómo había sonado eso—. No me refiero a que Heather y la niña vayan a aburrirme, es solo que...

—Lo entiendo —dijo Craig—. Te gusta tener todo el tiempo ocupado, abarcar más de lo que puedes. A mí me ocurre lo mismo. ¿Y no te gustaría ejercer de detective privada? Aceptar los casos que quieras, marcarte tu propio horario.

—Lo único que hacen los detectives privados es revisar papeleras, sentarse en el coche y comer dónuts mientras esperan a sacar fotografías de alguien teniendo una aventura.

—Pues eso quiere decir que te pagan por comer dónuts. A mí me suena fenomenal.

Roz rio, pero sabía que tenía que pensar en su futuro. Podían quedarle treinta o cuarenta años de vida y estaba sola...

—¿Y qué hay de ti? ¿Tienes algún plan magnífico en lo profesional o en lo personal?

Roz intentó convencerse de que no le estaba tirando la caña, pero lo estaba haciendo.

—Nada por el momento. Tal vez me mude de casa —dijo él, sin picar el anzuelo—. Momentos como este te hacen poner la vida en perspectiva, ¿no crees?

Capítulo treinta y cuatro

En el vagón Club reinaba el silencio cuando Roz entró con Craig. Estaban todos reunidos allí, salvo Beefy e Iain, pero no se respiraba ninguna sensación de comunidad. Se habían distanciado entre sí todo lo que habían podido, cada cual refugiado bajo su propio edredón. El vaho se condensaba en las frías ventanillas y hacía que el blanco paisaje exterior pareciera aún más alienígena. Era como si estuvieran en una habitación vacía, como si fueran las únicas personas que existían en el mundo. Eso o estaban en una especie de limbo y nunca podrían marcharse de allí.

—¿Ya habéis averiguado cómo murió? —preguntó Sally con algo más que una leve impaciencia.

Estaba sentada en el rincón de un reservado, con unas oscuras gafas de sol puestas, el abrigo arrebujado hasta el cuello y el edredón encima.

—No soy forense —contestó Roz con idéntica impaciencia—. Y ha ocurrido algo que complica aún más las cosas.

—Oh, no —dijo Bella y se apoyó en la barra—. ¿Qué ha pasado ahora?

—Grant también ha muerto. Y creemos que lo han asesinado.

Roz observó con atención cómo reaccionaba cada uno de los presentes ante aquella noticia. Hubo lágrimas, miedo, conmoción, incredulidad. Pero sus rostros no fueron especialmente reveladores. Cada uno era como una cumbre envuelta en niebla. Era más fácil conocer las montañas que a las personas. Los peligros de las montañas estaban claros. Si uno decidía escalarlas, tenía que apechugar con las consecuencias.

Entonces el silencio se resquebrajó como el hielo bajo un hacha. Las voces se superpusieron, empujándose unas a otras.

—¿Qué narices está pasando?

—¿Han avisado a la Policía?

—¡Las Navidades en casa a la basura!

Sus comentarios, fueran especiados o punzantes, neutros, avellanados o secos como uvas pasas, se mezclaron en un lodo cacofónico y se convirtieron en un pudin navideño de voces.

Roz permaneció de pie en el centro del vagón, con los brazos en jarras.

—¿Os podéis callar de una vez? Tenemos que colaborar todos.

Su voz sonaba clara. Todo el mundo guardó silencio. Oli, que estaba ordenando el resto de los tentempiés en el bar, intentó no hacer ruido al manipular las bolsas de patatas fritas y frutos secos.

Roz recordó entonces el vómito alrededor de la nariz y por toda la cara de Grant y lo que este le había dicho a Meg en la sala de espera de primera clase al verla con un paquete de cacahuetes: «¿Es que pretendes matarme?».

No sabía mucho acerca del choque anafiláctico, pero sí que podía estrechar las vías aéreas y provocar problemas respiratorios, lo que a su vez podía causar vómitos y asfixia.

—¿Quién le ha llevado a Grant la bandeja a su compartimento esta mañana?

—Yo —contestó Oli, levantando la mano.

—¿Y has sido tú el único que lo ha tocado todo, al menos hasta el momento de entregarle la bandeja a Beefy?

—No, porque estaba solo en el bar. Todo el mundo ha echado una mano.

—¿Todo el mundo? —preguntó Craig.

—Bueno, yo preparé el bocadillo, Beck abrió el champán cuando Grant lo pidió, Ayana buscó una porción de pastel de zanahoria, Ember le dio una magdalena y una bolsa de patatas fritas, Tony le cedió su plátano... Y creo que eso fue todo. Ah, y Liv encontró el agua de Phil.

—Pues sí que sois generosos, teniendo en cuenta que estaba detenido como sospechoso de asesinato —dijo Roz.

—Pero si dijo que estaba muy afectado en su compartimento —replicó Liv con expresión confusa.

—¿Por qué lo preguntas, Roz? —quiso saber Tony.

—Me temo que no puedo responder a eso.

—Cree que lo envenenaron —soltó Blake tras inclinarse hacia delante.

—¿Y a Meg también la envenenaron? —formuló Sam.

Roz esperaba que su voz no hubiera transmitido que podían haberlo envenenado. Como si un asesinato fuera tan fácil de resolver...

—Bueno, es evidente que Iain no fue —sentenció Mary. El gato caminaba sobre el respaldo del banco corrido donde se encontraba ella, enroscando su cola alrededor de la cabeza de su ama—. Estaba en su compartimento. Sigue ahí. Y, además, fue él quien trajo de regreso a nuestro Señor Mostacho. Aunque su raza está adaptada a climas como este, con el pelaje más grueso que pueda imaginarse, el Señor Mostacho podría haberse perdido para siempre. Y eso, para mí, lo convierte en un hombre decente.

—Su sentimiento es muy loable, Mary, pero eso no es ninguna prueba —le rebatió Craig.

—¿Tengo que recordarle, jovencito, que sabe más el diablo por viejo que por diablo? Yo sé calar bien a las personas.

—El Señor Mostacho es un asesino mucho más probable que Iain —remachó Tony—. Siente una desafortunada predilección por las musarañas.

—¿Qué vamos a hacer? —preguntó Bella—. Dos reporteros de la prensa rosa ya se las han apañado para conseguir mi número de teléfono y pedirme algún comentario sobre la muerte de Meg.

Roz se acercó a Bella.

—Espero que no hayas...

—¡Por supuesto que no! —le espetó Bella—. Pero, si descubren también lo de Grant, no me van a dejar en paz. Uno de ellos dijo que iba a ser la noticia más destacada hoy, algo que deberíamos haber previsto. A la gente le encantan las muertes en Navidad. Solo hay que ver *Gente de barrio*.

—Eso era justamente lo que yo decía ayer. —Sam dio una palmada—. El solsticio y, por consiguiente, la Navidad versan en torno a la muerte de la luz y la promesa de su regreso. Tenemos que mirar a la oscuridad para ver la luz.

Blake inclinó la cabeza sobre el hombro de Sam.

—No es momento de plantear tu defensa de *Stay Another Day*. La mojigatería salpicaba el rostro de Beck.

—Bajad la voz, por favor...

Sally tenía la cabeza apoyada con fuerza contra la pared del reservado.

—Deberíamos estar intentando averiguar quién los ha asesinado —observó Ember. Se había puesto la capucha y miraba a su alrededor como si pudiera esconderse del homicida—. Hay un asesino en serie en esta sala y aquí estamos, hablando de *Gente de barrio* y de música pop de los años noventa.

—No quiero sonar pedante, Ember —le dijo Sam—, pero se habla de asesino en serie a partir de los tres asesinatos.

El cabello le caía sobre un lado de la cara como una sombra sobre una media luna.

—Genial, Sam —intervino Beck—. Perfecto. Ahora buscará una tercera víctima.

—No, no. —A Sam le brillaban los ojos por la revelación y el entusiasmo—. Los asesinos en serie dejan pasar un periodo de enfriamiento entre asesinatos, de manera que, si morimos alguno de nosotros, no contaría... Supongo que esto se consideraría un solo evento en un sitio.

—Entonces, ¿a qué nos enfrentamos? ¿A un asesino múltiple? —preguntó Beck.

—Para eso se necesita que los asesinatos ocurran en varias ubicaciones. Y nosotros no nos vamos a ninguna parte. Y se considera asesino en masa a partir de cuatro muertes, más o menos. Todo esto son generalizaciones basadas en el FBI, principalmente.

—Cuatro o más asesinatos —repitió Beck en voz baja.

Parecía serena, pero Roz no acertaba a determinar si era porque estaban hablando de la muerte o porque estaba dejando al descubierto otro punto flaco en sus conocimientos. Por eso justo que debatieran sobre los asesinatos resultaba útil. Roz podía observarlos a todos. Cada uno de sus movimientos.

—Ember tiene razón —dijo Roz alzando la voz—. Estos son los hechos hasta el momento. Son casi las once de la mañana. Hay dos personas muertas. Con toda probabilidad, asesinadas. Y aunque es posible que el asesino pueda ser alguien que se esconde en los alrededores y haya subido al tren, o que pueda haber un segundo polizón que aún no hemos encontrado, todo apunta a que el asesino está entre nosotros. En esta sala.

Roz hizo una pausa para que sus palabras calasen. Phil miró a su alrededor y abrazó a su hijito con más fuerza. Roz pensó en su nietecita, que la esperaba. Si no desempaquetaba aunque fuera parcialmente aquellos crímenes, si no aflojaba siquiera un poco el celo, entonces seguirían allí todos incluso pasado San Esteban.

—Bien —dijo—. Se acabaron las buenas maneras. Necesito que todo el mundo me diga dónde estaba justo después de que el tren descarrilara y quién podría corroborar su coartada. Vamos a solucionar primero eso para hacernos una idea clara de dónde estaba cada uno. Y luego os preguntaré lo mismo, dónde estabais y con quién, en el momento de la muerte de Grant, alrededor de las diez de la mañana.

—¿Cómo? ¿Y tenemos que decirlo delante de todo el mundo? —preguntó Beck.

—¿Por qué lo preguntas? ¿Tienes algo que ocultar? —replicó Blake con una sonrisita.

—Pero ¿a ti qué te pasa? —le espetó Beck, que se puso en pie y se dirigió a él con los brazos en jarras.

Parecía una pistolera pija con deportivas Louboutin.

Blake avanzó unos centímetros con la barbilla erguida. Sam estaba a su lado. Ayana se les unió formando una especie de barrera extraña de cerebritos frente a Beck.

—¡Estáis siendo un engorro todos! —les gritó Roz—. Siéntate de una vez, no es momento de luchas internas estúpidas.

Los estudiantes se callaron y volvieron a acomodarse en sus reservados.

—Empezaré yo —se ofreció Ember. Miraba a Roz con el entusiasmo y la devoción de un cachorrillo en Navidad—. En el momento del descarrilamiento, yo estaba aquí, y después también. En algún momento de la noche fui al lavabo, pero no recuerdo cuándo, creo que durante una ronda de respuestas. Aparte de eso, no salí del vagón Club hasta que llegaste tú.

—¿Y alguien puede corroborar la coartada de Ember? —preguntó Roz.

—Yo —respondió Beck con cierta resistencia—. Me echó de la fila de la conga.

Ember negó con la cabeza.

—Eso no es verdad.

—Da igual —continuó Beck—. Al poco de eso, Meg empezó a gritar y se marchó corriendo, y entonces se produjo el descarrilamiento. Recuerdo ver a Ember después hablando con Liv.

—Sí, es lo que yo recuerdo también —dijo Ember.

—Aunque no me suena ver a Liv bailando la conga —añadió Beck, como si no soportara estar de acuerdo con Ember ni con nadie.

Liv afirmó con la cabeza.

—Estaba muy cansada y decidí irme a la cama, pero cuando llegué a mi habitación tuve un FOMO inmenso y regresé.

—¿FOMO? —preguntó Tony.

—Miedo a perderse algo —dijo Mary—. Hay que estar al día.

—Mi recuerdo de anoche es un poco borroso, pero creo que puedo corroborar que Liv y Ember estaban aquí en el momento de la muerte de Meg, así como Sally, Beck y Aidan.

Craig se recostó en el reservado, con los brazos cruzados relajadamente. Su lenguaje corporal era relajado, pero no dejaba de comprobar su teléfono, de darle la vuelta y de mirarlo de manera subrepticia.

—Sí —intervino Aidan—. Estuvimos hablando sobre la vida universitaria. Craig me estuvo dando consejos.

—Ah, ¿sí? —preguntó Sally, resucitando de su resaca—. ¿Qué tipo de consejos?

—Nada obsceno, no te preocupes —contestó Craig con una sonrisa—. En realidad, justo lo contrario. Le aconsejé a Aidan que se concentrara en los estudios en lugar de..., bueno..., en lugar de en las actividades extracurriculares.

—Pensaba que querías hacer Teatro en Cambridge —comentó Phil.

«Alma cándida...». Al ver su rostro tan sincero y alegre, Roz compadeció a Sally por primera vez desde que la había conocido. Se apostaba lo que fuera a que su vida sexual era muy educada. Se lo imaginó haciéndole una reverencia antes de comenzar el coito y adorando su vulva. Seguro que usaba guantes blancos como un árbitro de billar. Aunque quizá a Sally eso le gustaba...

A Roz se le curvaron las comisuras de los labios, pero logró reprimir la carcajada.

—Creo que Craig no se refería a eso, Phil.

Este se puso como la grana.

—Ah.

—Mamá y yo estábamos en el vagón de butacas cuando se produjo el descarrilamiento —indicó Tony—. Yo no me había dormido, así que puedo confirmar que mi madre no fue a ningún sitio.

—Es poco probable que hubiera podido hacerlo aunque hubiera querido —respondió Mary.

Mary tenía una colección de huesos de dátiles delante de ella, en la mesa. Si alguien hubiera adulterado o envenenado los dátiles, Mary sería su mono de *Indiana Jones*.

Tony sonrió y le agarró la mano, pero no dijo nada.

—Oli estaba conmigo en la cabina del maquinista —dijo Bella.

—No estábamos haciendo nada —se apresuró a aclarar Oli—. Solo le estaba haciendo compañía. Para mantenerla despierta.

—No es que tuviera sueño... —saltó Bella—. Nada de eso. Había tomado suficiente café para mantener los ojos abiertos durante quince días. Aunque tampoco estaba acelerada. Es imposible que pudiera haber esquivado aquel árbol.

—Nadie ha dicho lo contrario —la tranquilizó Roz.

—Vaya, genial. Ahora he quedado como si me pusiera a la defensiva. —Bella miró a Roz y Oli alternativamente—. En cualquier caso, yo no he matado a nadie. Y a las diez, cuando murió Grant, yo estaba al teléfono con el ingeniero mientras Beck me daba la murga con que reparase la calefacción.

—Es que es insoportable —soltó Beck, exagerando el temblor.

Roz se volvió para dirigirse de nuevo a todo el vagón Club.

—Entonces, ¿quién queda sin coartada para ambos casos? Creo que podemos dar por sentada la inocencia del Señor Mostacho..., al menos en lo tocante a matar humanos.

Roz repasó con los ojos al grupo.

—Yo —dijo Ayana, levantando lentamente la mano—. Fui al lavabo después de que Meg se marchara corriendo. Y estaba allí en el momento del descarrilamiento. Salí cuando comprobé que era seguro hacerlo. Pero estaba aquí a las diez, como todos los pasajeros, salvo usted, Iain y Craig.

—Sí, es más difícil evaluar las coartadas del momento en el que creemos que Grant pudo ser envenenado.

Phil levantó la mano.

—Yo estuve en mi litera dormido todo el tiempo. Puede preguntárselo a este pequeñajo. —Le puso una mano en la cabeza a Buddy—. Aunque lo único que dice por el momento es «no», así que me haría un flaco favor. ¿Podrías decir algo que no sea «no», cariño? —le preguntó al crío.

—No —respondió Buddy con una sonrisa que dejó a la vista sus cuatro dientecitos.

—Pues ya lo tienen. No tengo coartada para la muerte de Meg.

—Y, además, él conocía a Meg —añadió Beck mientras sacudía la cabeza; sorbió aire entre los dientes—. ¿No dicen que la gente suele morir a manos de personas que las conocen?

—Pues es muy interesante que saques el tema, Beck —le dijo Roz—. Porque me ha llegado que tú conocías a Grant. Trabajó durante un tiempo para la empresa de tus padres como vendedor de coches, antes de salir por la tele. Aunque al parecer se quedaba algo más que la comisión.

—Eso no tiene nada que ver conmigo —replicó Beck—. Me lo tropecé unas cuantas veces antes de que lo despidieran, eso es todo. Y yo era muy joven cuando trabajó para mis padres. Prácticamente no lo había reconocido.

—Sin embargo, Beck, tus padres sí deben de saber quién era. Porque habrán visto su cara por todas partes. Y tú siempre hablas de lo unida que estás a ellos. ¿No dicen que la gente suele morir a manos de personas que las conocen? —preguntó Ayana, que al instante se tapó la boca con las manos, a un tiempo consternada y emocionada.

Se diría que hacer de detective le estaba gustando más de lo debido.

—Y parecías conocerlo bien en la grabación en directo de Liv. Grant te tenía rodeada con el brazo.

—Venga ya, pero si debía de hacerle lo mismo a todas las mujeres en todas partes cada viernes por la noche —replicó Beck con un desprecio tan cortante como el aire.

—Es un poco sospechoso, Beck —apuntó Sam—, que estuvieras aquí compartiendo espacio con Grant teniendo en cuenta que estafó a tus padres. Eso es un móvil.

—Somos de la misma ciudad y ambos regresábamos a casa para

pasar las Navidades —ladró Beck—. Las posibilidades de viajar en el mismo tren en tales circunstancias se multiplican de manera exponencial. Deberíamos concentrarnos en el hecho de que Grant asesinara a Meg.

—Grant salió del vagón Club para ir tras ella —intervino Liv, que parecía morirse de ganas por participar en la conversación como una adulta—. Yo lo vi.

—¿Significa eso entonces que hay dos asesinos? —preguntó Ember y se tapó con el edredón hasta la nariz—. ¿O solo uno?

—No lo sé —Beck habló con unos ojos afilados como la hoja de una espada—. Pero hay una persona que no tiene coartada para ninguno de los dos casos.

—Ah, sí —respondió Roz—. Yo.

Capítulo treinta y cinco

—Sé que quiere que nos quedemos aquí, Roz —dijo Beck, que se puso en pie y se dirigía al centro del vagón Club—. Pero, dadas las circunstancias, creo que tendríamos que hablar de ello.

—De acuerdo, pero yo preferiría que estuviéramos todos seguros y en un mismo sitio. No solo el tren no es seguro, sino que, además, no sabemos qué peligro afronta el asesino o los asesinos. —La mitad del vagón murmuró dándole la razón. El resto de los murmullos sonaban más ambiguos—. Pero está bien, charlemos.

—Me refería a hablarlo sin su presencia. Resulta que aparece usted aquí, nos interroga y nos dice lo que debemos hacer, dónde podemos y no podemos ir, y es usted quien no tiene una coartada para el momento de la muerte de Meg, mientras que la mayoría de nosotros sí. Podría ser la asesina e intentar inculparnos a uno de nosotros.

—Eso es un poco fuerte, Beck —dijo Craig, que se puso al lado de Roz.

—¿En serio? Pues ha sido muy rápida señalándome a mí con el dedo, cuando podría ser ella. Al fin y al cabo, Roz fue quien nos pidió que le lleváramos comida y bebida a Grant. ¿Y si había planeado envenenarlo de antemano y nos tendió una trampa?

—Eso no suena ni probable ni lógico —rebatió Sam.

—¿Qué posible razón podría tener Roz para matarlos?

Craig cruzó los brazos. Roz habría querido ponerle las manos en los hombros y descansar allí.

—¿Quién sabe? —Beck hizo gesto de duda—. Quizá su amiga pueda proporcionarnos información con vínculos espurios entre ellos. Pero, hasta que lo sepamos, ¿consideráis todos que Roz es la persona adecuada para estar investigando este asunto? ¿Quién nos dice que no está ocultando pruebas?

—Roz es una exagente de policía con extensa experiencia —dijo Craig— y que sabe exactamente cómo proceder en estas situaciones. Es justo lo que necesitamos.

Y ahora el circo se volvía en su contra. Fantástico.

—Gracias, Craig, pero no tengo ningún problema en retirarme y dejar que se encargue de todo la Policía. Tengo otras cosas de las que preocuparme.

—¿Más importantes que dos muertos? —inquirió Beck con escepticismo.

—Deja ya de darte aires —le espetó Ayana, que al instante pareció asombrada consigo misma.

Siempre era interesante ver qué afloraba en momentos de estrés, esa parte de nosotros que permanece encerrada en el interior y de repente encuentra todas las puertas y ventanas abiertas.

—Has preguntado si Roz tenía alguna razón para matarlos —le dijo Sam a Craig—. Pero ¿la gente siempre tiene razones para matar?

—Pocas personas piensan cuando matan —respondió Roz—. Pueden aducir alguna razón *a posteriori*, pero «razón» no es sinónimo de «lógica».

—Entonces son excusas.

Sam asintió, con aire pensativo.

—¿Podríamos dejar de filosofar? —intervino Sally—. Quiero irme a nuestro compartimento y dormir hasta que nos rescaten.

—Sigo considerando que lo más sensato es que nadie regrese a sus habitaciones ni al vagón de butacas —opinó Roz—, para asegurarnos de que estamos todos seguros.

—Yo he pagado por un compartimento con cama y me voy a dormir —insistió Sally—. No puedes impedírmelo.

—Lo mismo digo —se sumó Beck—. Esto es una pérdida de tiempo. Vamos a tener que repetirlo todo cuando llegue la Policía.

—Es una medida de seguridad —defendió Roz—. Mirad la espiral en la que entran las cosas cuando nos perdemos la pista unos a otros.

Mary afirmó con la cabeza, despacio.

—Somos un colectivo. Y juntos tenemos más fuerza.

—Entiendo lo que dice —dijo Sam—. Pero preferiría que nadie nos ordenara lo que tenemos que hacer. Es una cuestión de principios.

—¿Y si estar aquí pudiera evitar nuevas muertes? —le replicó Roz, con la frustración desbordándola y permeando su voz—. ¿Eso no es una cuestión de principios?

—La libertad individual es el principio más elevado —terció Beck, que cada vez recordaba más a una joven *tory* que lanza retórica a diestro y siniestro en un club de debate.

—¿De verdad son necesarias todas estas discusiones? —preguntó Mary. El Señor Mostacho empezaba a contagiarse de su agitación y movía la cola adelante y atrás—. Roz solo intenta ayudar. ¿Es que no lo veis?

—Pero retenernos aquí es un secuestro —respondió Aidan, al parecer satisfecho de tener algo que aportar al debate.

—Yo no diría que lo sea. —Roz suspiró.

Beck dio una palmada.

—Propongo que vayamos todos a nuestros compartimentos y dejemos de hablar de todo esto. O que salgamos a la nieve a estirar las piernas. Que cada uno haga lo que quiera. Vivimos en un país libre, ¿no? ¿Por qué no nos quitamos de en medio de los demás hasta que lleguen la Policía y los ingenieros?

—Espero que seas consciente de que eso es exactamente lo que diría un asesino para dividir a todo el mundo —comentó Mary, sacudiendo la cabeza de lado a lado.

—¿Quién viene conmigo? —La sonrisa de Beck cuando Sally, Phil, Liv y Aidan se dirigieron a la puerta tenía algo de maléfica. Los estudiantes también la siguieron. Ayana se encogió de hombros mirando a Roz y salió del vagón—. Ya puede irse a la cama, Roz. Aquí no la necesitamos —le dijo Beck con petulancia antes de cerrar la puerta a su espalda.

Capítulo treinta y seis

El asesino caminó de un lado para otro en el vestíbulo, intentando librarse de la adrenalina a escondidas, como un preso que excava en el patio de la prisión. Todo el mundo se dispersaba por el tren. Tenía la sensación de que volvía a respirar.

Por fin estaba muerto. Grant ya no existía. Después de todo aquel tiempo, de tanto desearlo y planearlo, había desaparecido. Pero no se había marchado como había planeado. Y eso le daba ganas de vomitar.

No obstante, no podía mostrar sus sentimientos. Tenía que ocultar la euforia, el dolor y la confusión sobre qué hacer a continuación, sobre la mejor manera de proceder. Tenía que actuar con normalidad, fuera cual fuese la normalidad en unas circunstancias tan anómalas. Al menos sabía guardar secretos. Llevaba muchos años guardándolos. Pero los secretos eran como las abejas que criaba su madre durante su infancia. Zumbaban en el interior y podían apaciguarse con humo y azúcar, con palabras edulcoradas, pero, en algún momento, salían de la colmena, clavaban el aguijón y morían.

Aquel secreto tendría que preservarlo para siempre.

Deseó poder hablar con Roz de ello. Ella sabría qué hacer. Pero eso significaría rendirse. Y no entraba en sus planes rendirse.

Miró por la ventanilla hacia los vagones: los pasajeros regresaban a sus habitaciones. Todos parecían conmocionados, intentaban entender qué sucedía casi tanto como el propio asesino. Quizá eso también fuera lo mejor. Mientras reinase el caos, nadie notaría el pánico que borboteaba bajo su piel ni el miedo subyacente a este ni el alivio que sentía más profundo que el miedo. Y nunca debían notar en su corazón esa tristeza que nunca lo abandonaría ni esa sensación de estar pasando por el mundo sin pena ni gloria.

Capítulo treinta y siete

—Siento lo que te han hecho —dijo Craig cuando Roz se sentó, agotada, en uno de los reservados—. Están asustados.

Roz notó la calidez en su manera de hablarle y la percibió en su mirada. Le tendía la mano. En parte, le habría gustado correr hacia él, pero a otra parte aún mayor le aterrorizaba lo que podía comportar la intimidad.

—Eso ya lo sé —le espetó. Craig reculó—. Lo siento —se disculpó y se frotó los ojos—. Estoy muy cansada.

—Por eso he decidido quedarme, para ofrecerte mi solidaridad y apoyo moral.

—Y recibirás doble ayuda por mi parte —anunció Mary, que se sentó muy lentamente al lado de Roz—. Los vejestorios tenemos que hacer piña. Esas chiquillas se creen que lo saben todo y aún no han aprendido nada. Y sus madres no son mejores que ellas. Pero los vejestorios... Los viejos sí que sabemos. Por eso le damos tanto miedo a la gente e intentan invisibilizarnos. No saben que entonces es cuando tenemos más poder. No pueden detenernos si no nos ven. Nos colamos a través de su red. Somos como fantasmas que atraviesan puertas cerradas.

—Usted no se parece a la mayoría de las ancianas que conozco —le confesó Roz—. Y se lo digo con el máximo respeto.

—Y yo te devuelvo ese respeto por triplicado.

El Señor Mostacho saltó al regazo de Roz y empezó a darle cabezazos en la mano para que lo acariciara.

—Bueno, ahora ya sé seguro que tú no mataste a nadie —bromeó Mary—. El Señor Mostacho es incluso mejor que yo juzgando a las personas.

—En realidad, eso no importa. No debería haberme metido en este embrollo. Debería habérselo dejado a la Policía.

No era su circo. No era su mono. Debería tatuárselo en la muñeca con caligrafía circense. Sería su primer tatuaje. Heather diría que tenía la crisis de la mediana edad, a lo que Roz respondería que esperaba que así fuera, porque eso significaría que viviría hasta los cien años.

—Has hecho algo, no te has rendido. Y eso es lo importante.

A Roz le sonó el teléfono, vibró en la mesa entre ellos. El nombre de Ellie apareció en la pantalla por fin. Craig miró el dispositivo y luego a Roz con cara de interrogante.

—Es mi futura... nuera.

Craig hizo un asentimiento y Roz se puso en pie. El corazón le latía con fuerza mientras se dirigía a un rincón del vagón.

—Ellie, cielo, ¿qué...?

—Soy yo, mamá.

Heather sonaba sin aliento, como si le hubieran arrancado las palabras de las entrañas.

—Ay, cariño. ¿Cómo te encuentras?

—No, mamá. ¿Estás tú bien?

No podía esquivar la pregunta.

—Estoy bien. Pero tú me preocupas.

—Entonces, ¿no estás en el tren de la muerte?

—¿Qué?

—Está en todas las redes sociales. La comadrona me lo ha dicho cuando le he comentado que venías hacia aquí en el nocturno. Había visto en las noticias... que dos personas famosas... han muerto a bordo de un tren nocturno que está atrapado en las Highlands.

Heather hablaba con la respiración entrecortada.

—¿Dos?

—Entonces, ¿es verdad?

—Acabo de encontrar a la segunda. Pero nada de esto debería haber salido a la luz.

Los jóvenes habían estado sentados mirando sus teléfonos durante la reunión en el vagón Club. Podría haber sido cualquiera de ellos. Y Craig también había estado toqueteando su móvil.

—Mamá, no te pasará nada, ¿verdad?

—No te preocupes. Voy a pararle los pies a quienquiera que esté haciendo esto.

—¿Qué quieres decir? No estarás haciendo ninguna estupidez y poniéndote en peligro, ¿verdad?

A escasa distancia, un monitor empezó a emitir sonidos de alarma.

—Por favor, no te preocupes, todo irá...

Se sumó una segunda alarma, esta más fuerte.

Roz escuchó pasos corriendo hacia Heather. Y el silbido de una cortina que se corría y descorría. Unos médicos preocupados hablaban entre sí, murmuraban acerca de las dosis.

—¿Qué está pasando? —preguntó Roz.

Alguien pronunció las palabras «convulsiones» y «coma». Roz gritó:

—¡Cielo...!

Y se cortó la llamada.

—¿Qué ha pasado? —preguntó Craig, que se acercó deprisa—. ¿Heather está bien?

—No, está... —Roz se detuvo. Algo no le cuadraba—. ¿Cómo sabes que se llama Heather?

Craig pestañeó.

—Acabas de decirlo.

—No, no lo he dicho. Y antes también has mencionado su nombre. —Revisó los acontecimientos mentalmente—. Justo después de ver el nombre de Ellie en la pantalla, pero ¿cómo sabías que la pareja de mi hija se llama Ellie?

Craig parecía a punto de protestar, pero se detuvo.

—Lo siento, Roz. Llevo intentando hablar contigo desde anoche, pero no he encontrado el momento oportuno. ¿No me has reconocido?

Roz sintió que se mareaba, que perdía pie. ¿Y si era él? ¿El hombre que la había violado cuando estaba embarazada, el hombre que le había arrebatado tantas alegrías y tanta vida?

Lo miró bien y supo que no era él..., pero también se dio cuenta de quién era.

—Ay, Dios —dijo.

Estaba mirando al padre de Heather.

Roz salió dando un traspié del reservado, con los ojos anegados de lágrimas. Corrió por los pasillos mientras sacaba la tarjeta para abrir la puerta de su compartimento. Lo único que quería era echarse a dormir y despertarse cuando el tren estuviera en Fort William. Sabía que había preguntas que formular: ¿por qué estaba allí? ¿Cómo había localizado a Heather? ¿O había sido Heather quien lo había buscado a él? Pero no podía ponerse a investigarlas, no en aquel momento. Craig se había pasado todo el tiempo con ella haciéndole preguntas y ni siquiera había caído en quién era. Beck tenía razón, no debería ser detective.

Capítulo treinta y ocho

—Así que has logrado salirte con la tuya —dijo el asesino mientras la persona que lo estaba chantajeando se le acercaba por el pasillo.

Fingía estar tranquilo, pero el corazón le iba a mil por hora. Esa persona se le había acercado antes y le había dicho lo que había visto. Y había sido lo suficiente como para preocuparle.

Su chantajista sonrió.

—Supongo que lo que intentas decir es «gracias». Te voy a responder con un «de nada».

—Entonces, ¿me estás haciendo un favor por el hecho de guardar silencio?

—Prefiero pensar que nos estamos haciendo un favor mutuo.

—O podemos llamarlo por su nombre: chantaje.

La persona se llevó un dedo a los labios y señaló hacia la puerta.

Se acercaban otros dos pasajeros, riendo. Al pasar a su lado, el asesino miró por la ventanilla. El sol despuntaba entre las nubes de nieve, la ventisca había amainado y ahora neviscaba. El Beinn Dòrain contemplaba el tren con una indiferencia gélida.

¿Cómo sería estar en la cima? Allí arriba, donde solo llegaban las nubes y las águilas. ¿Cómo sería estar envuelto en nieve y frío, en la manta más esponjosa hecha para matar? Parecía la manera más sencilla de librarse de todo aquello. Escalar y escalar. Con la esperanza de nunca llegar a lo más alto.

Cuando los dos pasajeros se marcharon, el asesino le dijo a su chantajista:

—¿Qué quieres?

—Aquí no —le respondió mirando alrededor—. No querrás que nos oigan...

—Y supongo que tú tampoco...

—Tú tienes mucho más que perder que yo. ¿O prefieres que vuelva con Roz y le diga: «Ay, no me acordaba, ¡qué descuido! ¿Adivina a quién he pillado adulterando el champán de Grant»?

El asesino imaginó la reacción de Roz y luego pensó que cuando se explicara quizá incluso se mostraría comprensiva e intentaría ayudarle. Pero no podía asumir ese riesgo.

—De acuerdo. ¿Y ahora qué?

—Vamos a mi habitación. Tengo información en mi maleta que necesito darte.

—Primero debo hacer algo —respondió el asesino—. Me reuniré allí contigo dentro de quince minutos.

Capítulo treinta y nueve

A Roz le sacan a la bebé de dentro, pero no puede verla. Y tampoco la oye. Nota el vacío en su barriga y la quietud en la habitación. Hay quince personas sin rostro y ninguna de ellas parece respirar.

—Quiero cogerla —dice Roz, pero su voz queda atrapada tras la máscara.

Intenta alargar los brazos, pero se los retienen unos tubos y unas máquinas que exhalan y silban.

Su madre le acaricia el cabello y mira hacia donde se han llevado a la niña. Alguien susurra:

—Venga, pequeña, venga.

Cuando se oye el llanto, Roz nota que se le llenan los ojos de lágrimas y le sube la leche. Sus pechos se vuelven duros como una roca. Pero la comadrona no sonríe. Dice:

—Ese llanto significa que necesita oxígeno, no puede respirar.

Entonces la comadrona le enseña a Roz una criatura como un gorrioncillo envuelta en un arrullo de mantas azules. Huele a raíz de lirio y a manzanilla.

Colocan a la bebé en una camilla de plástico y se la llevan rodando de allí. A Roz se le retuercen las entrañas. Las ruedas de la camilla chirrían en el pasillo y el sonido se metamorfosea en el grito de Roz.

—¡Socorro! —gritó alguien—. ¡Llamad a Roz!

Se escucharon pasos que corrían. Puertas que se abrían y cerraban con portazos.

Roz se enderezó de golpe en la cama, arrancada de un sueño merecido. Alguien había muerto. Heather había muerto. O la bebé. O las dos. Estaba segura.

Se dirigió tambaleándose hacia la entrada. No sabía cuánto tiempo había estado dormida. No el suficiente. Ayana corría de un lado a otro del pasillo aporreando las puertas. Tenía los ojos desorbitados. Agarró a Roz por el brazo y la arrastró consigo. Al pasar por delante del compartimento de Sally y Phil, la puerta se entreabrió un poquito y luego volvió a cerrarse.

Pero Phil se estaba abalanzando contra la puerta del compartimento de Beck y Ayana. Consiguió romperla y cayó al suelo del ímpetu.

—¡Oh, no! —gritó—. ¡Que Dios nos ampare!

Roz corrió hasta allí. Beck yacía contra la escalera de la litera. Tenía la boca abierta y el aspecto desconcertante de una muñeca de ventriloquía abandonada. Le habían clavado unas tijeras en un lado del cuello y le caía sangre por la clavícula.

Roz notó que una descarga de adrenalina la atravesaba como una bala y expulsaba de ella cualquier rastro de sueño. Dio un paso adelante y se agachó para tomarle el pulso a Beck en la muñeca. Ya no quedaba nada en su cuerpo. Ni siquiera su amargura.

Phil se frotaba el hombro con gesto de dolor.

—Qué daño. Debería haberle pedido a Beefy que lo hiciera él otra vez. —Miró a Beck y apartó la vista, estremeciéndose aún más—. No quiero que Liv ni Aidan vean esto.

Roz evaluó la ropa de Beck, las arrugas y el ligero desgarro en una manga, indicativo de que se había defendido. Tenía cortes y marcas de sangre en las palmas, como si hubiera levantado las manos para protegerse de las tijeras, y había huellas en la cama. Probablemente se había desangrado enseguida, pero siendo consciente de lo que le estaba pasando. Sabiéndolo todo incluso en el momento de morir.

Roz repasó entonces la habitación con la mirada. Había salpicaduras de sangre en el suelo, desde donde se habría tambaleado. La puerta que comunicaba con la habitación de Blake y Sam estaba entornada. Había prendas de ropa y cuadernos de crucigramas y preguntas por todas partes. Costaba determinar si era el resultado de un altercado o simplemente el desorden de dos jóvenes.

—¿Alguien ha tocado algo? ¿Alguien ha movido o se ha llevado alguna cosa? —le preguntó a Ayana.

La chica echó un vistazo a la habitación, pero sobre todo comprobó la litera superior, de puntillas.

—Creo que no.

—¿Qué buscas? —quiso saber Roz.

—Es mi cama. Solo miraba si se habían llevado mis cosas.

Era evidente que mentía.

—¿Y qué hay de las cosas del suelo?

—Estaba más o menos así la última vez que vine —respondió Ayana.

Eludía algo importante.

—¿Y cuándo fue eso?

—Antes de que nos reuniéramos todos para hablar en el vagón Club.

—¿Qué pasó cuando saliste del vagón Club?

—Estuve hablando con Liv y Aidan fuera, pero me estaba helando, así que vine a buscar algo de ropa. Descubrí que la puerta estaba cerrada por dentro y la de la habitación de Blake y Sam también. No podía usar la puerta que las comunica.

—Entonces, ¿Blake y Sam están en otra aparte?

Ayana asintió con frenesí. También parecía cargada de adrenalina.

—Están haciendo una guerra de bolas de nieve junto al barranco.

Menudo momento para hacer una guerra de bolas de nieve.

Pero cada cual reacciona de un modo distinto a la muerte. Quizá pretendían volver a la infancia.

—¿Crees que Beck cerró la puerta por dentro? —preguntó Roz.

—No lo sé —contestó Ayana, incapaz de apartar la mirada de las tijeras clavadas en el cuello de Beck.

Eran unas tijeras raras, con los dedales en forma de alas de cisne. Roz las había visto antes en las manos de Meg mientras recortaba las muñecas de papel. Ayana apartó la vista con un estremecimiento y se volvió hacia Roz.

—Recuerdo que Meg comentó en el vagón Club que no encontraba sus tijeras.

—¿Cuándo fue eso?

La chica frunció el ceño y desvió los ojos hacia la izquierda mientras revisaba sus recuerdos.

—Poco después de que desengancharan los vagones, creo.

—¿Dijo algo de si sospechaba quién podía habérselas cogido y cuándo?

Ayana negó con la cabeza.

—No.

Roz registró la información y cambió de tema.

—Por lo que yo he podido ver, no te llevabas precisamente bien con Beck.

—Sí, supongo que ninguna de las dos se esforzaba por mantenerlo en secreto.

—Lo primero que pensé cuando os vi a los cuatro fue: «Esos cerebritos van a dar problemas».

—«Cerebritos». Me gusta cómo suena.

—Pero no te gustaba Beck...

—Cuesta estrechar lazos con alguien que no quiere que prosperes. En un momento dado incluso llegó a decirme que quería ser la única chica en el equipo.

—¿Qué?

—Ya lo sé. No tiene sentido. Pero le gustaba ser especial por una u otra cosa. Deseaba ser famosa.

—Ahora lo será.

La fotografía de Beck saldría en todos los diarios el día de San Esteban. Y también en las redes sociales. Los mundos de Meg y Beck colisionarían en la muerte. Parecía tan joven vista así. Roz habría querido peinarle el cabello, apartárselo de la cara y recogérselo en una coleta. Pero no podía tocar nada.

—¿Viste algo que pueda ayudarnos?

—Nada —respondió Ayana.

Y así fue como Roz supo que mentía. La gente siempre ve algo, aunque se descarte porque se trata de un detalle aleatorio e irrelevante.

Roz bajó la voz.

—Puedes decírmelo, ¿sabes? Si sucedió algo. Cuéntamelo e intentaré ayudarte.

Detectó indecisión en el rostro de Ayana. Entonces la joven pareció resolver sus dudas y respondió:

—Si recuerdo algo, se lo haré saber.

Ayana tenía información, Roz estaba segura de ello.

—Hazlo. Ahora tenemos que llamar a la Policía para ponerlos al corriente. Para que estén preparados cuando lleguen.

Tres cadáveres que retirar. Y, por el momento, ningún asesino que arrestar.

—Supongo que será mejor que se lo comuniquemos a los demás —dijo Phil.

—Haced lo que queráis —respondió Roz—. Yo ya no estoy al mando.

—Pero ¿qué se supone que debemos hacer?

Parecía confuso.

—No es mi circo, Phillip.

—Tenía razón —admitió Ayana mientras se deslizaba un anillo por el dedo—. Deberíamos habernos quedado en el vagón Club todos juntos.

—No me digas... —replicó Roz.

Capítulo cuarenta

El asesino se sentó en un rincón del reservado. Meg estaba muerta. Grant estaba muerto. Beck estaba muerta.

Nada había salido según lo planeado. Tanta preparación y aquello era un absoluto caos. La muerte engendra muerte. Era lo que siempre decía su madre. Pero su madre también decía que las desgracias siempre vienen de tres en tres. Deseó que aquel fuera el punto final. No creía poder aguantar más. Nadie más debía morir.

Pero no sabía si podría detenerse.

Capítulo cuarenta y uno

El aliento de Roz, que estaba de nuevo en su compartimento, se condensaba. A aquellas alturas, la temperatura en el interior del tren apenas era un poco superior a la del exterior. Se subió a la cama y se metió bajo las mantas. Se le ocurrió que la gente nunca pierde la tierna lógica de niño pequeño de que, bajo un edredón, una manta o una piel, los monstruos no pueden atraparte. Pero, a veces, los monstruos comparten cama contigo. Y, desde luego, también habitan tu mente.

Le habían llegado otras dos fotos al teléfono. Una era de Heather en la cama, dormida, tan hinchada y llena de cables que parecía una patata germinada. Roz había llorado al verla y había cerrado los ojos, como si así pudiera alejarse de aquella imagen.

Había mirado la otra foto. La pequeñita sin nombre dormía en una incubadora. Tenía un tubo pegado a la nariz para poder suministrarle el alimento directamente a su diminuto estómago. En la imagen siguiente, que lo más seguro era que la hubiese tomado una enfermera neonatal, la mano de Ellie aparecía metida a través de un ojo de buey y tocaba la cabeza de la niña.

Heather todavía no había estado con ella. Roz sabía lo que se sentía. Heather había nacido con el cordón umbilical enrollado al cuello y se la habían llevado para ponerle oxígeno. Supo entonces, como ahora, que era necesario hacerlo. Literalmente vital. Pero había gritado con el corazón, con todo el cuerpo. Y no sabía si alguna vez había dejado de hacerlo.

El teléfono de Roz sonó. Era Ellie quien llamaba. Se preparó. Respondió:

—¿Ellie? ¿Qué sucede?

—Por el momento la han estabilizado. —Se le notaba el agotamiento en la voz—. Ha dejado de tener convulsiones, pero sigue en estado crítico. Tiene la tensión arterial demasiado alta y la función hepática baja.

Al menos era algo.

—¿Y cómo está la niña?

—Es asombrosa —respondió Ellie con una voz más alegre y llena de admiración—. Me cuesta creer que sea tan resiliente.

«Eso es buena señal —pensó Roz—. Tendrá que ser resiliente».

Y en voz alta dijo:

—Lo estás haciendo fenomenal, Ellie. De verdad. Estoy inmensamente agradecida de que estés ahí para Heather. No podría tener una nuera mejor.

—Gracias. Ya sabes cuánto las quiero. A las dos. Voy cambiando de una cama a la otra, intento ser el cordón que las conecta. Pero me da la sensación de que no consigo nada.

—No desistas. Es lo único que puedes hacer.

—¿Y qué hay de ti? ¿Algún indicio de que el tren vuelva a ponerse en marcha pronto o de que arresten al asesino?

Roz detectó la esperanza en la voz de Ellie. Probablemente quería ir a ver a Heather con buenas noticias. Y, bueno, al menos Roz no tenía más malas noticias que darle.

—Lo último que he sabido es que los ingenieros están a un par de horas de distancia. —Entonces, cambió de tema—. ¿Podrá coger Heather a la niña pronto? Supongo que ayudaría.

—A Heather aún no pueden moverla. En la Unidad Neonatal me han dicho que podemos llevarle a la bebé esta noche para que la vea.

—¿Crees que podrías pasármela? —preguntó Roz—. Me encantaría hablar con ella.

—No sé si es lo más recomendable después de... —Ellie no dijo «después de la última vez que habéis hablado», pero Roz lo oyó—. Está muy cansada. ¿Qué te parece si te llama ella cuando esté lista?

—Lo que tú consideres mejor. Y, además, estaré ahí con vosotras pronto.

Compartieron un breve silencio. Roz pensó en lo difícil que estaría siendo para Heather no poder coger en brazos a su hija y en cuánto le había costado a ella misma adaptarse justo después de dar a luz. También en cómo el nacimiento de la bebé había atomizado en microepisodios sus recuerdos de la violación. Del momento en que la drogaron. Del hecho de no poder resistirse. De que otra persona estuviera moviendo su cuerpo. Había querido tener a Heather, pero, de alguna manera, la relacionaba con una violación. En su corazón, la habían separado de su propia hija. El trauma se adhiere al trauma. El tejido cicatricial se une al tejido cicatricial. Era momento de sanar.

—Tengo que dejarte, cielo —dijo—. Dales un beso a mi hija y a mi nieta de mi parte.

Roz apenas había colgado cuando la llamó Laz.

—He seguido investigando y tengo algunos datos más para ti.

Roz notó una puñalada de culpa, como si le clavaran unas tijeras.

—Gracias, te debo una. Pero ya no lo necesito. Estoy retirada oficial y extraoficialmente. Ha muerto otra persona más y, aunque seguro que no podría haberlo evitado, tampoco he ayudado.

Y era Nochebuena y su hija podía estar muriéndose. ¿Qué sentido tenía intentar salvar a los que ya estaban muertos?

—¿Estás segura? Porque tengo algunas perlas...

—Segura.

—Te lo envío de todas maneras. Y espero que puedas llegar a casa pronto. Estaré atenta a las noticias cuando digan algo sobre el tren de la muerte.

—Feliz Navidad, Laz.

El sol había vencido a la nieve por el momento y estaba en su punto más alto, asomándose entre las nubes y bañando el compartimento con una luz pálida. No tardaría en acostarse, temprano, como un niño que espera a Papá Noel, y la nieve volvería a recuperar su fuerza.

Roz se hizo un ovillo en la cama. Tenía muchos planes para las celebraciones de aquella noche, planes similares a los que Liz solía hacer en Nochebuena. Enhebrar granos de maíz en largos hilos y, en lugar de usarlos como guirnaldas para decorar el árbol, intentar comérselos mientras alguien los sostenía solo de un extremo. Tomar un chocolate a la taza con nata montada. Y permanecer despiertas hasta ver una estrella fugaz.

No había motivo para no poder hacer lo mismo en San Esteban, Fin de Año o incluso las próximas Navidades. Pero la noche cargada de magia era Nochebuena.

Por los pasillos, los gritos sobre el asesinato de Beck recorrían el tren. No cabía duda de que uno de ellos informaría a la prensa de que el tren de la muerte golpeaba de nuevo. Los obituarios elogiarían a Beck, la joven «brillante», la «estrella en ciernes». Como todas las estrellas, su resplandor era ahora cosa del pasado.

Alguien aporreó su puerta.

—¿Roz? —Era Ember—. ¿Vas a salir?

Roz no respondió. Ni siquiera sabía qué más podía hacer. No estaba ayudando a nadie.

Las suaves pisadas de Ember se esfumaron en la distancia.

Se oyeron otros golpes en la puerta, distintos. Roz no respondió. No se movió.

Sonó entonces un correo electrónico de Laz con el asunto «¡Feliz Navidad, tren de la muerte!», pero no lo abrió. Tenía el cubo de espejo en la mano y ni siquiera conseguía reunir fuerzas para moverlo. No quedaba nada más que girar y encajar en su sitio. El cubo era lo único que brillaba en aquella habitación. Claramente, y era lo único que tenía claro, ya no servía como agente de policía. Tampoco era mejor como madre. Y ahora ya no la necesitaban como abuela. Aunque tampoco había nada que indicara que eso fuera a dársele mejor.

No tenía ni cincuenta años y no servía para nada. No la querían en ninguna parte. Nadie la quería.

¿Cómo se lo había montado su madre? Había cuidado de Heather y del *pub* mientras Roz ascendía lentamente en el escalafón de la Policía. Y había logrado hacerlo todo quejándose solo la mitad del tiempo.

«Mi madre sabría qué hacer en esta situación». Igual que decía que en su libro había una receta para cada ocasión y emoción, también tenía un consejo para cada situación.

Roz respiró hondo, abrió el libro y fue a parar a las últimas frases que había leído antes de abandonarlo.

Estoy cabreadísima contigo, Rosalind. Furibunda, la verdad. Soy una anciana a quien apenas le quedan unos días de vida, tengo las entrañas carcomidas por un maldito cáncer y el corazón desgarrado por una hija que no es consciente de cuánto la valoran y la adoran.

Como sabes, siempre he creído que viviría para siempre. O, como mínimo, hasta los cien años. Un siglo es una porción de tiempo decente. Menos parece un descuido. Pero así es la vida, ¿no? No se puede llevar una vida de sometimiento como Michael Sheen. A menos que seas él, aunque yo lo considero igualmente una vida de sometimiento. Sí, claro. Ya lo sé, Rosalind, casi puedo oírte diciéndome «¡Mamá!» y sacudiendo la cabeza como sueles hacer. «Pero si eres mi madre. No deberías decir esas cosas, menos aún de un tesoro nacional como Michael». Pronto descubrirás que ser abuela no cambia quién eres. O no debería hacerlo.

Si has abierto este libro esperando que fuera un manual de instrucciones para ser abuela, debes saber que no encontrarás en estas páginas nada de lo que buscas. No sé nada. En serio. Puedo explicar cosas que he ido averiguando durante toda una vida de sinsabores, pero ni yo misma seguiría mis propios consejos. Nunca lo he hecho. Tal vez no te hayas dado cuenta, pero te admiro. Tienes claro lo que quieres en la vida. Sé la abuela que mejor te funcione a ti y a la siguiente pequeña Parker. Me da mucha pena no llegar a conocerla, pero de alguna manera sé que estaré ahí, en las nanas que le cantéis y en los cuentos que le contéis. Y en este libro. Porque contiene todo lo que he hecho por ti y por Heather, así como tazas de sabiduría recogidas de mis errores. Comete muchos errores, Rosalind. Y con frecuencia. Y nunca dejes de ser quien eres para ser otra persona o quien crees que deberías ser. Porque eso nunca funciona. Descubre tus puntos fuertes y aprovéchalos. Tienes muchos. Nadie es capaz de atar cabos como tú. Nadie defiende a las víctimas como tú desde aquel día en un parque de Kilmarnock, durante unas vacaciones, cuando te dieron un puñetazo mientras intentabas ayudar a un niño. No debería haberte reñido aquel día ni las otras muchas veces que viniste a casa con rasguños en las piernas o moratones. No debería haberte dicho que parecías un marimacho. No debería haber hecho muchas otras cosas. No debería haberme deleitado cuando Heather se caía y acudía a mí. Y me regodeaba. Es cierto. Lo lamento muchísimo. Siempre me sentiré culpable por eso y por mucho más, pero al menos he dejado algo que te lo dice, algo para redimirme. Lo siento. Soy un ser humano que no entendió bien algunas cosas, pero también que te quiere muchísimo. Prepara estas recetas pensando en mí. Y vuela alto durante esta época de viejecita. Con todo mi amor y muchos besos,

Mamá

Roz se sentó con el libro abierto en el regazo. Liz había escrito «muchos besos» y su nombre ella misma. Era como si estuviera allí, con ese olor a perfume de zarzamora de The Body Shop que hacía años que habían dejado de vender, sentada en aquella mesa, rodeando con un brazo a Roz por los hombros.

Culpa. La sentía todo el mundo que cuidaba de niños. Y no solo ellos. La culpa discurría por pueblos y sociedades enteras como un arroyo y todo el mundo bebía de sus aguas. Nadie es inocente.

Se acordó entonces del ejemplar de *Asesinato en el Orient Express* de Ember y de que todos los personajes de aquel libro eran culpables. Incluso Poirot y la ingenua de grandes ojos.

Tuvo un cosquilleo en la nariz. Casi lo tenía. Su instinto le gritaba: «¡No te rindas!». Había algo en los ojos abiertos como platos de Meg...

Roz revisó todas las publicaciones de la estrella en los últimos tres meses. Saltaba a la vista que cobraba mucho dinero de sus patrocinadores, pero sus vídeos de TikTok en los que se la veía dulce y excéntrica antes y después de aplicarse el maquillaje mientras bailaba tenían mucho gancho, y su canal de YouTube era como el libro de recetas de la madre de Roz. Aparentemente solo se veía a Meg sentada a una mesa, mirando intensamente a la cámara, bien iluminada, con cosméticos de gama alta. Pero aportaba su toque personal a cada vídeo. Al verla aplicarse una sombra de ojos, con la boca abierta y sacando un poco la lengua en gesto de concentración, Roz se recordó contemplando el mar en Grecia y entendiendo por primera vez la belleza del color azul. Y ese toque especial también estaba presente cuando Meg se pintaba los labios en medio de una «resaca de mil pares de demonios, creedme, me está jodiendo a base de bien». Había recibido el pedido de comida en casa mientras se ponía un pintalabios rojo oscuro y, al ponerse en pie para ir a abrir la puerta, había dejado ver que su top brillante de marca iba conjuntado con un pantalón de pijama gris y unas pantuflas chapuceras.

—Ahora ya lo sabéis —había dicho y había guiñado el ojo a la cámara antes de alejarse.

Luego había regresado con una bolsa llena de comida, había

sacado un pan *naan* y, tras anunciar lo blandito y esponjoso que estaba, había apoyado sus labios en él. Al levantar la cabeza, su expresión era de auténtica paz y en el pan había dejado impreso un beso borroso. Podría haber cortado la imagen, haber editado el vídeo, pero, en lugar de ello, lo había conservado, había decidido mostrar su verdadero yo. Los comentarios iban desde los que aplaudían su autenticidad a los que la llamaban «asquerosa» y «rara».

Incluso Roz, cuyo uso del pintalabios se limitaba a un desacertado tono blanco que regalaban con la revista *Cosmopolitan*, se sintió atraída por un vídeo en el que Meg se probaba distintos colores. La chica también había mostrado su vulnerabilidad e ingenuidad al revelar las cosas que detestaba de sí misma, al demostrarles a los demás que ella también acumulaba complejos. No soportaba tener los ojos tan pequeños (Roz se los había visto y no pensaba que lo fueran en absoluto) y la barriga «blandita». En ese momento se la había cogido entre los dedos pulgar e índice para mostrar lo gorda que estaba (que no lo estaba). Era un gesto que mucha gente con problemas de peso o de alimentación reconocía y había generado un montón de comentarios de odio.

Pero nada de aquello acercó a Roz a la solución, apenas sacaba algo en claro; era como un copo de nieve derritiéndose en su lengua. Tenía algo delante de las narices, simplemente debía encajar las piezas.

Cogió el cubo de espejo y empezó a girarlo mientras revisaba las fotografías que había sacado de Meg y de su habitación.

Volvieron a llamar a la puerta. Quienquiera que fuera tampoco se daba por vencido.

—¿Quién es? —preguntó Roz.

—Craig. Solo quiero saber cómo estás. Y explicarme.

Roz suspiró. Quizá pudiera ayudarla.

—Pasa.

Craig entró en la habitación con un termo y una lata en las manos. Se los ofreció a Roz.

—Oli ha pensado que tal vez te apeteciera un poco de chocolate caliente con un dedo del *whisky* que te gusta. Y yo te he preparado un sándwich de queso. —Hizo una pausa y sacó un tarro del bolsillo de su chaqueta—. Y unas cebolletas encurtidas que al principio dejan solo un cosquilleo pero luego pican de verdad.

Roz lo aceptó todo riéndose y se sonrojó. Craig recordaba las primeras palabras que le había dicho al entrar en el bar. Mientras sostenía la taza en equilibrio sobre su regazo, vertió el chocolate humeante. Era un chocolate denso, de color marrón oscuro bordeando el púrpura, y el *whisky* serpenteaba por él como un río por un barranco.

—Sé que tenemos que hablar de muchísimas cosas —reconoció Craig—. Y también sé que no lo gestioné bien cuando descubrí quién eras en el vagón Club. Debería habértelo dicho al instante.

Roz rememoró el momento.

—Fue cuando te mencioné que a mi hija la estaban preparando para hacerle una cesárea urgente. Me pareció que te preocupabas por mí.

—Y así era. Pero de repente todo encajó. Heather me había explicado lo maravillosa que eres la primera vez que hablamos por teléfono, después de que me localizara. Me dijo que tenías el cabello blanco y gris, y que se te encrespaba en los días húmedos. Y que resplandece como un diente de león bajo la luz invernal.

—¿De verdad Heather te dijo eso?

—Bueno, no exactamente. Más bien que tenías un cabello cano temperamental, pero he pensado que así sonaba más romántico.

Guardaron un silencio apacible. Roz lo interrumpió para preguntar:

—¿Cómo te localizó?

—Le contaste que me apellidaba Douglas y que estudiaba música en Edimburgo, y también que era un año mayor que tú. No era tan difícil.

Se miró las manos y se toqueteó con el pulgar y el índice de una el dedo anular de la otra.

—Lo entiendo. Y te preguntarás por qué no me puse en contacto contigo cuando descubrí que estaba embarazada.

Craig asintió.

—Te habría apoyado. Habríamos podido hacerlo juntos. Sé que solo fue una noche y no la recuerdo muy bien, más allá de tu pelo, de tu risa y de tus ojos, y de que me lo pasé francamente bien, pero habría sido un buen padre.

—Ya lo sé.

—Entonces, ¿por qué no me lo dijiste?

—Iba a hacerlo. Al principio me quedé muy impactada y pospuse contártelo. Y justo cuando acababa de decidir quedarme a la bebé y buscarte ocurrió algo. Algo que lo destrozó todo.

Craig hizo un asentimiento de comprensión.

—Puedes contármelo.

Roz sintió pánico y notó que le volvían los recuerdos.

—No puedo. Todavía no. Por ahora, lo único que me gustaría que supieras es que yo quería que las cosas fueran de una manera muy distinta.

—Fuera lo que fuera, Grant volvió a desencadenarlo, ¿no es cierto?

—Sí. Y te lo explicaré, pero primero necesito explicárselo a Heather. Le he ocultado cosas desde hace demasiado tiempo. Aunque ella también me ha ocultado que te había localizado. ¡Espera un momento! ¿Cómo te encontró? ¡Si te llamas Craig y estudiaste Derecho en Londres!

—Craig es mi segundo nombre, no me gustaba Douglas, y sí que hice el curso puente a Derecho en Londres. Pero Heather debe de haber heredado de ti las dotes de detective, porque contactó con la universidad y me encontró a partir de lo que le dijeron.

—Qué rara es la vida. Uno nunca sabe lo que puede pasar.

—Como de costumbre, Sam dijo algo inteligente anoche acerca de una de las parcas, Átropos, creo, que es la encargada de cortar el hilo de la vida. Deberíamos disfrutar de la vida mientras tenemos ese hilo en nuestras manos.

Roz se detuvo en seco, pensativa. Luego revisó en su móvil las fotografías de la habitación de Meg tras su muerte.

—Repite eso.

—¿El qué?

—Eso del hilo de la vida. He visto esa palabra en alguna parte, atro... algo.

—Átropos. Era una de las respuestas del concurso, pero estoy bastante seguro de que para entonces tú ya te habías ido. Es una de las tres parcas. Las moiras.

—¿Moira como «abuela» en gaélico?

Craig rio.

—Blake lo mencionó, sí, y luego Sam dijo que podía haber alguna conexión, porque a Átropos se la consideraba la vieja de aquella diosa triple.

—Sam me deja tan atrás que estoy en otra estación.

—Y a mí.

Roz notaba un hormigueo en todo el cuerpo. Tenía lo que necesitaba. Le faltaba encajarlo. Y entonces descendió la claridad del aire de la montaña. Había visto aquella palabra dos veces, en dos lugares distintos. Empezó a revisar las fotografías que había tomado de la habitación de Meg.

—¿Qué buscas?

—Atropa. Está escrito en el recipiente que hay en el suelo de la habitación de Meg y estoy segura de que lo usa en la fotografía que le sacó Liv.

Roz repasó las imágenes hasta el último milímetro, ampliándolas para examinar cada cosmético, ungüento y poción desparramados por el suelo, como si toda la habitación fuera un bolso de mano gigantesco.

Y allí estaba. Hizo *zoom* a la imagen de un frasco de colirio Mujeres Bellas Atropa, «para lucir unos ojos grandes y brillantes». Hizo una captura de pantalla y luego revisó las fotografías de Liv. En ellas, Meg volcaba aquel mismo frasco sobre sus ojos inyectados en sangre antes del trágico desenlace. Y, por si eso fuera poco,

Atropa también aparecía listada como una de las marcas utilizadas al principio de su retransmisión en directo.

Roz buscó esa marca en internet y encontró un encantador sitio web propiedad de una cooperativa de mujeres en Guernesey que elaboraban artesanalmente sus cosméticos con altos concentrados de hierbas orgánicas y silvestres.

Le mostró a Craig la página del colirio. Este abrió los ojos como platos.

—Mujeres bellas como en...

—Belladona, sí. Recuerdo haber leído que en el Renacimiento, y en épocas anteriores, se utilizaba para dilatar las pupilas, para fingir que las mujeres estaban excitadas. —Roz no pudo evitar preguntarse si también ella tendría las pupilas dilatadas—. A menudo se utilizaba erróneamente en cantidades tóxicas y podía provocar la muerte.

—Pero eso no puede pasar ahora, ¿no? Tiene que ser seguro si lo venden... No se puede echar veneno en los ojos de la gente así sin más...

—No es ilegal cultivarla y su uso debería estar controlado. Pero este producto es artesanal, quizá no esté regulado. Quizá se equivocaron con la dilución en este lote. O quizá la potencia de las hierbas silvestres varíe.

—Tal vez Meg fuera alérgica... —sugirió Craig.

Aquel hormigueo revelador otra vez. Roz revisó las referencias a la belladona.

—Es una solanácea —dijo con gesto triunfal.

Craig la miró confundido.

—Creo que Meg era alérgica a las solanáceas.

—¿Y cómo los sabes? ¿Lo había dicho en TikTok o algo así?

—Grant le pidió a Oli que le llevara comida sin pan, patata ni tomate. Lo del pan probablemente fuera para mantener la línea, pero tanto las patatas como los tomates son solanáceas.

Roz buscó rápidamente en Google «solanáceas» y «envenenamiento por belladona».

—Todo encaja —afirmó tras leer los distintos tipos de solaná-ceas y los síntomas de envenenamiento—. Unos niveles tóxicos pueden provocar fallos respiratorios, alucinaciones y visiones.

—Como imaginar a Grant entrando por una puerta cerrada —dijo Craig—. Entonces, ¿la muerte de Meg fue accidental?

—Creo que sí. Creo que intentó abrir tanto los ojos que murió.

—¿Y qué hay de los otros dos? No pueden ser accidentes tam-bién, a menos que murieran de alergias raras o envenenados.

Alergias. Eso era.

—No creo que fueran accidentes. Pero vas por el buen ca-mino. Y creo que yo también, gracias a ti y a la última informa-ción que me ha enviado Laz. —Roz se puso en pie; notaba que la recorría una certeza que hacía mucho tiempo que no sentía—. Casi lo tengo. Voy a necesitar reunir a todo el mundo en el vagón Club una vez más para interrogarlos, pero antes necesitamos de nuevo los guantes. Hay que registrar el tren.

Capítulo cuarenta y dos

Sabía que Roz le pisaba los talones. Avanzaba estación a estación. Estaba registrando todas las habitaciones del tren. Aquello concedió al asesino tiempo para ordenar sus pensamientos y andar por las Highlands mientras podía. Casi se sintió aliviado de que lo atraparan. Pero todavía tenía que asegurarse de borrar todas sus huellas y dejar a la vista solo las que le interesaba revelar.

El asesino sacó la lengua y esperó a que un solitario copo de nieve besado por los pinos aterrizara en ella y se derritiera. Luego avanzó por la nieve, notándola crujir bajo sus pies, pateando un reguero de recuerdos de su infancia. Las Navidades blancas habían sido algo habitual mientras vivían en Glencoe. Recordó momentos de fiesta y alegría: se vio mirando por la ventana una mañana de diciembre y viéndolo todo cubierto de blanco, como si hubieran depositado sábanas sobre todo el paisaje y hubieran pintado el cielo de gris. Se vio también regresando a casa tras la misa del gallo con el humo del incienso impregnándole la ropa y copos de nieve sobre la piel. Y se observó patinando sobre hielo en medio de una ventisca y agarrándose de la mano de su amiga como si fueran lo único auténtico en el mundo.

Y entonces le asaltaron otros recuerdos que se adhirieron a los buenos. De debajo de la hiedra de las Navidades pasadas, salieron todos los recuerdos negativos, amenazando con imponerse. El asesino los contuvo de nuevo. Los metió como muelles en una caja y cerró la tapa con fuerza, esperando que no volvieran a saltar.

En su mente cambió de rumbo. Decidió tomarse las cosas a la ligera y con sencillez.

Allí las Navidades no eran como diciembre en Londres, donde uno podía darse por afortunado si caía escarcha antes de San Esteban. Las Navidades en el sur del país eran como los amoríos: húmedas, lloviznosas y, en última instancia, decepcionantes. En cambio, el asesino conocía aquella nieve de siempre, una nieve tan profunda que era imposible saber dónde estaba el suelo.

El Beinn Dòrain lo contemplaba desde las alturas. Sabía lo que había hecho, pero no revelaría nada. Conservaría todos aquellos secretos bajo su pico, bajo el hielo. Haría falta un corrimiento de tierras o una avalancha para sepultar el tren, las muertes y el ataque. El asesino deseó poder volar hasta la cima de la montaña como una bruja, ser libre antes de que lo encerraran.

Las puertas del tren se abrieron.

—Vamos a reunirnos —le dijo Roz—. ¿Vienes?

Hablaba con un tono despreocupado, ligero. Quizá Roz no supiera lo que había hecho, cómo se habían producido las muertes.

Quizá, solo quizá, pudiera salirse airoso de todo aquello.

El asesino miró por última vez la montaña y luego caminó pesadamente hacia el tren.

—Voy —dijo.

Capítulo cuarenta y tres

Roz acabó de leer el último correo electrónico de Laz y miró a su alrededor en el vagón Club mientras los pasajeros y el personal se acomodaban en los reservados y los asientos. Todo el mundo llevaba puesto su abrigo y se tapaba con edredones, algunas personas incluso con dos. Phil intentaba distraer a Robert fingiendo ser Papá Pig al tiempo que cambiaba al bebé en el banco corrido. Ember estaba leyendo, con la capucha puesta y la cabeza gacha. Los cerebritos que quedaban estaban en un reservado, en silencio. Aidan y Liv estaban inclinados en otro y Oli permanecía detrás de la barra, sacando brillo a unos vasos ya brillantes. Tony estaba sentado a horcajadas sobre un taburete y Mary estaba sentada en un asiento con una sonrisa benévola en la cara. Roz se preguntó si Mary querría adoptarla.

—Gracias a todos por venir —dijo Roz, dirigiéndose con paso firme hacia el centro del vagón.

Recordó todas las reuniones de evaluación de la situación que había mantenido en la comisaría y supo que no era la primera vez que había un asesino entre los presentes cuando se dirigía a ellos. Unos años antes, un caso macabro la llevó a descubrir que su sargento era un asesino en serie. De ahí que le hubiera costado tanto tiempo confiar en su sustituta, Laz.

—He tenido una revelación sobre todo este asunto, motivo por el cual he solicitado que nos reunamos todos aquí. Sospecho que también será el motivo por el que algunos de vosotros os sentís igual de culpables que Krampus, pero sin su capacidad para disfrutarlo.

Buddy empezó a llorar y Roz perdió el hilo. El llanto del bebé la arrojó como una bola de nieve contra las fotografías de su nieta atrapada en una caja de plástico, intentando respirar por sí sola.

Sacudió la cabeza para expulsar aquellas imágenes de su pensamiento. No era el momento de pensar en eso.

—¿Por dónde iba? —preguntó.

—Estabas diciendo que alguno o algunos de los presentes somos culpables —le recordó Sam.

—Gracias, Sam. Y gracias también por ilustrar lo que iba a decir. Expresas las cosas con una claridad y una certeza tan reveladora que es muy fácil creer que eres completamente inocente. Pero, gracias a vuestro concurso, cerebritos, ahora sé que para tener los ojos bien abiertos solo hay que usar los cosméticos adecuados.

—No recuerdo que eso saliera en el concurso —terció Ayana.

—Meg era una embajadora de marca de muchas empresas de cosméticos naturales pequeñas, además de otras grandes. En esta ocasión, en un día en que habló de tener los ojos rojos y parecer cansada, utilizó, de manera frecuente y generosa, como podéis ver en algunas fotografías y en vídeos grabados anoche, una nueva marca de colirio que sospecho que contenía una elevada concentración de belladona, una solanácea mortal. Por lo general, es seguro utilizarla en pequeñas dosis, pero si se expone a dosis más elevadas a personas sensibles a ella, básicamente se vuelven psicóticas: tienen alucinaciones, sudan y el corazón se les acelera. Sospecho que Meg estaba a punto de asfixiarse incluso antes de descarrilar. Debía de estar muy inestable ya entonces, e incluso más cuando nos detuvimos. Se golpeó la cabeza, pero la ausencia de sangre sugiere que para entonces ya estaba casi muerta, si no muerta del todo. Y sospecho que los arañazos que encontramos en su cuello se los hizo ella misma, quizá intentando librarse de unas manos imaginarias que creía que intentaban estrangularla.

—Entonces, ¿nadie mató a Meg? —preguntó Phil, con una expresión evidente de alivio.

—No. Pero sí que alguien mató a Grant y a Beck. Y creo que esa persona llevaba un tiempo con la diana puesta en Grant y asesinó a Beck para tapar sus huellas.

—Creía que habías dejado de investigar —apuntó Sally, probablemente preocupada por no haber hablado suficiente en los últimos diez minutos.

—Las cosas han cambiado. Necesitamos colaborar y hacerlo rápidamente para asegurarnos de que no se produzcan más muertes.

—Tres muertes en un día. Eso no es un descuido. Eso es negligencia. Y nunca habría ocurrido si este tren contara con los niveles adecuados de seguridad —denunció Sally mirando fijamente a Bella y Beefy.

—Yo hago lo que puedo —respondió Beefy a la defensiva—, pero no puedo proteger a todo el tren a la vez.

—No veo la necesidad de hostigar a Beefy —opinó Mary—. Ha derribado más puertas y ha visto más horror hoy que tú en toda tu vida.

Ayana, Sam y Blake hicieron un corrillo. Se miraban como si se estuvieran transmitiendo mensajes por telepatía. Aunque a Roz no le habría sorprendido que lo hicieran.

Y así era como tenía que reflexionar sobre aquel crimen. Tenía algunas pruebas, suficientes para tener un sospechoso, pero le parecía una resolución forzada. Como si las pegatinas de espejo del cubo de Rubik no estuvieran en su sitio. Resuelto y sin resolver. En una investigación normal, contaría con un equipo para explorar todas las conexiones posibles entre las víctimas y los sospechosos. Era como bajar las lucecillas de colores del altillo en Navidad y descubrir que no funcionan, por lo que tienes que probar cada bombilla por separado hasta detectar dónde está el fallo.

Cuando se establecía la conexión, cuando todas las historias de fondo cuadraban, se hilaba todo y las luces volvían a encenderse, iluminando todo lo demás. Pero allí solo estaban ella, algo de información y su instinto.

En un rincón de la sala, Craig le hizo un gesto de asentimiento. Era el momento de comprobar las luces, de ver cuáles se encendían y cuál causaba el cortocircuito. De comprobar cuál hacía intermitencia.

—He recibido información sobre vosotros y me gustaría formularos a todos algunas preguntas.

Se produjo un intercambio de miradas. De miradas culpables. Roz llevó un registro de todas ellas, como si estuviera observando trenes.

—¿Quién es tu fuente de información? —quiso saber Sally—. ¿Es fiable?

La idea de que Laz fuera fiable la hizo reír.

—Impecable. Os recuerdo que pertenecía a la Policía metropolitana y, por consiguiente, tengo acceso a una red sin parangón de informantes.

Pareció bastar para callar a Sally.

—Hay una institución que vincula a prácticamente todos los presentes —continuó Roz.

—¿De cuál se trata? —quiso saber Craig.

—De la Universidad de Londres.

—¡Venga ya! —se quejó Ayana—. Pero si es gigante. Es como si dijera que la conexión entre todos nosotros es Londres...

—A simple vista, parece una respuesta sensata —dijo Roz—, pero me refiero a una de sus principales instituciones, el King's College de Londres. Nuestros cerebritos estudian allí. Mary hizo su doctorado allí, especializada en Edith Morley...

—Edith Morley fue la primera profesora universitaria de Inglaterra —aclaró Sam con entusiasmo.

—Gracias, pero ya lo sabía... —le respondió Mary con sequedad.

—Lo siento, no he podido evitarlo. No pretendía hacer un ejercicio de condescendencia machista...

—Mi Phil trabajaba en Goldsmiths, no en el King's College —dijo Sally—, así que si ese es el criterio que está aplicando, él queda descartado.

—También ha ejercido como tutor en el King's College este trimestre.

—Seguro que te acuerdas, cariño —dijo Phil—. El sobresueldo salía del curso de los martes.

—Pues yo sigo sin entender cómo encaja —dijo Blake frustrado—. Mucha gente estudia ahí.

—Y mucha gente trabaja ahí también —respondió Roz—, incluida Ember.

Ember afirmó con la cabeza.

—Sí. Trabajo en el Departamento de Informática. Pero no he visto a ninguno de los aquí presentes en el campus.

Miró a su alrededor mientras daba golpecitos nerviosamente con el pie en el suelo.

—Es cierto... Es tan grande que yo incluso me he perdido algunas veces —dijo Phil. Buddy gorgojeó y Phil añadió con la vocecilla de hablarles a los bebés—: ¿A que sí, pequeñajo?

—¿Y cómo encajan Meg y Grant en todo esto? —preguntó Sally.

—No estoy segura en el caso de Meg —respondió Roz—. Pero, según mi fuente, a Grant le habían acusado de varias agresiones. La investigación policial que se llevó a cabo no arrojó resultados y Grant amenazó con una denuncia cuando dos periodistas localizaron a más víctimas. Una de esas acusaciones procedía de una alumna anónima o de alguien del personal del King's College de Londres. Mi fuente aún no ha sido capaz de averiguar de quién se trata, pero lo hará.

—A mí me parece que está más claro que el agua, papá —dijo Aidan—. A Meg le gustabas y nos tuvimos que mudar. Luego, su novio lo descubrió, se puso celoso y te insultó. Quizá lo agrediste.

—¡Aidan! —lo reprendió Liv—. Estás hablando con papá.

—No hay pruebas que me vinculen con nada —dijo Phil, pero sudaba a pesar del frío. Se le habían formado gotas en la frente—. Además, Tony también forma parte del personal.

—No exactamente. Estoy en la junta. ¿Y qué hay de las estudiantes? A Grant parecían gustarle jovencitas.

—¿A qué te refieres? —preguntó Craig.

—Oí el rumor de que estaba besuqueándose con una de las aquí presentes —dijo Tony, intentando no mirar a Ayana—. Y también anduvo tonteando con Beck y Liv.

—Algunas personas te vieron con Grant, Ayana —dijo Roz—. ¿Fue consensuado?

—Por supuesto —respondió Ayana—. Me hacía sentir bien. Todo el mundo aquí tenía bien claro que su relación no funcionaba y me dijo que iba a romper con Meg después de Navidades. Añadió que hacerlo antes sería cruel, y a mí me pareció muy considerado. Íbamos a tener una cita el próximo año.

—¿Y qué hay de ti, Liv? —preguntó Roz—. Tony ha dicho que Grant también estaba tonteando contigo.

—Lo oí meterse con ella, eso es todo —aclaró Tony—. Le dijo que tenía que madurar.

Liv se encogió al lado de su hermano.

—Sí, me dijo que debería divertirme más.

Roz recordó a Grant intentando hacer que Liv cantara con él y a la muchacha apartándolo de sí.

Ember gruñó y sacudió la cabeza.

—Tenéis suerte de que esté muerto. Habéis tenido la suerte de escapar fácilmente. Creedme, sé de lo que hablo.

Roz se dirigió despacio hacia Ember y se agachó a su lado. La agarró de las manos.

—Sabes por qué quiero hablar contigo ahora, ¿verdad?

Ember asintió con la cabeza.

—Debería haberlo visto mucho antes y lamento no haberlo hecho. Quizá todo esto podría haber acabado mejor. Quizá deberíamos hablar en privado.

—¿Fuiste tú la empleada del King's College que lo acusó de agresión? —preguntó Sally, acercándose a Ember y señalándola con el dedo—. Porque entonces deberías decirlo y borrar toda sospecha sobre Phil. No es justo someterlo a escrutinio.

—Mamá, no es justo que le pidas eso a Ember —dijo Liv en voz baja—. La han agredido, no debería tener que hablar de eso delante de nosotros.

Liv tenía razón. Roz no sería capaz de hablar de su violación delante de todos aquellos desconocidos. Ni siquiera había sido capaz de hablar abiertamente de ello con su madre, por no mencionar ya a su hija, sus amigos o sus colegas.

—Tienes razón. Eso sería forzarla en otro sentido. —A Roz le pesaba tanto la tristeza que apenas pudo pronunciar aquellas palabras. Le parecía todo muy injusto—. ¿Me acompañas, Ember?

Ember siguió a Roz al pasillo. Habían estado allí juntas la noche antes, comentando que no sabían cómo Meg podía aguantar a Grant y ahora parecía que era Ember quien no había podido aguantarlo.

—¿Tienes alguna prueba de que lo maté? —preguntó Ember en voz baja.

—No tenía nada concreto hasta que registramos tu habitación y encontramos un mortero con migas de cacahuete. Sospecho que el laboratorio determinará que salieron de una bolsa. Y, como ya sabemos, Grant era alérgico a los cacahuetes.

Ember asintió con la cabeza y luego dio media vuelta rápidamente y apretó el botón para abrir la puerta.

—No huyas, Ember —le gritó Roz mientras una ráfaga de aire frío entraba en el vagón—. No te ayudará.

Ember saltó del tren a la nieve.

Roz pensó por un momento en dejarla ir, en observarla escapar corriendo por la nieve y esperar que la providencia, la naturaleza, Papá Noel, Dios o cualquier otra cosa intangible la protegiera. Y, si todo eso fallaba, que el Beinn Dòrain la reclamara. Pero no era lo correcto ni justo. Había que hacer justicia o, de lo contrario, Roz no podría vivir consigo misma.

Saltó a la nieve, que había seguido acumulándose y ahora le llegaba ya por las rodillas. La nieve caía directamente sobre ella, dificultándole el movimiento y la visión. No obstante, por delante de ella, Ember era un objetivo rojo delgado.

—¡Ember! —le gritó Roz—. ¡No irás a ninguna parte!

Ember aceleró. Roz hizo lo mismo, intentando no pensar en que ninguna de las dos sabía por qué terreno pisaban ni qué había bajo la nieve. Desconocían qué agujeros, obstáculos y secretos ocultaba. En lugar de ello, Roz se centró en el abrigo rojo, repitiéndose como un mantra, de manera rítmica, una oración que decía: «Se salvará, tiene que salvarse, se salvará, tiene que salvarse», pero sin saber muy bien si se refería a Ember, Heather, su nieta o a sí misma.

A Roz le ardían los pulmones. Cada respiración entrecortada le costaba más, como si el frío le estuviera robando el aliento para calentarse. Estaba en forma, pero no estaba entrenada para condiciones como aquella. Londres no te preparaba para las Highlands. Las montañas tomaban lo que daban. Sabía que debería sentirse en su elemento, que aquella era la tierra de su madre y de su abuela antes que ella, un linaje de mujeres con la nariz torcida que corrían por el mundo intentando hacerlo suyo.

Se acercaba. La mancha roja del abrigo estaba más cerca. Quizá Ember se estuviera cansando.

Roz se obligó a avanzar más rápido, a ignorar el frío que le desgarraba la piel.

—Ember, ¡por favor! ¡Puedo ayudarte!

Pero Ember no la escuchaba. Ahora quedaban a la vista formaciones rocosas. Se acercaban a la base del Beinn Dòrain. Mientras Roz se apartaba a un lado para evitar una gran roca, tropezó en otra. Cayó y gritó. Su grito reverberó en las montañas, como si amplificaran su dolor.

Roz estaba bocabajo en la nieve, que le llenaba la boca y los ojos. Intentó ponerse de pie, pero notó un calambre en el brazo. Se había golpeado el codo con una piedra. Y la cabeza también. La sangre teñía de rojo la nieve.

«Sigue», se dijo.

Poco a poco se apoyó en sus rodillas rasguñadas y, con gesto de dolor, se levantó. El abrigo rojo se hallaba apenas unos metros por delante de ella. Y se movía. Quizá Ember se hubiera rendido. Quizá se hubiera detenido para comprobar si Roz estaba bien.

Jadeando y escuchando voces detrás de ella, que podían ser el viento, personas que acudían en su ayuda o los fantasmas de sus antepasados animándola, Roz saltó sobre Ember.

Pero Ember no estaba allí. El abrigo rojo vacío yacía en el suelo, abrazándose con sus propias mangas. La mujer que nunca se quitaba la prenda se había desprendido de su propia piel y se había marchado sola.

Capítulo cuarenta y cuatro

Ember ya no notaba frío. Corría montaña arriba, volando como un tren que nunca llegaría al final de su trayecto. Algo debía de estar ayudándola: una diosa vengadora. Quizá solo fuera que por fin había encontrado fuerzas para avanzar. No sabía qué haría cuando llegara a la cima. Quizá lanzarse al vacío y entregarse al Beinn Dòrain.

No. Eso sonaba mucho a nombre de hombre, aunque fuera el rey de la montaña. Se entregaría a Munro, pero a ningún hombre. Se jugaría la vida por su bondad.

Oía a Roz llamarla, y deseó podérselo explicar todo. Por qué había hecho lo que había hecho.

Pero no había palabras ni tiempo. No cargaría a Roz con la verdadera historia. Porque eso era lo que sucedía: si le contabas a alguien tu historia, algunas palabras se le quedaban grabadas. Era inevitable. Y esos términos se acumulaban, uno tras otro, como copos de nieve que se convertían en una ventisca de malos tratos.

Solo en una habitación en penumbra, de madrugada, quienes habían sido tratadas como la nieve sobre la que algún hombre ha orinado escribiendo su nombre se atrevían a hablar.

Si lo hubiera contado cuando pasó, si hubiera denunciado a Grant a la Policía, quizá nada de aquello habría ocurrido. Quizá Meg no lo habría conocido. Y él no tendría que haber muerto.

Pero Ember sabía lo que habría sucedido. Pasaba cada día en

los tribunales y los abogados tergiversaban las palabras de las víctimas. Habrían retorcido su vida, los hechos e incluso a ella misma y todo se hubiera convertido en un nudo imposible de deshacer. Habría acabado más deshilachada y despellejada que antes y había decidido protegerse. Y habrían caído más si Grant no hubiera muerto.

Quizá ahora que ya no estaba, Ember podría hablar.

Quizá podría cantar.

Quizá podría rugir.

Ese era su pacto con Dios. Con los brazos abiertos, Ember corrió en dirección a la montaña.

Probó a cantar, en voz baja al principio, con una voz débil como el solsticio de invierno. Lo intentó de nuevo, y su voz sonó más fuerte, adquirió resonancia. Y entonces lo probó una vez más.

—¡Me violó! —gritó. Su voz pareció rodear la montaña, como si un águila hubiera atrapado sus palabras y las hubiera arrastrado como una pancarta—. ¡Me violó!

Al oírse diciendo esas palabras le vinieron más lágrimas, pero estas eran distintas a las que había vertido antes. Eran unas lágrimas llenas de sal, como si estuviera llorando por la esposa de Lot. Procedían de otra capa de ella, más profunda, de los estratos que había enterrado en el fondo de sí misma. Y fluían de ella como lava de un volcán.

—¡Grant McVey me violó!

—¡Lo sé! —le gritó una voz.

Tal vez fuera el Beinn Dòrain. O la propia nieve, porque... quién sabe.

Escuchó pasos acercándose a su espalda.

Ember se dio media vuelta.

Era Roz, que se le aproximaba sujetando el abrigo de Ember en un brazo y con el otro abierto.

—Lo sé —le repitió.

Ember volvió a mirar hacia la nieve arremolinada. Sería tan fácil seguir corriendo y quizá caer o esconderse, dejar que la montaña decidiera su destino. Empezaba a notar calor. Sabía que estaba a punto de sufrir una hipotermia. Era una muerte agradable, según había oído decir, si es que tal cosa puede existir. Caer en el abrazo frío de la madre tierra.

Podía entregarse a la montaña, a la muerte o a Roz. Al menos ahora tenía elección.

Ember empezó a caminar hacia Roz y luego echó a correr.

Capítulo cuarenta y cinco

Roz se mantuvo sólida como una montaña cuando Ember se abalanzó sobre su cuerpo. Ember temblaba, tenía los labios azulados y el rostro de un gris que Roz no quería volver a ver nunca.

—Ya estás a salvo —le susurró Roz—. Todo saldrá bien.

Lo cierto es que no sabía cómo iba a salir, pero ella haría cuanto estuviera en su mano.

Roz metió el brazo congelado de Ember en una manga de su abrigo rojo y luego el otro, cosa que desencadenó en ella vívidos recuerdos de ayudar a Heather a ponerse el abrigo cuando era niña. Reminiscencias de las dos grandes manoplas que colgaban. Roz se las había cosido la noche antes de presentarse al examen de sargento. Se le había olvidado. En su mente, no había hecho nada por Heather. Pero quizá sí hubiera hecho pequeñas cosas. Pequeños actos de amor.

Como cerrarle la cremallera a Ember y ponerle la capucha. O como tirar de los alamares con suavidad para que el círculo de la capucha se ajustara y le protegiera el rostro.

Como tomar de la mano a Ember y echarle el aliento en las yemas liliáceas de los dedos para calentárselos.

Como decirle:

—Ahora vamos a bajar. Despacio.

A sus pies, el río susurraba en el barranco. Aquella noche los Grampianos tendrían historias que contar.

Capítulo cuarenta y seis

Ember se sentó en su cama, con una taza de chocolate en las manos. Las medialunas azules habían desaparecido de los dedos de sus manos y podía volver a mover los dedos de los pies. Sabía que Beefy montaba guardia afuera como medida de seguridad, para evitar que volviera a huir, pero se sentía más segura con él allí. Sobre todo porque la montaña estaba tras ella. La protegía.

Y también la amparaba Roz. Le había explicado a todo el mundo que Grant había agredido a Ember en el pasado y que necesitaba tiempo y espacio para recuperarse de la terrible experiencia de la montaña, un lugar donde no tenía que contar su historia a una multitud. Roz había ido a ver a Ember sola y le había dicho que iba a grabar su conversación, y Ember le había dado su permiso. Roz se lo explicó todo de manera muy clara y con mucha amabilidad. Ember deseó haberse guiado por su instinto y haberle contado a Roz lo de Grant la noche antes, en cuanto supo que Roz había sido agente de policía.

—Empecemos. ¿Qué quieres saber? —preguntó Ember.

—Lo que tú quieras contarme —respondió Roz. Hablaba con una voz suave como la manta de felpa que Bella le había puesto a Ember sobre las piernas. Roz tenía su cubo en el regazo y el resplandor de la nieve que entraba por la ventanilla se reflejaba en su superficie de espejo—. Si hay algo que te resulte doloroso o incómodo de contar, para. No tienes que justificar por qué. Además, solo le contaré a la Policía lo que tú quieras que le cuente —añadió—. No soy yo quien tiene que contar esta historia, eres tú.

Ember recordó la voz de Roz en la ladera diciéndole «¡Lo sé!».

—Pero ¿cómo sabías lo que me había hecho? —le preguntó Ember.

—Como he dicho antes, había señales que debería haber reconocido. Y haber actuado en consecuencia.

—¿Qué señales?

—Por ejemplo, el hecho de que no quisieras irte a la cama y te quedaras en el vagón Club cuidando de Liv y de Meg. Te vi comprobar si Beck y Ayana estaban bien. Sabías lo que se sentía y tenías la sensación de tener que estar vigilante.

—Es que tenía que estar atenta.

—No debería ser cosa tuya. Es él quien debería haberse controlado.

—Por supuesto que eso es lo que debería haber pasado —respondió Ember.

—Y había otras señales, además. Tus llantos y tu nerviosismo o que no te quitaras el abrigo. Todas esas pequeñeces que no significan nada necesariamente, porque podrías ser alérgica a los cantantes de villancicos o resfriarte con facilidad, pero, sumadas a algunas otras cosas, como lo que dijiste de que hablar no te había llevado a ninguna parte... Debería haber estado más atenta cuando Meg dijo que Grant te estaba prestando atención, pero lo achaqué a su confusión y a sus alucinaciones.

Ember se mecía adelante y atrás.

—Debería haber sido más valiente. Debería haberla llevado a su habitación y haberle explicado lo que había pasado de verdad, lo que Grant me había dicho. Al menos entonces habría podido resucitarla o pedir ayuda cuando estaba teniendo alucinaciones. Podría haber hecho algo. Quizá habría evitado que muriera.

—Creo que la autopsia determinará que no habrías podido

hacer nada. Tenía visiones. Incluso podría haber pensado que la estabas atacando. Podríais haber muerto las dos.

—Pero ahora ya no podemos.

—No, ya no. —Roz hizo una pausa para reflexionar y luego continuó—: Has dicho que podrías haberle explicado a Meg lo que había pasado de verdad, lo que había dicho Grant. ¿Me lo puedes contar a mí?

—Ahora entiendo que, desde donde estaba Meg, podría parecer que Grant me estaba besando el cuello. —Ember se llevó una mano a la boca como si quisiera frenar una arcada. Tragó saliva—. Lo siento. Solo de pensar en ello...

—Tómate el tiempo que necesites.

—Me tenía agarrada por la cintura, con fuerza. Se agachó hacia mí, pegó su boca cerca de mi oído —Ember se estremeció y su balanceo se volvió más frenético— y me susurró: «Me acuerdo de ti. No vales ni para volverte a follar».

Ember observó a Roz asimilar sus palabras. Asintió despacio, sin decir nada.

—No tienes que contármelo si te abruma.

—Sucedió hace cinco años, antes de que fuera muy famoso. Yo quería comprar un coche y se las apañó para venderme un viejo Nissan y también para venderse él mismo. Y yo lo compré a ciegas. Decía todo lo que yo quería oír. Era dulce. Parecía ser cariñoso y encantador. Esos hombres que te hacen sentir realmente especial. Me dijo que le encantaban las mujeres mayores, porque le enseñaban cosas.

Ember tragó saliva. Volvía a temblar y Roz la abrazó hasta que dejó de hacerlo.

—En la primera cita fuimos a un anticuario y pasamos el día siguiente vagando por Spitalfields, explicándonos cosas sobre nosotros. Los grupos de música y las series de televisión que nos gustaban, nuestra primera vez, ese tipo de cosas. Me dijo que era alérgico a los cacahuetes y yo le dije que odiaba mis tetas. Hubo una tercera cita. Me recogió en un descapotable, porque él era así de cliché, pero los clichés funcionan. Eso es lo que más odio: que a esos desalmados les funcionen. Era un día soleado, llevábamos todo para hacer un pícnic en la parte de atrás y nos dirigíamos al sur, a la campiña de Kent. Yo me sentía como Bridget Jones en unas minivacaciones.

Cerró los ojos, pero eso no evitó que las imágenes se volvieran a formar en su mente ni que la invadiera la vergüenza.

—No tienes que contarme nada más —dijo Roz—. Me he formado y he tomado declaración a demasiadas víctimas de agresiones sexuales, pero no quiero que te desmorones aquí sin ayuda psicológica profesional cerca.

—Quiero contártelo —dijo Ember—. Lo he querido hacer desde que te vi. —Cogió aire y empezó—: Nos detuvimos en algún punto de la zona de Downs. No había nadie en los alrededores y en aquel momento me pareció romántico. Disfrutamos del pícnic y nos besamos, pero él quiso algo más y yo no estaba lista. Le cambió el rostro, como si se quitara una máscara. Me dijo que ya había esperado suficiente, que había invertido bastante tiempo y dinero en mí y que tenía que dejar de ser una zorra tan remilgada y calientapollas.

Ember hizo una pausa. Las palabras de Grant reverberaron en su cabeza.

—Ahora estás aquí —dijo Roz—. Estás a salvo conmigo, en el presente.

Ember intentó anclarse a aquel tren, al ahora. Su respiración se serenó ligeramente, lo suficiente para poder respirar hondo y decirlo:

—Y entonces me violó. Vaginal y analmente. —Le caían lágrimas—. Me empujó sobre la manta del pícnic, encima de todas las cosas. No podía moverme. Ni siquiera podía gritar. Lo intenté, pero no me salían palabras ni sonidos. Luego me dijo que me bajara el vestido de la cabeza y me escupió en la cara. Luego me llevó a casa, hablando todo el rato de los coches que iba a venderles a mujeres explosivas al día siguiente. Antes de bajarme, me dijo que mis tetas eran incluso más decepcionantes de lo que yo pensaba. No sé cómo, pero entré en casa. No fui capaz levantarme de la cama en tres días. Estuve a punto de perder el trabajo. Todo cambió aquel día.

Roz se tapó la boca con la mano, como si fuera a vomitar.

—Lo entiendo perfectamente.

Entonces Ember miró a Roz y la vio por primera vez.

—No paras de decir eso. Que lo entiendes. Y que conoces las señales. ¿A qué se debe?

—¿A qué crees tú que puede deberse?

—¿A que también te pasó a ti?

Roz estaba abrazada a sus rodillas, le temblaban los nudillos.

—Sí.

—Lo siento muchísimo —dijo Ember, con lágrimas cayéndole por las mejillas.

Roz intentó sentarse con la espalda recta, como si eso pudiera enderezarlo todo. Probablemente alguien le habría dicho que funcionaba.

—Pero esto no va sobre mí.

—Precisamente sí que va de eso. —Ember se inclinó hacia delante y le agarró la mano a Roz—. Va de todas las personas a quienes han hecho sentir que no valían nada. Personas a las que han violado mental y físicamente. A las que han apagado. ¿Cuántas personas en este tren han vivido una experiencia a raíz de la cual, como mínimo, al día siguiente se han hecho un ovillo y han ahogado sus gritos contra una almohada?

—Probablemente sea más fácil decir a quién no le ha pasado —Roz hablaba muy bajito, con una voz casi imperceptible.

—Me toca a mí esta vez decirte que no tienes que contármelo si no quieres.

Roz parecía estar tomando pequeñas bocanadas de aire. Le caían lágrimas pero las palabras parecían negarse a salir de su boca. Al cabo de unos cinco minutos dijo:

—Creo que no puedo. Todavía no. Perdona. No puedo creer que te haya pedido que me lo cuentes y ahora yo no pueda contarlo.

—Llegará un día en el que no tendrás la sensación de estar tragando naftalina cuando intentes hablar.

—Es exactamente la sensación que tengo. Como si me hubieran arrebatado la voz, además de tantas otras cosas. —Roz hizo una pausa, pensando en el valor que tuvo Meg en sus últimos momentos—. Meg quería contar la verdad. Por eso empezó a grabar aquel directo, pero no tuvo oportunidad de hacerlo. Sin embargo, sí que he encontrado un vídeo en el que acusa a Grant de violación y espero que haya otros guardados en su teléfono o en otro dispositivo. Así será ella quien tenga la última palabra, no él.

—A mí también me gustaría que así fuera —dijo Ember—. En cuanto a los tribunales, me gustaría declararme no culpable de su asesinato para poder salir al estrado y contarle al mundo quién era. Explicaré cómo, después del pícnic, me apretó la cara contra los platos fríos con estampado de estrellas. Nunca más he vuelto a pedirle un deseo a una estrella, aunque supongo que se cumplió: pedí que no me matara.

Ember seguía notando el frío de aquellos platos. Notó la ligera grieta del que tenía bajo las yemas de los dedos. En eso fue en lo que se concentró, no en lo que estaba haciendo Grant. Pero sí oía sus gemidos. Y olía su loción para después del afeitado y su semen.

Roz le apretó la mano.

—Regresa conmigo —le dijo. Tenía la otra mano apoyada en su corazón—. Intenta no perderte en el recuerdo. Estás en el presente, no en el pasado.

—Pero lo que más odio recordar es que no le dije nada sobre lo ocurrido a él. Ni aquel día ni ningún otro. Sí fui a la comisaría, di mi nombre y el suyo, informé de dónde trabajaba y dije que quería denunciar una violación. Pero entonces vi a un policía riéndose, no de mí, sino probablemente de alguna estupidez, y no fui capaz de hacerlo.

—El mero hecho de que fueras a la comisaría te ayudará en el juicio —dijo Roz.

—Pero podría haber hecho mucho más. Intenté seguir con mi vida como pude, pero cuando la gente dice que ha continuado con normalidad lo que quiere decir es que ha hecho el equipaje y se lo ha llevado a otra parte. Yo nunca lo deshice. Lo guardé bajo mi abrigo y nunca me lo quité. Di por supuesto que Grant habría encontrado a otra persona, y así fue. Unos años después, sentía náuseas al verlo en la portada de las revistas con Meg. Pero ¿sabes cómo me sentía también? Aliviada.

—Porque te había liberado del anzuelo.

—Al principio no pensé que pudiera hacerle lo mismo o algo peor a otra persona porque... —Ember no acabó la frase, incapaz de asimilar que sus peores pensamientos no fueran ciertos.

—Porque pensaste que a la que le pasaba algo era a ti, no a él. Que fuiste tú quien lo provocó. Que, de alguna manera, la culpable eras tú. ¿Es eso lo que pensaste? —preguntó Roz—. Porque es lo que pensaba yo. Lo que aún pienso. Y lo mío pasó hace treinta años. Pero parte de ti sabía que no era cierto. De otro modo, no te habrías quedado para vigilar a Ayana, Liv y las demás. —Roz reflexionó un momento—. Aun así, no es habitual tener un mortero en un compartimento de un tren nocturno. ¿Cuánto tiempo llevabas planeando matarlo?

—Unos seis meses. Le vi unos morados a Meg en una foto y luego vi un vídeo en el que decía que se había caído. Sabía que lo estaba encubriendo, que la estaba maltratando y probablemente también se lo estuviera haciendo a otras. Y quería que dejara de violarme mentalmente.

—¿Cuál era tu plan, exactamente?

—Sabía que era alérgico a los cacahuetes y que en algún momento podría echarle unos cuantos machacados en la bebida o en la comida. Aquel día en el coche me explicó que siempre llevaba un lápiz de epinefrina encima, así que sabía que solo tenía que quitárselo. Cuando hace un mes, más o menos, Meg anunció en su Instagram que iban a viajar en el tren nocturno el día 23, decidí que era el mejor momento para acercarme a él.

—¿Y cómo reaccionaste al volverlo a ver?

—Me dieron náuseas. Estuve a punto de no subir al tren. Entonces lo vi en el vestíbulo. Estaba enfurruñado, así. —Ember puso cara de asco—. Culpaba a Meg de que el tren saliera con retraso. Y entonces me dije que tenía que hacerlo. Lo eliminaría del mapa y me aseguraría de que nadie volviera a hacer sentir insignificante a Meg ni a ninguna otra persona. —Ember tuvo una sensación de triunfo. Era lo que tenía previsto y era lo que pensaba hacer. Soltó aire sonoramente—. Sienta bien decirlo.

—Dicen que confesar sienta bien —comentó Roz—. Yo prefiero la col rizada.

Ember rio, luego ambas permanecieron calladas un momento.

Había dejado de nevar. En el exterior no se movía nada. Ember nunca había sentido aquella quietud. Deseó poder empaparse de ella.

Suspiró.

—Todos querrán saber por qué maté a Beck, ¿no?

Roz asintió.

—Eso es lo que a la mayoría de las personas les costará entender, sí.

—Pretendía chantajearme. Pasó por delante de mi habitación cuando estaba machacando los cacahuetes y luego vio que los vertía en la botella descorchada de champán. Por eso quería que regresáramos a nuestras habitaciones, para poderme pedir lo que quería. ¿Y adivinas qué era?

Roz empezó a girar el cubo de espejo. Sonaba como un pájaro robótico picoteando semillas. Entonces se detuvo de repente.

—Trabajas en el Departamento de Informática del King's College. Beck quería que te aseguraras de que entraba en el equipo para el concurso amañando los resultados.

—Exactamente.

—Pero ¿por qué la mataste? No lo entiendo. ¿Por qué no hiciste lo que te pedía o viniste a verme?

—Ese era mi plan, pero empezó a punzarme, a decirme que era patética, que un hombre como Grant nunca se fijaría en mí. Le había pedido las tijeras a Meg antes para cortarme un hilo del bolsillo del vestido y, sencillamente, las agarré. Ni siquiera fui consciente de lo que hacía. Y de repente había sangre por todas partes.

—¿Hay algo más que quieras añadir? —preguntó Roz, a punto de apagar la grabación.

—Sí —respondió Ember, sentándose con la espalda más recta—. Estoy haciendo esto, confesar, porque quiero contar la verdad de una vez por todas. He guardado silencio demasiado tiempo. ¿Quién sabe a cuántas mujeres más hizo daño entre que me violó a mí y ahora? Hoy he impedido que otras jóvenes sufran por su culpa. —Miró a Roz—. Tenías razón.

—¿Sobre qué?

—En el vagón Club, al poco de salir de Euston, me dijiste que una se sentía mejor si hacía algo en vez de quedarse de brazos cruzados. Pues bien, este es mi «algo». Mi contribución a la causa. Tal vez sea una asesina, pero el verdadero criminal es él.

—Lo entiendo —dijo Roz. ¿Pero lo entenderían los demás?—. Eso es todo por ahora. —Roz apagó la grabadora y atrajo a Ember hacia sí para abrazarla—. Te ayudaré todo lo que pueda.

Y finalmente Ember sintió que no estaba sola.

Capítulo cuarenta y siete

Intenta descansar un poco —dijo Roz cuando Ember dejó de llorar.

Ember asintió con la cabeza y se metió bajo las sábanas como una niña a la hora de dormir.

Roz la arropó con la manta. Cuando se disponía a irse, Ember la agarró por la mano.

—¿Qué me pasará ahora?

—Sé que hemos grabado tu confesión, pero tendrás que hacer una declaración oficial también.

Roz la miró a los ojos e intentó transmitirle todo lo que se estaba guardando dentro y lo que seguiría guardándose si fuera ella quien dictara las normas.

Ember se quedó muy quieta. Sus pupilas se volvieron de un negro belladona y preguntó en voz muy baja:

—¿Cuánto tiempo pasaré en prisión?

—No lo sé. Hay circunstancias atenuantes en el caso de la muerte de Grant, pero la premeditación será problemática. Y la muerte de Beck tal vez fuera improvisada, pero fue para encubrir un crimen.

Alguien llamó a la puerta de Ember. Se abrió y Beefy apareció torpemente en el umbral, alternando el peso entre ambos pies. Miró a Ember y dijo:

—Los ingenieros llegarán pronto en vehículos que pueden

circular por la nieve. Varios detectives vienen con ellos, ya que no pueden llegar de otro modo, así que, cuando lleguen, quedarás bajo su protección. Haremos una parada adicional cerca de la comisaría.

—Gracias —dijo Ember.

Miró por la ventanilla y, en lugar de atemorizada, parecía casi serena. La muerte de Grant le había dado paz.

Beefy entró y alargó su gran manaza como si quisiera agarrar a Ember por el hombro. Al ver que Ember se encogía y se apartaba, retiró la mano.

—Lo siento, perdón. No conozco los detalles, por supuesto. Pero siento mucho que te hiciera eso.

—Gracias —dijo Ember, desconcertada.

—Si alguien se atreviera a tocar a mis hijas o a mi mujer..., bueno, yo también querría matarlo.

—Todas somos hijas de alguien —dijo Ember.

—Y no solo hijas —añadió Roz.

—Claro, es verdad —dijo Beefy, como si lo asimilara—. Cada día se aprende algo nuevo.

Capítulo cuarenta y ocho

Tras asegurarse de que Ember tomaba un café y algo de comer, Roz habló con los demás. La mayoría estaban conmocionados por lo que la afable Ember había hecho, pero cuanto más explicaba Roz, más lo entendían. Los colores del mármol se mezclaron y vieron distintos estampados.

Su penúltima visita fue a la familia de Phil y Sally. Desde el interior, escuchó ronquidos, los balbuceos de Buddy, a alguien jugando una partida al Uno, el sonido de una escalera moviéndose y luego el golpe seco de alguien al caerse al suelo.

Roz llamó a la puerta y le abrió Liv. Tenía los ojos tan rojos como el abrigo de Ember. Aidan estaba sentado a lo indio en la litera de arriba continuando con la partida.

—¡Uno! —gritó, recogiendo las cartas.

La puerta que comunicaba con la habitación contigua estaba entreabierta y Roz alcanzó a ver la cara de Sally durmiendo a pierna suelta, con el cabello desgreñado cubriendo su boca abierta.

—Me preguntaba si podríamos hablar un momento —le dijo Roz a Liv.

Liv asintió con la cabeza. No parecía sorprendida. En todo caso, aliviada.

—¡Uno! —volvió a exclamar Aidan.

Y colocó otra carta sobre la baraja.

—¡Uno! —se hizo eco Robert desde la litera superior de la otra habitación.

Luego rio con esa maravillosa risa ondulante que tienen los niños.

Phil estaba con él, con ojos somnolientos y evitando con una mano protectora que Buddy se cayera de la cama por el borde.

—¿Puedo ayudarte en algo, Roz? Qué sorpresa la noticia de Ember, ¿no? Menos mal que no os habéis muerto en esa montaña.

—Me alegro de estar otra vez abajo —dijo Roz, aunque no era del todo sincera—. ¿Puedo hablar un momentito con Liv?

—Voy con vosotras —dijo Phil, cogiendo a Buddy en brazos.

—No pasa nada, papá. Puedo hacerlo sola.

Phil miró primero a Liv, luego a Roz y otra vez a Liv.

—¿Estás segura?

—Salgamos —le dijo Liv a Roz, cerrándose la cremallera del abrigo y poniéndose la capucha.

Salieron al exterior por el lado del tren que daba al barranco. Apenas nevaba ya. Era una nieve moteada pero aún fría. El Beinn Dòrain resplandecía reflejando el cielo rojizo.

—Si alguien pregunta de qué estábamos hablando aquí fuera... —dijo Roz, mirando hacia el vagón Club: más valía prevenir—, di que te estaba dando consejos sobre cómo hacer esto. —Roz se sacó el cubo de espejo del bolsillo. Giró unas cuantas caras y se lo entregó a Liv.

Liv movió el cubo a su propio ritmo.

—He venido a que me cuentes la verdad —dijo Roz.

La expresión de Liv se volvió inescrutable. Se bajaron las persianas. Siguió girando el cubo cada vez más rápido.

—No sé a qué se refiere.

—Sé que fuiste tú.

Liv empezó a temblar. Se quedó mirando el cubo como si ver versiones fracturadas de su cara fuera a ayudarla.

—¿Cómo? —preguntó con una voz apenas perceptible.

—El instinto me dijo que había algo en los asesinatos de Grant y Beck que no encajaba. Sabía que tú escondías algo, pero no he estado segura hasta hablar con Ember.

Liv retrocedió con lágrimas en los ojos.

—No te preocupes, ella no me ha dicho que tú fueras la culpable. Pero en su historia había incoherencias. Me dijo que Beck la había visto machacando los cacahuetes en su habitación, pero ¿por qué iba a llevar a cabo parte de un asesinato premeditado con la puerta abierta? ¿Por qué no se limitó a decir que Beck la vio adulterar la botella, si lo que quería era distraer la atención de otra cosa? Y luego me dijo que le había cogido prestadas a Meg las tijeras del bolso para cortarse un hilo del vestido, pero no me parecía plausible. ¿Por qué no pedírselas? Entonces me pregunté si no las habría robado, pero eso no encaja con su carácter, lo que me llevó a averiguar, a través de Laz, que te habían detenido por pequeños hurtos en tiendas varias veces. Y, además, también tenías la pluma de Meg. Quizá no te la regaló. Quizá le robaste algunas cosas del bolso, incluidas la pluma y las tijeras.

Liv clavó la vista en la nieve, pero no dijo nada.

—Y, además, hubo un momento en tu interrogatorio en el que dijiste que a Grant no le gustaba que la gente lo apartara de sí. Lo salvaste bien, diciendo que lo habías visto enfadarse con Meg, pero te referías a ti, ¿verdad?

Liv asintió con la cabeza. Ahora giraba el cubo más despacio.

—Pero lo que acabó de dejármelo claro fue que Ember dijera que «quería contar la verdad de una vez por todas» para impedir «que otras jóvenes sufrieran por su culpa». Me sonó raro, porque Grant está muerto y no volverá a agredir a nadie. Y entonces empecé a preguntarme a quién estaría encubriendo y me acordé de vosotras dos tan juntas, hablando. Me acordé de ti apartándolo, vestida con una sudadera con capucha muy ancha y con el abrigo encima, incluso antes de que se estropeara la calefacción. Ember hizo lo mismo, y yo también. Durante años después de que me violaran, si no llevaba puesto el uniforme de policía, me ponía unos jerséis enormes para taparme el cuerpo.

No lo hacen todas las mujeres a quienes violan, pero sí muchas. Y lo entiendo.

Entonces Liv se rompió y se hundió en la nieve. El cubo de espejo se le cayó de las manos y sus hombros empezaron a temblar.

—¿Me dejas que te abrace? —le preguntó Roz con delicadeza.

Liv asintió con la cabeza. Roz se agachó y ambas temblaron juntas.

—No voy a decirle nada a la Policía —le aclaró Roz—, a menos que tú quieras que lo haga. Y no estoy grabando nada. Respaldaré la versión de Ember si eso es lo que ambas queréis. Pero también diré que si le quisieras contar a los agentes lo que te hizo, aunque mantengas el resto en secreto, ayudaría al caso de Ember.

—Pero ¿me ayudaría a mí?

Los ojos de Liv estaban llenos de temor. Le castañeteaban los dientes.

Roz pensó en la cantidad de personas que habían acudido a la comisaría a explicar que las habían agredido o violado. En estar con ellas en la habitación dedicada a víctimas de violación. En escuchar sus historias y agarrarlas de las manos si las ayudaba, y en no tocarlas cuando era eso lo que preferían. Eran hombres. Y mujeres. Personas no binarias. Trans y cis. Heterosexuales, homosexuales, bisexuales, pansexuales y asexuales. Agredidos por parejas, parientes o buenos amigos. Por conocidos y por desconocidos. Tantas historias de cuerpos y almas desgarrados. ¿Y cuántas de esas personas habían visto al violador entre rejas?

En su último caso, habían violado a una joven en una discoteca y Roz había hecho todo lo que había podido para presentar pruebas para una condena. Se había quedado para ejercer como detective de la Policía metropolitana, a expensas de posponer su viaje a Escocia para estar con su hija embarazada, con el único fin de seguir en el servicio activo como agente y poder testificar en el juzgado. Declararon inocente al violador. Roz aún oía los sollozos de la joven cuando leyeron en alto el veredicto y la carcajada del violador al salir del tribunal como un hombre libre.

—Ojalá pudiera decirte que sí —dijo Roz.

—¿No está infringiendo la ley por no decir lo que sabe? —preguntó Liv.

—Estoy siendo cómplice, encubriendo y ocultando pruebas. Sí, estoy infringiendo la ley.

—Pero ¿por qué quiere ayudarme?

Roz tomó una bocanada de aire tan frío que pareció atravesar el nudo que le impedía hablar.

—A mí también me violaron. Sé lo que le pasa a una cuando ocurre. Y no veo por qué alguien tan joven como tú tendría que pasarse el resto de su vida en prisión.

Liv alargó la mano para agarrar la de Roz.

—¿Qué sucedió? ¿Puede contármelo?

—No estoy segura de que sea buena idea. Podrías venirte abajo.

Pensar en abrirse con aquella muchacha tan joven le resultaba aterrador.

—Por favor —dijo Liv—. No quiero sentirme sola.

Roz miró el rostro de Liv, lleno de interrogantes y de confusión. Quizá explicárselo ayudara a Liv a lidiar con su situación. Quizá también ayudara a Roz.

—Cariño, no estás sola. Has pasado a formar parte de una de las pandillas más populosas y aisladas del mundo.

—Entonces cuéntemelo, por favor.

Roz suspiró. Intentó aplacar las náuseas habituales.

—Estaba embarazada de cuatro meses de mi hija, Heather, y había salido de fiesta a una discoteca. Para entonces todavía no había asimilado la idea de tener un hijo, porque solo tenía veinte años. Me hallaba en una fase de negación total y salía de fiesta casi todas las noches. Estaba en una discoteca *indie* y recuerdo que empezó a sonar *Boys Don't Cry*. Salí corriendo a la pista de baile y un chico empezó a bailar conmigo. A tontear. Me invitó a tomar algo. Bailamos un poco más y yo empecé a sentirme aturdida. Yo no bebía alcohol, así que supe que algo andaba mal. Las luces me deslumbraban. Tenía la sensación de que me gritaban.

De que me engullían. Recuerdo a alguien guiándome con rapidez hacia la puerta. Ayudándome, pensé. Y a partir de ahí solo recuerdo destellos. Como un folioscopio que siempre se detiene en determinadas imágenes. Un hombre encima de mí. Pesado. Olía a hielo seco y a Marlboro lights. Recuerdo que no podía moverme.

Roz tuvo la sensación de estar en el folioscopio, aplastada entre las páginas, reviviendo el mismo recuerdo una y otra vez, y...

—Vuelva —dijo Liv—. Vuelva conmigo.

Su voz era muy dulce. Y tenía la mirada de una persona mucho mayor de lo que era.

—Lo siento mucho —se disculpó Roz, moviendo la cabeza a un lado y a otro—. Esto debería ir sobre ti.

—¿Por eso se hizo agente de policía? ¿Para ayudar a personas como usted?

—Quería cambiar las cosas —respondió Roz. Sus sollozos parecían surgir de su yo más profundo y de muchos años atrás—. Y no lo hice.

—Ya las ha cambiado para mí.

—Pero Ember... Si no me hubiera empeñado tanto en demostrar que aún valía para mi profesión y que podía controlar la situación, quizá también podría haberla ayudado.

—Habrían condenado a alguien. Y podría haber sido a mí.

—No con la coartada de tu padre. Él lo sabe, ¿verdad? Te encubrió al decir que estuviste con él hasta que empezaste a jugar con Ember. Pero no se lo contaste enseguida.

—No podía. Estaba confusa y Grant actuaba como si todo fuera normal. Fue cuando nos detuvimos en Edimburgo. Después... —Liv cerró los ojos brevemente, incapaz de pronunciar aquellas palabras—. Después, Grant me dijo: «Yo regresaré primero al vagón Club y tú me sigues al poco». Me guiñó el ojo y se fue, como si acabáramos de compartir un manoseo rápido en Navidades y no me hubiera... —Liv empezó a balancearse adelante y atrás—. Y lo hice. Hice lo que me dijo.

—No pasa nada, cariño, no pasa nada.

Pero Roz sabía que sí pasaba, y que seguiría pasando durante mucho tiempo.

—Pero es que no sé por qué. Dirán que quería estar con él y que no debí oponer tanta resistencia. Detestaba respirar el mismo aire que él, pero no quería estar sola. Así que me quedé allí, en el vagón Club, mientras él seguía comportándose como antes. Incluso intentó sacarme a bailar y cantar con él.

—¿Cuándo se lo dijiste a tu padre? —preguntó, con la esperanza de que mencionar a su padre ayudara a Liv a centrarse.

—En algún momento entre entonces y el descarrilamiento. No sé exactamente cuándo. Está todo un poco borroso. Sobre todo porque al regresar, mi padre no estaba en la habitación con los pequeños, sino en la habitación que compartimos Aidan y yo. Con Ayana, manteniendo relaciones sexuales.

Roz pestañeó unas cuantas veces mientras procesaba aquella nueva información. Recordó a Phil alegando exageradamente, a juzgar por lo que sabía ahora, que no podía haber mantenido una relación con Meg porque casi tenía la misma edad que Liv en aquel momento y, sin embargo, Ayana tenía la misma edad que Liv. Quizá sí hubiera tenido una aventura con Meg mientras era su alumna, pero Meg ya no estaba entre ellos para contarlo.

—Obviamente, intentó excusarse. Luego se dio cuenta de que había pasado algo. No pude contenerme y se lo conté. Me creyó al instante. Y Ayana también. Mi padre dijo que iba a matar a Grant, pero Ayana lo detuvo. Ella también se ha portado genial conmigo. Les dije lo que le había hecho a Grant, a ellos y a Ember. También lo que le había hecho a Beck. Y me han protegido desde entonces.

—¿Y no se lo contaste a tu madre?

—¿Usted qué cree? —Su tono sarcástico le rompió el corazón a Roz— . Lo único que haría sería culparme por dejar que hubiera pasado y decirme que le había fastidiado las Navidades.

Roz sabía que tenía razón y temió que Heather pudiera sentirse así.

—¿Qué puedo hacer para arreglar las cosas? —preguntó Liv.

Roz sopesó todas las posibilidades, dando vueltas y encajando las piezas para intentar sacar a Liv de aquella situación. No sería fácil e iría en contra de todo lo que sabía como policía. Pero ya no formaba parte del cuerpo.

—Si he entendido bien, a Grant no lo envenenaron con cacahuetes, sino con tabaco en forma de jugo para su vapeador, el cual le administraste. Y no solo entiendo lo que hiciste, sino que voy a ayudarte a salir airosa. Pero para hacerlo, necesito saberlo todo, ¿de acuerdo?

Liv asintió.

—Ember y yo estábamos ayudando a preparar los desayunos, incluido el de Grant. La vi poner polvo de cacahuetes en el borde de la botella, pero luego cambió de opinión y lo limpió con un trapo. Eso me dio una idea. ¿Cómo ha sabido lo que ocurrió?

—Por dos cosas. Lo vi en la lista de solanáceas mientras investigaba la muerte de Meg. Y luego tuve un *flashback* del hombre que me violó soplándome humo en la cara, lo cual me hizo pensar en Grant vapeando constantemente. Y entonces pensé que era el único veneno que podía explicar su reacción.

Roz no entró en detalles, pero aún escuchaba el ruido frenético de los zapatos de Grant contra la puerta del cuarto de baño mientras tenía las convulsiones. Vio sus puños apretados mientras sus músculos se tensaban.

—¿Qué hiciste? —continuó Roz—. ¿Sacar una de las botellas de líquido para vapear de su chaqueta en algún momento y meterla en la media botella de champán que Grant pidió para el desayuno? Sesenta miligramos de nicotina podrían matar a cualquiera.

Liv asintió.

—Metí dos botellines para estar segura.

Lo dijo sin ningún rastro de remordimiento en su expresión. Roz se preguntó si dejar libre a aquella joven era una decisión inteligente y luego pensó en la cantidad de violadores que quedaban en libertad a diario.

—Probablemente encontrarán tu ADN en la botella de champán; necesitarás una razón para explicar por qué estaba ahí, como que se la entregaste a Ember o a Oli para que la llevara al compartimento de Grant. Y lamento tener que preguntártelo, pero ¿podrían encontrar tu ADN en Grant en algún otro sentido?

—Utilizó un condón.

Liv vomitó en la nieve.

Roz le frotó la espalda con cuidado y se preguntó si algún día las abuelas y las madres dejarían de tener que consolar a las jóvenes de aquel modo. Le rezó al Beinn Dòrain para que ese día llegara.

Cuando Liv dejó de vomitar, Roz dijo:

—Pues me alegro de que lo hiciera. Y si surge algo más, sabrán que pudiste estar en contacto con él en el vagón Club porque formabas parte de su equipo del concurso. Cuando la Policía te pregunte por él, diles que fue amable contigo. Eso debería bastar para cubrir la transferencia de ADN.

—Gracias.

—¿Y cómo es que la puerta del compartimento de Beck estaba cerrada por dentro? No conseguí determinar cómo alguien podía haber entrado o salido de allí. Tal vez ni siquiera estuviera cerrada. Tu padre y Ayana dijeron que lo estaba, pero podrían estar protegiéndote. Tu padre podría haber fingido que la puerta estaba cerrada por dentro. De hecho, la derribó muy fácilmente. Si a Beefy le hicieron falta varias embestidas, tu padre no tenía ninguna posibilidad de tirarla al suelo. Y no pretendo ofender a nadie. ¿Estoy en lo cierto?

Liv hizo un gesto de asentimiento.

—Ember vino a verme justo después de que Beck dijera que la había visto frotar los cacahuetes machacados en la boca de la botella, pero, al parecer, no la vio limpiarla ni tampoco me vio a mí verter los botellines de líquido para vapear. Pero tenía que asegurarme, así que insistí en ser yo quien se reuniera con Beck en su habitación.

—¿Y se sorprendió al verte?

—Al principio pareció muy confusa. Luego me preguntó si Ember me había pedido que hiciera el trabajo sucio por ella.

—Entonces, ¿no sabía que tú estabas involucrada?

—No. Beck dijo que Ember tenía que utilizar su puesto en el Departamento de Informática para garantizar que entrara en el equipo que concursaría en el programa. Cuando le dije que eso no pasaría y que Grant había muerto porque había violado a Ember, se limitó a responder: «A los hombres como él solo hace falta pegarles una patada en las pelotas para que se larguen. No sé qué problema tiene Ember. No tienes por qué matarlos». Y soltó una carcajada.

Roz sintió tristeza, pero no sorpresa. Muchas mujeres pensaban así y también que vestir una minifalda o una falda cualquiera significaba «exponerse a que te violaran».

—¿Qué sucedió entonces?

—Tuve un ataque de rabia, agarré a Beck y empecé a zarandearla. No sé ni en qué pensaba. Beck me apartó hacia el lavamanos y me dijo que era patética. Lo mismo que me había dicho Grant después de... Eché mano a las tijeras de Meg que había puesto bajo una almohada en la litera de arriba. Y Beck sangraba, pero no respiraba. Había mucha sangre. Ni siquiera recuerdo apuñalarla, ni cuando aparecieron mi padre, Ember y Ayana. Me limpiaron mientras yo me quedaba allí inmóvil, como una muñeca a la que visten.

—Ay, Liv —dijo Roz—. Pero ¿por qué llevabas las tijeras encima?

—No lo sé. Supongo que para sentirme más segura después de lo que pasó con Grant. —Guardó silencio un momento—. ¿Cree que la Policía averiguará lo que hice?

—Bueno, yo lo he hecho, pero le pediré a Ember que diga que añadió líquido para vapear por si los cacahuetes no le provocaban

EN TREN CON EL ASESINO

una reacción alérgica. Con una confesión, pruebas y ningún móvil o causas económicas para indagar más, supongo que te librarás.

—Gracias —dijo Liv y la abrazó.

Roz sintió que algo en su interior se derretía. Recogió el cubo de espejo del suelo. Lo hizo girar una y otra vez, enviando reflejos del rojo cielo a la nieve como una bola de discoteca ensangrentada, como si eso fuera a librarla de la tristeza.

Capítulo cuarenta y nueve

Roz entró a ver a Ember otra vez antes de que la Policía llegara y todo cambiara.

—He hablado con Liv —dijo mirándola a los ojos.

Ember la agarró de la mano.

—No puedes contar la...

—No se lo voy a contar a nadie. ¿Qué conseguiría con eso?

Ember sonrió.

—Es lo mismo que he pensado yo. Si lo único que sacamos de todo esto es que ella viva una vida protegida de lo ocurrido, entonces habrá valido la pena.

—Si deciden acusarte de asesinato, tanto por las muertes de Grant como de Beck, sin tener en cuenta ninguna atenuación de la responsabilidad, podrías estar en la cárcel hasta..., bueno, hasta ser mucho mayor que yo. Una anciana. Y siempre se te conocerá como la asesina, aunque no lo seas.

—Pero ella será libre.

Roz la entendía.

—Sí, pero va a necesitar ayuda para superarlo. Para superarlo todo. Si no lo hace, acabará sintiéndose vacía por dentro.

—¿Como te pasó a ti? —Ember se lo preguntó mirándola con los ojos de una madre.

Roz no dijo nada.

—Al menos ella te tendrá a ti para ayudarla si lo necesita. —Ember hizo una pausa—. Porque te tendrá, ¿verdad?

—Por supuesto. Debería haberla cuidado antes. Debería haber notado lo ocurrido. Debería haberme quedado en el vagón Club.

—No deberías ser el guardaespaldas de nadie. No los necesitamos. Y ya es hora de que dejemos de decir «debería» y «no debería». Porque son ellos quienes tienen que dejar de violarnos.

Guardaron silencio durante un instante. Sabían que eso no pasaría.

—Cuéntame lo que pasó de verdad —dijo Roz al cabo del rato—. Liv me lo ha contado en parte, pero no he querido presionarla. Cuanto más sepa, más podré ayudaros.

Derramó más lágrimas cuando Ember dijo:

—La había agredido antes, por la noche. Se la había llevado al lavabo ofreciéndole una raya de cocaína y luego la tiró al suelo, la agarró y la violó.

—¿Cómo supiste que había pasado algo?

—Lo había estado observando desde que habíamos subido al tren, esperando el momento para poder adulterar su bebida. Pero no había tenido oportunidad de hacerme con su inyector de epinefrina hasta que Liv lo siguió en una de sus salidas a vapear, cuando nos detuvimos en la estación de Waverley, en Edimburgo. Grant se dejó la chaqueta y nadie me vio robarle la epinefrina.

—¿Todavía la tienes? —preguntó Roz.

Ember sacó el inyector del bolsillo de su abrigo y lo blandió en el aire.

—Guárdatelo y entrégaselo a la Policía cuando lleguen. Será una prueba clave.

Ember asintió.

—Grant regresó un poco después. Estaba como siempre. Pero Liv se comportaba de manera distinta. Se quedó a un lado del vagón, abrazándose con fuerza. Se sentó en el reservado con mucho cuidado e hizo un gesto de dolor.

—Madre mía.

Roz recordaba la sensación de sentirse desgarrada y de pensar que esa parte de su cuerpo nunca volvería a estar bien.

—Luego le pregunté si Grant le había hecho algo. Y me lo contó. Le dije que se quedara conmigo, que yo la cuidaría. No tenía previsto que me viera intentar envenenar a Grant. Y poco importa que luego me viera cambiar de opinión, la idea la sacó de mí. Aunque a mí nunca se me había ocurrido utilizar el líquido para vapear. Es un veneno muy moderno.

Parecía casi orgullosa de Liv.

—¿Por eso le dijiste que tú asumirías la culpa? ¿Porque te sentías responsable?

—Si yo no hubiera intentado envenenarlo, nada de esto habría ocurrido.

—Y de no ser por él, ninguna de nosotras estaría en esta posición. El culpable de todo esto es Grant. De todo.

—¿Crees que a él también debieron acosarlo o maltratarlo? ¿Que por eso lo hacía?

—Puede ser. Pero la mayoría de las personas maltratadas no acaban convirtiéndose en maltratadores. Eso es una leyenda.

Ember sollozaba y se mecía.

—Pero mira lo que hemos hecho, en qué nos hemos convertido por culpa de lo que nos hizo.

—Tú estás destrozada. ¿Crees que él lo estaba? Debería ser así de sencillo, ¿no? Si te hacen daño, no haces daño a los demás. Pero no lo es. Yo no he agredido a nadie y, en cambio, sí que he alejado de mí a algunas personas por el motivo más insignificante. Incluso a mi propia familia.

—Quizá podrías empezar de nuevo con ellos.

Los ojos de Ember parecieron cobrar un tono ámbar de esperanza por Roz, como si estuviera vertiendo su vida en ella y en la mujer a quien estaba protegiendo.

—Eso espero —dijo Roz.

Se agachó y besó con ternura a Ember en la frente. Salió al pasillo, cerró la puerta a su espalda con un suave clic, sonrió a

Beefy y a Bella, y se fue corriendo al lavabo del vagón, tapándose la boca con la mano.

Cuando estuvo dentro, vomitó una y otra vez hasta que le ardió la garganta por la bilis. Sus lágrimas parecían manar como magma, como si su cuerpo intentara deshacerse de toda su ira, ardiente como el hielo. Notaba el cuello dolorido y le temblaban las manos. Había logrado mantener una fachada serena, casi profesional (o al menos eso esperaba) mientras hablaba con Ember, pero por dentro gritaba. Lo único que quería era matar a Grant otra vez.

Las violaciones y las agresiones te cambian. Es imposible que no lo hagan. Entonces pensó en cómo se elaboraba la tableta escocesa. En cómo se mezclaba el azúcar con otros ingredientes y se calentaba. El azúcar se volvía granuloso al principio y luego desaparecía. Se subía el fuego y se dejaba hervir la mezcla. Borboteaba, subía, burbujeaba y escupía. Podía hervirse y derramarse en cualquier momento. Quemar. Escaldar. Dejar cicatriz. Provocar un daño permanente.

Al final del proceso, la mezcla se enfriaba y se endurecía. Se volvía sólida de nuevo. Se marcaba y se rompía en onzas. Fundamentalmente alterada.

Roz no sabía cómo sería si no la hubieran violado a los veinte años, cuando estaba embarazada de Heather. Ember no volvería a ser la que era antes de conocer a Grant. Y tampoco lo sería ninguna de las otras mujeres a las que Roz estaba segura de que Grant había agredido. Pero podía ayudar a una en concreto.

Capítulo cincuenta

Ember contempló desde su ventanilla cómo retiraban el árbol de las vías del tren. Era inmenso. Se lo imaginó como un abeto de Navidad, cubierto de adornos artesanales y luces. Quizá las vías emitieran un suspiro férreo de alivio. Los ingenieros habían llegado con los mecánicos, los paramédicos y la Policía. Habían sido recibidos con una ovación por parte de los pasajeros. Ya estaban trabajando en volver a encarrilar el tren. Deseó que vivir fuera tan fácil.

El tren dio una sacudida. Roz y los policías que la flanqueaban chocaron entre sí y resonó el ruido metálico de las esposas. Desde otras partes del tren se oyeron gritos de alegría y aplausos. Por fin podrían continuar con sus Navidades y, además, tendrían una historia que contar. Mantendría al país ocupado con la felicidad por el mal ajeno, como había ocurrido el año anterior al saltar la noticia de los asesinatos en la casa de la colina. Estas cosas mantenían el fuego de los cotilleos prendido en todo el país en las noches más oscuras.

Los paramédicos llevaban bolsas para cadáveres al tren. Ember pensó en el cuerpo de Grant envuelto en plástico y luego en la tumba. Y se alegró.

Miró por la ventanilla. Volutas de color rosa y naranja decoraban el cielo. Tal vez cambiara de opinión, pero por ahora se sentía orgullosa de que siempre se la conociera como la «asesina». Al final, su vida había servido para algo. Ember se preguntó si tendría vistas desde la celda de la prisión. Si podría atisbar el cielo.

Capítulo cincuenta y uno

E l sol inició su descenso vespertino, ocultándose tras el espacio entre las montañas como una rodaja de naranja en un vaso de martini.

El tren avanzaba a poca velocidad, precavido y con cautela, como si fuera consciente del hielo que podía ocultarse bajo la nieve. Pero se movían, al menos los que podían moverse. Roz había prestado declaración ante un agente de policía que olía a cigarrillos mentolados. Le habló de la muerte accidental de Meg, de su retransmisión en directo y de la posibilidad de que aparecieran más testimonios que acusaran a Grant de agresión. Le explicó que Ember se había desmoronado y había confesado los asesinatos de Grant y de Beck en un ataque de ira.

Ahora podía empezar a pensar en lo que vendría después. Lo único que había tenido desde hacía horas era una fotografía de su nietecita con un diminuto gorro de lana de Papá Noel. Le habían retirado el oxígeno y progresaba bien.

El tren se detuvo con un resoplido en Roy Bridge, la parada de la comisaría. Ember fue la primera en bajar, acompañada de dos policías. Beefy ayudó a Mary a apearse del tren y tanto ella como Tony se despidieron con la mano de Roz. Ella les había prometido que les haría una visita y les llevaría tableta casera. Tony se dio media vuelta para que pudiera despedirse del Señor Mostacho también. Creyó ver al gato pegar una pata a la malla a modo de saludo.

Iain, seguido por Phil, Sally y sus hijos, también se bajaron en Roy Bridge. Liv se llevó la mano al pecho cuando el tren arrancó. El corazón de Roz volvía a moverse.

—Bajas en la siguiente parada, ¿verdad? —le preguntó Roz a Sam.

—Sí. Me recoge mi padre.

—¿Estarás bien? Es posible que la muerte de Beck trastoque un poco el equipo.

—En todo caso, lo fortalecerá. No volveremos a competir entre nosotros para llegar al concurso. Es posible que ganemos.

—Y que salgáis en televisión. Estaré atenta. Me encantan los concursos.

Rieron.

—Sí, pero procuraré no hacerme famoso. Ya he comprobado lo que puede pasar.

Ambos guardaron silencio un rato, pensando en los acontecimientos del día anterior.

—Pensaba ir a comprar los regalos de Navidad hoy —dijo Sam—. Pero siempre puedo regalar datos. ¿Qué edad tiene?

—Casi cincuenta.

—Pues entonces le regalaré el dato de que el cincuenta es un número de Harshad.

—¿Y qué es eso?

—Un número de Harshad, según lo define D. R. Kaprekar, puede dividirse entre la suma de sus dígitos, de tal manera que cinco más cero es cinco y cincuenta dividido entre cinco es diez. —Sam hizo una pausa y, al ver que Roz no parecía impresionada, añadió—: «Harshad» significa «que da alegría» o «gran alegría» en sánscrito, lo cual suena apropiado para una ocasión festiva.

—Supongo que sí. Gracias, Sam.

—Eso no es todo. El cincuenta es también un número de Stirling, llamado así en honor al matemático escocés James Stirling.

—Ahora sí que te escucho. Un buen número escocés. El cincuenta es un número fiable.

—Es un cimiento para su futuro.

—Sea eso lo que sea.

Craig apareció. Se quedó de pie al lado de Roz, mordisqueándose las cutículas.

—¿Estás bien? —le preguntó.

—Lo estaré cuando vea a nuestra hija —respondió Roz.

—Yo iré a verla mañana. Quizá podríamos quedar y tomar algo para celebrar la Navidad...

Sam los miró a ambos, sonriendo. Le dio un abrazo rápido a Roz y se alejó cantando *Stay Another Day*.

—Pues bueno —dijo Roz.

—Pues bueno —respondió Craig.

La distancia entre ellos se antojaba demasiado corta, profunda y amplia al mismo tiempo.

Roz miró a Craig, escrutándole el rostro. Lo único concreto que recordaba de la noche en la que creyó haber concebido a Heather era a ella bailando cada vez más cerca de un hombre que la hacía reír. Habían mantenido relaciones sexuales en una marquesina de autobús, y dos coches habían pitado al pasar. Eso era todo. No se le había quedado ninguna imagen de su cara en la cabeza, aparte de que recordaba que le había gustado. Su piel era suave y su acento aún más. Y meses después, la habían violado. La habían doblado, cortado y recortado como a una de las muñecas de papel de Meg. Aquella noche con Craig seguía siendo nebulosa, pero tal vez avanzaría a medida que el otro recuerdo más oscuro se retirara al pasado. Tal vez la experiencia más feliz también sería su presente.

—Pronto será Año Nuevo. Buen momento para empezar de cero. —Su voz tenía matices.

Sugería algo más que reanudar su relación con Heather.

Viajaron en absoluto silencio, viendo pasar los ríos, los lagos y las colinas. Una granja, una liebre y un rebaño de ovejas: la oración de un viajero.

El cielo sobre el lago Linnhe tenía el color de las brasas cuando el tren se detuvo en Fort William. Montañas y colinas rodeaban y envolvían la ciudad. Roz había llegado a casa.

Había sido un viaje épico, pero no había concluido. No lo haría hasta que arreglara las cosas con Heather. Los últimos momentos antes de que se abrieran las puertas le parecieron los más largos. Esperaba que el taxi que había pedido estuviera esperándola, listo para conducirla al hospital.

—¿Quieres venir conmigo? —le preguntó Roz cuando descendieron al andén, mareada por los recuerdos que se agolpaban de su ciudad natal.

Craig asintió. Ella lo cogió del brazo y a él le brillaron los ojos.

Beefy, Bella y Oli caminaban hacia ellos por el andén. Parecían tan cansados como Roz.

—Al final los hemos traído a casa —dijo Beefy cuando les dio alcance, colocando sus manazas sobre los hombros de Craig y Roz.

—Pero tú no estás en tu casa —contestó Roz.

—Todavía no es Navidad —dijo Beefy—. Y nunca se sabe. Si despejan las carreteras a tiempo, puede que llegue a casa a ver a mi hija antes de que acabe el día de San Esteban.

—Entonces no irás en tren —dijo Bella.

Beefy sonrió.

—En tren seguro que no.

Los tres miembros de la tripulación les desearon a Roz y a Craig una feliz Navidad y se marcharon abrazados.

El día anterior, por la mañana, Roz pensó que ya nada podría sorprenderla. Que era demasiado cínica para que la pillaran desprevenida, fuera para bien o para mal. Y, sin embargo, allí estaba, caminando hacia la parada de taxis con un hombre al que había conocido una noche, treinta y tantos años atrás. Y se sentía bien.

—Me quedaré en la recepción —dijo Craig cuando entraron en el hospital—, para que paséis un rato juntas.

—¿Estás seguro? —Roz le tocó el brazo y sintió que la electricidad fluía como si fueran la tercera vía.

—Heather ya ha sufrido bastante en las últimas veinticuatro horas. Le ahorraré el susto de «Aquí está tu padre desaparecido» hasta mañana.

—Entonces yo también te veré mañana —dijo ella, intentando disimular el dolor que le producía dejarlo.

—No voy a ninguna parte —dijo—. Esperaré aquí, en esa silla, tomando un café malo de máquina y leyendo mi libro hasta que bajes.

Sacó del bolsillo de la chaqueta el ejemplar del libro de poemas navideños, con el pulgar abierto en la página de «Una visita de san Nicolás».

Heather estaba en la cama del hospital, apenas reconocible e hinchada como un globo, como si estuviera llena de agua. Sobre su pecho, piel con piel, estaba la bebé. Era diminuta, con unos rasgos perfectos. Sus ojos eran como pequeñas conchas aún por abrir. Sus delgados brazos de mono araña se agarraban al pecho de Heather. Estaba arropada con pequeñas mantas de punto y llevaba un gorrito de Papá Noel.

A un lado de la cama había una cunita con ruedas. En el otro, en una silla dura, Ellie miraba a Heather con un amor tan intenso que quemaba. Tenía la piel grisácea de alguien que ha visto demasiado en un día. Había sido un día muy largo para todos.

Roz se acercó lentamente a la cama. Todas las palabras que quería decir luchaban en su cabeza, pero se negaban a salir por sus labios.

—Está bien, mamá, no tienes que acosarme. No voy a morderte ni a gritarte.

—Lo siento mucho —dijo Roz, de pie junto a Heather—. Por todo. Por no haber llegado antes. Por mantener las distancias en todos los sentidos. Por no explicarte lo que me dolía. Por no ayudarte a encontrar a tu padre. Por todo.

Cogió la mano de Heather. Estaba tan hinchada que incluso el contacto más suave dejaba una marca que no desaparecía.

—No pasa nada, mamá —dijo Heather y a Roz se le llenó

el corazón de lágrimas—. Ya tendremos tiempo de hablar de todo.

—¿Cómo te encuentras? —preguntó Roz, consciente de la insuficiencia de sus palabras.

—Como la ayudante de un mago cortada por la mitad.

—Al menos te han sacado una niña en vez de un conejo. Si no, habría sido alarmante.

Heather se rio y luego su cara se contrajo de dolor.

—No me hagas reír. No me apetece que se me suelten los puntos.

—Lo siento, cielo.

—Esta es tu nieta —dijo Heather. Parecía muy cansada, pero sus ojos brillaban por efecto de la oxitocina—. Le hemos puesto Eve.

Con sumo cuidado y haciendo una mueca de dolor al moverse, cogió a Eve y se la tendió.

Roz cogió a la bebé en brazos.

—Hola, Eve —susurró.

Esperaba que su corazón solo latiera con fuerza en su interior, no quería despertarla. Aquel cálido paquetito le resultaba a la vez ligero y pesado en sus brazos. Roz miró la carita de Eve, dormida bajo el gorro de lana de Papá Noel. Incluso entonces, en la nariz y la frente, Roz divisó el largo linaje de mujeres Parker que recorría la cara de su nieta. Sintió una conexión instantánea.

—Bienvenida, pequeña. —Roz se inclinó y depositó un beso de copo de nieve en la frente de Eve—. Soy tu abuela —susurró—, y voy a protegerte y a amarte con la fiereza del *whisky*, la dulzura de la tableta escocesa y la arrugada longevidad de las pasas.

—Hablando de eso... —dijo Heather con las cejas levantadas, expectante.

—Está en mi mochila —respondió Roz.

Ellie se levantó de la silla y rebuscó en la mochila de Roz. Sacó la última tableta con la alegría de quien ha hallado un tesoro en el fondo de un calcetín. La tableta era una apuesta segura para ganarse a cualquiera. Partió un trozo y lo colocó suavemente sobre la lengua de Heather. Cerró los ojos y solo movió la boca mientras masticaba.

—Me sorprende que te hayas decantado por «abuela» —dijo Ellie—. Creía que estabas sopesando «nana».

—He decidido que «abuela» es más arquetípico. Como la Yaya Ceravieja o las GILF. Me quedo con «vieja».

—Y supongo que eso me convierte a mí en la madre. —Heather parecía aturdida—. No parece real.

Roz le apartó un mechón de pelo húmedo de los ojos a Heather.

—Lleva tiempo adaptarse a un nuevo papel, pero esto ya es una realidad. Con el tiempo, tú te adaptarás al tuyo y yo al mío.

Eve se agitó, giró la cabecita y maulló como un gatito.

—Quiere estar con su mamá —dijo Roz, colocando con cuidado a su nieta en los brazos de su hija.

—Y yo quiero estar con la mía —dijo Heather, suave como el algodón.

—¿En serio? —preguntó Roz.

Le dio un vuelco el corazón y luego volvió a su sitio.

Heather apoyó lentamente la cabeza en el costado de Roz.

—Pero no puedes ponerte en el lugar de la abuela. Tú no vas a criar a Eve.

—Nunca querría quitarte eso. Estaré aquí cuando me necesites y me iré cuando no me necesites.

—Tendrás que buscarte algo más que hacer, ¿no? Si no haces nada, te vas a deprimir.

—Tú deja de preocuparte por mí. Ahora todas tus preocupaciones tienen que ser por la pequeña Eve. Y no se acaban nunca, ya lo verás.

—¿Por qué no te unes a la Policía aquí? Hay una nueva comisaría en Blar, entre Lochy Bridge y Banavie.

—No creo que la Policía sea lo mío ya.

—Pero ¿y todas las habilidades que tienes? No puedes dejarlo así como así.

Roz pensó en cómo todo había encajado en su sitio y en la paz que había sentido cuando ocurrió.

—Podría trabajar por mi cuenta.

—¿Como investigadora privada? Pero si siempre has dicho que eso consiste en rebuscar en la basura de la gente y comer dónuts.

—Lo sé. Pero me encantan los dónuts. —Quizá podría perfeccionar una receta de dónuts y convertirla en la primera del recetario de su vida para regalárselo a Heather—. Quizá podría ayudar a la gente.

Craig estaba en la sala de espera del hospital cuando Roz salió del ascensor. Unos cantantes de villancicos vestidos con sus uniformes de hospital cantaban sobre un bebé que recostaba su dulce cabeza. Craig levantó la vista y la vio. El libro, olvidado, cayó sobre su regazo.

—Tenemos una nieta —anunció Roz, apenas capaz de entender aquellas palabras al pronunciarlas—. Se llama Eve.

—¡Eve! —Craig rompió a llorar y a reír.

No intentó detener las lágrimas, dejó que cayeran.

Roz sacó su teléfono y le enseñó algunas de las fotos que había hecho Ellie. Craig acercó el dedo meñique a la pantalla como si quisiera acariciar la mejilla de Eve.

—Es tan pequeñita y perfecta...

Se quedaron mirando durante una estrofa entera de *La marimorena* y entonces Roz se puso en modo pragmático.

—En cuanto vuelvan a abrir las tiendas, tenemos que ir a comprarle pañales y peleles para bebés prematuros. Y a comprarle más ropa a Heather, porque va a estar aquí hasta que le controlen la tensión.

—¿Tenemos?

—Si quieres ayudar, claro.

Roz sintió el impulso de apartar la mirada, pero se obligó a mirarlo.

Las emociones cruzaron el rostro de Craig como la aurora boreal.

—Estoy aquí como quieras, como me necesites y por el tiempo que sea.

En el taxi, Roz cogió la mano de Craig. Era suave y cálida. La apretó. No sabía qué iba a pasar, pero todo iría bien, de una forma u otra.

Mientras conducían hacia Fort William, Roz se sentía iluminada por dentro, como cada casa por la que pasaban. El sol se ocultaba tras la montaña. Aquella era su ciudad, su circo. La gente que habitaba allí eran sus monos. Y ella iba a proteger a todos los monos que pudiera.

Roz miró a Craig. Sus ojos eran una habitación cerrada. Era la noche anterior a una nueva vida. Diciembre volvería a ser mágico.

Feliz Navidad a todos y a todos buenas noches.

Agradecimientos

1. ¿Quién es el mejor esposo y escritor de todo el tiempo y el espacio?

2. Nuestra hija, tocaya de la productora fundadora de *Doctor Who*.

3. La brillante editora a la que va dedicado este libro.

4. Mi hija la llama mi «ángel».

5. El brillante grupo que avanza a toda vela con este libro.

6. Mis maravillosos nuevos suegros, que han cuidado de nuestra hija durante el horario laboral para poder escribir este libro (Pista: una difunta princesa y un actor almodovariano frecuente).

7. Sus apellidos están bendecidos y comparten nombre de pila con Harlow y Evans/Pine/Hemsworth/Pratt, respectivamente.

8. Una empresa a la que le gusta mucho apoyar a escritores.

9. Mi primera mejor amiga, tocaya de la protagonista de este libro; y mi mejor amiga desde la universidad (y una fabulosa escritora).

10. Mis cómplices, alias Lady Sushi Oil y Barb Throb Spied.

Respuestas

1. Mi nuevo marido, el maravilloso Guy Adams.

2. Verity, nuestra maravillosa hija de tres añitos.

3. Katherine Armstrong, editora extraordinaria.

4. Diana Beaumont, mi fabulosa agente.

5. Equipo S & S, incluidos la maravillosa ayudante de edición Judith Long; la brillante publicista Sabah Khan; el genio del *marketing* Richard Vlietstra; la diseñadora de la bonita cubierta, Emma Ewbank; el diseñador Matt Johnson; la supervisora de producción Francesca Sironi; el revisor ortotipográfico Saxon Bullock; y el corrector David Callahan. ¡Me alegro muchísimo de formar equipo con vosotros en Simon & Schuster!

6. Di y Antonio.

7. Jean y Chris Benedict.

8. RLF (Royal Literary Fund).

9. Roz Davies y Karen (K. E.) Minto.

10. Susi Holliday y Steph Broadribb.

Y gracias también a mi espectacular hermano, David Benedict, su esposa, Carolina, y mi sobrina, Sofia Maia; a Dame Margaret Rutherford; a mi maravillosa familia política; a mis asombrosos amigos en Hastings: Judith, Michelle, Boy Sam, Girl Sam, Nigel, Lou, Steve, Caroline y Kirsty. A Paul y Marie, a John y Lin, a Ceejay, a Heidi Heelz, a Jamie Holliday, a Tracy Fenton, a Jamie-Lee Nardone, a Neil Snowdon, a Caroline Maston, a Nick Weekes, a Susan Watkins, a Linda Broomhead, a Claire Lees Ingham, a Ciara y Kelly, a Holly y Matt, a Stephanie Roundsmith, a Steve Shaw, a

Brian Showers, a Colin Scott, a Writing Around The Kids, a todos los escritores que me han brindado apoyo, solaz, cordura, aliento y/o inspiración, incluidos, en un orden absolutamente aleatorio, Marnie R, Katerina D, Derek F, Hayley W, Martyn W, Steve S, Louise V, Caroline G, Cavan S, Mason/Alex, Alexandra S, Anna Mazz, Sinead C, Cate G, Cally T, James G, Jacqueline F, Ruth W, Catriona W, Sophia B, Rhiannon T, Emma R, Roman C, Charlotte B, Luca V, Paul B, George M, Tom W, Amanda J, John D, Justin L, William R, Claire McG, Maggie B, Sarah H, Clare Mack, Jennifer J, Paul C, Wendy M, Tiffani A, Jonathan B, Carol H, Natascha L, Elizabeth H, Syd M, Alex C, Laura S-R, Mark E, Erin K, Johnny M, Paul F, Fergus McN, Maxim W, Steve V y tantísimos otros. Gracias a Leslie, a Angela, a Zo y a Emma O'Leary por arreglarme esta espalda de escritora; a Russell T Davies; al Black Phoenix Alchemy Lab por los complementos olfativos; a todas las personas que han reseñado mis libros en sus blogs.

Y, para acabar, mi más inmensa y eterna gratitud al personal de la Unidad de Urgencias de Maternidad del Medway Maritime Hospital, al Área Pearl Ward y la Unidad Neonatal Oliver Fisher. Me puse de parto con preeclampsia grave y Verity nació siete semanas antes de lo previsto. Ellos nos salvaron la vida.

Concurso a bordo del tren nocturno: preguntas

Primera ronda: las Navidades en Reino Unido

1. ¿Quién escribió el poema «Una visita de san Nicolás», conocido popularmente como «La noche antes de Navidad»?

2. ¿Quién dirigió la película *Pesadilla antes de Navidad*?

3. ¿Quién inventó los cilindros de cartón típicos en el Reino Unido que se conocen como «sorpresas navideñas»?

4. ¿Cuándo empezó la tradición del «elfo en el estante»?*

5. ¿A qué monarca se le atribuye la tradición de haber empezado a decorar las galletas de jengibre?

6. ¿Cuál es el nombre completo del compositor de *El cascanueces*? Medio punto si solo se da el apellido.

7. ¿En qué año se estrenó la película *¡Qué bello es vivir!*?

---

* Esta tradición se basa en el cuento homónimo escrito por Carol V. Aebersold y su hija Chanda A. Bell, que cuenta la historia de los duendecillos ayudantes de Santa Claus, quienes registran las habitaciones de los niños para saber si se han portado bien y si deben recibir los regalos que desean. La tradición consiste en que los padres esconden elfos por toda la casa días antes de Navidad para que los pequeños se porten bien. *(N. de la T.)*.

8. Con el índice de precios de consumo de la Navidad de 2021 se calculó cuánto se gastaría alguien que comprase todos los regalos mencionados en el villancico *Los doce días de Navidad*. ¿De qué cantidad en miles de dólares estamos hablando?

9. ¿En qué década se envió la primera postal navideña? Se gana un punto adicional si se adivina el año.

10. Calcula, con un margen de error máximo de cincuenta, cuántas calorías consumirías si te comieras TODAS las aves del villancico *Los doce días de Navidad* y les restaras la energía invertida en hacer todas las actividades de la canción (es decir, ordeñar, bailar, saltar...)?

Segunda ronda: las Navidades en el mundo

1. ¿Cuándo se pone el belén?

2. ¿Qué cadena de comida rápida se ha convertido en tradición en Japón pedir la cena de Navidad?

3. ¿Qué medio de transporte acostumbra a utilizar la gente para ir a misa en Navidad en Caracas, Venezuela?

4. ¿Qué ritual festivo galés incluye la calavera de un caballo, sábanas blancas y un palo?

5. ¿Qué insecto decora los árboles de Navidad ucranianos?

6. ¿A qué ilustrador le encargó Coca-Cola en 1931 que diseñara la imagen de Papá Noel con el traje rojo?

7. ¿Qué día se celebra la Krampusnacht («Noche de Krampus») en Centroeuropa?

8. ¿En qué estadio australiano se celebra el tradicional partido de críquet conocido como Test Match el día de San Esteban?

9. ¿Cuál es el nombre islandés para todos los libros que se pu-

blican antes de Navidad y que suelen darse como regalos y leerse en Nochebuena?

10. ¿Qué comida se come tradicionalmente en Hawái en Navidad?

Tercera ronda: música navideña

1. Desde 1919, ¿qué villancico ha inaugurado cada año el famoso Festival de Nueve Lecciones y Villancicos que se celebra en el King's College?

2. ¿En qué año alcanzó el número uno de las listas oficiales el primer villancico? Para obtener dos puntos adicionales, ¿cómo se titulaba y quién lo cantaba?

3. ¿Cuál fue la primera versión, escrita por John Wesley, de *Hark! The Herald Angels Sing*?

4. ¿Cuántos números uno navideños incorporan la palabra «*Christmas*» (o «*Xmas*») en el título? Medio punto adicional por cada título mencionado.

5. ¿Cuántos objetos físicos se piden en *Santa Baby*? Medio punto adicional por cada uno mencionado.

6. ¿Cuál era el nombre original de *Noche de paz*, de Gruber y Mohr?

7. ¿En qué álbum apareció por primera vez la canción de Chris de Burgh *A Spaceman Came Travelling*?

8. ¿Qué canción canta Jovie, y luego Buddy, en el cuarto de baño en *Elf*?

9. ¿A quién se dirige Tim Minchin en la segunda mitad de su excepcional *White Wine in The Sun*?

10. ¿Cómo se llama en español *Rudolph The Red-Nosed Reindeer*?

Tableta navideña del libro de recetas de mamá

1 kg de azúcar glas
300 ml de leche entera
120 g de mantequilla (mejor con sal)
1 lata de leche condensada
10 cdas. de whisky escocés
1 cdta. de sirope de canela
10 g de pasas

Deja las pasas en whisky en remojo durante la noche. Obviamente, tendrás cubitos de hielo en el congelador para la hora del cóctel, pero compruébalo por si acaso.

Unta una bandeja de horno con mantequilla, como le hago yo a nuestra piel celta con la loción solar. También puedes forrar la bandeja con papel encerado, pero untarla con mantequilla es más divertido.

Pon el azúcar, la mantequilla y la leche en una cacerola grande y caliéntalo todo a fuego lento, muy despacio.

Remueve de vez en cuando, sin pasarte. ¡NO DEJES QUE HIERVA TODAVÍA! La paciencia, Rosalind, es importante en todas las cosas, pero sobre todo en las relaciones, los orgasmos y el dulce de leche.

Todo el azúcar tiene que disolverse, así que frota un poco la mezcla contra la pared de la cacerola. Si sigues notándola granulada, mantenla a fuego lento hasta que se disuelva. Después, vierte la leche condensada. Remueve despacio y asegúrate de que no se pegue.

A continuación, incorpora el whisky en el que has remojado las pasas. Pide un deseo de Navidad mientras añades otro chorrito de whisky. Que sea un deseo grande, uno de verdad. No tiene sentido pedir una nimiedad.

¡AHORA es cuando tiene que hervir! ¡Este es su momento! Déjalo burbujear a fuego medio durante veinte minutos y remueve con frecuencia. Pero ten cuidado: es muy peligroso. Pídele a un adulto que haga esta parte, y sí, me refiero a ti, Rosalind. Cuando hayan transcurrido unos quince minutos, pon agua fría en un cuenco y añade un puñado de cubitos de hielo. A los veinte minutos, echa una pequeña cantidad de la mezcla en el agua helada. Sácala y comprueba si puedes hacerla rodar sobre la palma de la mano. Si se hace una bolita (lo que yo llamo la «fase de la bolita blanda»), agrega las pasas y el sirope de canela y remueve bien.

Retira la cacerola del fuego y deja reposar la masa unos cinco minutos. A continuación, bátela bien hasta que se espese y cuaje. Viértela en el molde untado con mantequilla y marca cuadrados con un cuchillo.

Déjala en el frigorífico un par de horas. Luego, córtala por las marcas.

Pon donde quieras un par de trocitos para Papá Noel junto con un vaso del mismo whisky. Te lo agradecerá.

Concurso a bordo del tren nocturno: respuestas

Primera ronda: las Navidades en Reino Unido

1. Clement Clarke Moore

2. Henry Selick

3. Tom Smith

4. 2005

5. La reina Isabel I de Inglaterra

6. Piotr Ilich Chaikovski

7. 1946

8. 41.205,58 dólares estadounidenses (véase: https://www.pnc-christmaspriceindex.com)

9. En la década de 1840 (1843)

10. 2.384 calorías (puedes consultar un desglose completo e información fascinante en el brillante artículo publicado por Olga Khazan en *The Atlantic,* disponible en: www.theatlantic.com/health/archive/2013/12/health-consequences-of-actually-living-the-12-days-of-christmas/282313/)

Segunda ronda: las Navidades en el mundo

1. El 8 de diciembre

2. KFC

3. Los patines

4. Mari Lwyd

5. La araña

6. Haddon Sundblom

7. El 5 de diciembre

8. En el MCG (Melbourne Cricket Ground)

9. Jólabókaflóð

10. Cerdo Kalua (cocinado en un horno subterráneo llamado «*imu*»)

Tercera ronda: música navideña

1. *Once in Royal David's City*

2. 1952 (*Here in My Heart*, Al Martino)

3. *Hark! How All The Welkin rings / Glory to The King of Kings*

4. Ocho. Se titulan: *Christmas Alphabet*, Dickie Valentine (1955); *Merry Xmas Everybody*, Slade (1973); *Lonely This Christmas*, Mud (1974); *Do They Know It's Christmas?*, Band Aid (1984); *Merry Christmas Everyone*, Shakin' Stevens (1985); *Do They Know It's Christmas?*, Band Aid II (1989); *Do They Know It's Christmas?*, Band Aid 20 (2004); *Do They Know It's Christmas?*, Band Aid 30 (2014)

5. Ocho, que, considerando los «cheques» un solo objeto y los «adornos» otro, son: abrigo de marta cibelina, descapotable, yate, mina de platino, dúplex, cheques, adornos de Tiffany y anillo

6. *Stille Nacht, heilige Nacht*

7. *Spanish Trains and Other Stories*

8. *Baby It's Cold Outside*

9. A su hija pequeña

10. *Rodolfo, el reno de la nariz roja*

Soluciones de los anagramas

«Charon» = «roncha», pág. 35

«Desde un vagón de tren» = «SegúnDanteVendedor», pág. 14

«Ghost Train» = «HitosGrant», pág. 204

Asesinato en el Orient Express = «PosAnexionesInterestelares», pág. 14

«Orient Express» = «Existen perros», pág. 188

El señalero = «Leña_Solere», pág. 203

El tren de Estambul = TeleDeslumbrante, pág. 14

«The Stopped Train» = San_HTTP_Repetido, pág. 204

Extraños en un tren = Nene_Santurron_TEX, pág. 14

Los trenes = Troles_Sen, pág. 204

Train Song = San_Trigon2010, pág. 201

Violet = Elio_TV, pág. 201

Respuestas a preguntas que aparecen en este libro y que no se responden, ¡y a mí me irritaría mucho no saber las respuestas!

Pregunta 2, pág. 96: *Jingle Bells* (Wally Schirra y Tom Stafford; campanas y armónica)
Pregunta 4, pág. 99: Santa Kurohsu
Pregunta 10, pág. 99: Chocolatinas

Y las canciones de Kate Bush que he diseminado por estas páginas se titulan:

Wuthering Heights
December Will Be Magic Again
Babooshka
Mrs. Bartolozzi
This Woman's Work
Symphony In Blue

Esta edición de *En tren con el asesino*, de Alexandra Benedict,
se terminó de imprimir en Grafica Veneta S.p.A. de Trebaseleghe (PD)
de Italia en noviembre de 2023. Para la composición del texto
se ha utilizado la tipografía Celeste diseñada por Chris Burke
en 1994 para la fundición FontFont.

Duomo ediciones es una empresa comprometida
con el medio ambiente. El papel utilizado para
la impresión de este libro procede de bosques
gestionados sosteniblemente.

PEFC
PEFC/18-31-226

Este libro está impreso con el sol. La energía
que ha hecho posible su impresión procede
exclusivamente de paneles solares. Grafica
Veneta es la primera imprenta en el
mundo que no utiliza carbón.

NO TE PIERDAS

«El mejor libro para
los amantes de los misterios.»

The Sun